Hundetante und Wörtervater

Stephan Vajda

Hundetante und Wörtervater

Eine Jugend in Budapest

Ein trend-profil-Buch
bei Orac

ISBN 3-7015-0190-4

Schutzumschlag: Fritz Gnan
Grafische Gestaltung: Alfred Hoffmann
Lektorat: Helmut A. Gansterer
Satz und Reproarbeit: Digitalsatz Robitschek, Wien
Druck und Bindung: Carl Ueberreuter Buchproduktion GesmbH

Vajdas letzter Coup

Mit dem wehmütigen Witz der Verlassenen dürfen wir sagen: Unser Freund Stephan hat sich das Leben sauber eingeteilt und am Ende uns noch sauber überrascht.

Die Einteilung:

30 Jahre Ungarn, Erfolg als Schreiber in ungarischer Sprache. Dann 30 Jahre Österreich, Erfolg als Schreiber in deutscher Sprache.

Die Überraschung:

Er hinterließ als Freund und Autor ein riesiges Vakuum, aber auch als handfesten Trost ein vollständiges Buchmanuskript, das wie eine Silberklammer die dreißig ungarischen und die dreißig österreichischen Jahre heftet: „Eine Jugend in Budapest", geschrieben in Deutsch, mit der grenzüberschreitenden Ironie der Donaumonarchie, mit einer beinah versunkenen Lust an Irrwitz und genialer Sinnlichkeit, die gnadenlos alles überzieht, die Menschenfiguren sowieso, aber auch die Landschaften, die Viecher, die Straßen und Himmel, die er beschreibt.
Er hat, nobler Gentleman, kein Wort von dem Manuskript gesagt. Er hat es verschenkt. Nur einer konnte dafür noch danke sagen. Das war Ilse, seine Frau. Von ihr, dieser eleganten Dame und interessanten Malerin, hat er oft gesprochen. Ihr Anstand wird ihm Gegenpol gewesen sein für die halbkriminellen Gaunereien, die er in diesem Buch seinem Vater zuschreibt, und ihre Intelligenz Gegenpol für die teils angeschlagenen, teils schwachsinnigen, ja vertrottelten Helden.
Als er in einer mondlosen Revolutionsnacht 1956

über die Grenze nach Österreich irrte, wurde er mit drei Fragen empfangen: „Haben Sie schon zu essen? Haben Sie schon zu wohnen? Haben Sie schon Straßenbahnfahrscheine?"

Er versprach, dies nie zu vergessen. Tatsächlich revanchierte er sich über die Maßen, mit intellektuellen Höchstleistungen, viele davon preisgekrönt. Bald schon lag die Dankschuld bei anderen, nicht bei ihm.

Jetzt ist sie durch das Buch noch größer geworden. Die damit verbundene Verlegenheit wird er — der seinem Vater vielleicht doch ähnlicher ist als wir dachten — wohl listig vorhergesehen und genossen haben.

H.A.G.

*Die Ladung des Dichterfürsten * Hoffnung auf Güterbahnhof und Löwenzahn * Der Ungewaschene * Das Abkommen mit Ivanics * Beim Barte des Havas * Tante Mano und ihr Toby * Perubalsam * Die Affäre auf der „Propeller III" * Ivanics´ Schwur * Mohacs, Mohacs **

An einem Dienstag im Herbst hatte der Dichterfürst meinen Vater erneut zu sich gebeten. Die Nachricht, von dem schweigsamen Bürodiener der Wochenschrift „Budapester Pferdesport" überbracht, versetzte uns in den Zustand heller Begeisterung. Wir rochen bereits den Duft einer ausgiebigen Gulaschsuppe, denn es bestand die berechtigte Hoffnung, daß mein Vater, der ungemein gescheit und wendig war, ja, sich in gewissen Fällen geradezu als tollkühn erwies, abermals einige Worte wie Güterbahnhof, Löwenzahn und Baumrinde mit Gewinn verkaufen würde. Er trat seinen verheißungsvollen Gang unverzüglich nach dem Frühstück an. Er wußte, daß er sich notgedrungen ausziehen und ein viereckiges, sorgfältig vorgewärmtes Tuch aus sprödem Leinen vor seinen Bauch binden werde, da der Dichterfürst, Bodrogi, der Ungewaschene, dessen Namen man seinem ausdrücklichen Wunsch folgend nach Pariser Art „Bodrosché" aussprach, in den Vormittagsstunden im türkischen Dampfbad „Rudas" ordinierte. Er, der die gängigsten Schlagertexte schrieb, und so, wie er voll Stolz zu verstehen gab, der Menschheit die unentbehrlichsten Worte der Liebe, der Sehnsucht und der Erinnerung in den Mund legte, wählte sich selbst zum Fürst der Dichter. Er wählte sich selbst, nicht aber auf dem Eis der zugefrorenen Donau, wie einst Matthias Corvinus sich zum König der Ungarn hatte ausrufen lassen, sondern, weil er geheizten Räumen stets seine Vorliebe erwies, im Kartenzimmer des Café „Savoy", in Anwesenheit seiner späteren fürstlichen Beisitzer, des pensionierten Kinobilleteurs Wachsmann-Bácsi und des sauer riechenden Barons Wussinsky.

Sein Beiname der „Ungewaschene" wurde Bodrogi von seinen Zeitgenossen verliehen. Dieser Beiname war zum Teil das Ergebnis schärfster Beobachtung, zum Teil die Ehrfurcht vor dem physikalischen Wunder, daß der tägliche Aufenthalt in den heißen Dünsten des Dampfbades „Rudas" Bodrogis Ungewaschenheit nichts anhaben konnte. Es hieß in der ungarischen Hauptstadt, er könne sein von Schmutz erstarrtes Hemd einfach an die Wand lehnen, wenn er sich einmal auszöge. Aber der Dichterfürst zog sich niemals in der Nacht aus. Er schlief, wenn er sich überhaupt jemals nach Einbruch der Dunkelheit zur Ruhe begab, mit zugeknöpften Manschetten und gebundener Krawatte, um seinen Mitmenschen, sollten diese ihn wegen eines plötzlichen, noch nicht vertonten Gefühlsausbruches dringend benötigen, jederzeit zur Verfügung zu stehen.

Daß der Dichterfürst allgemein bekannt und geschätzt war, bewiesen nicht nur die zahlreichen Lieder, die von den Budapestern an allen Ecken und Enden der Stadt leise, halblaut und laut gesungen wurden:

„Ihr Haar glänzt golden, wie die Kornfelder der Heimat;

Ihre Augen funkeln grün, wie die Tiefen des Meeres;

Ihre Lippen schmecken süß, wie gezuckerte Aprikosen",

oder für Fortgeschrittene:

„Multipliziere Mona Lisa mit sieben,
Multipliziere Kleopatra mit zehn,
Das ist Mancika, die Tochter des Barbiers".

Auch die ungarische Post, eine ansonsten traditionsgebundene und unbeugsame Behörde, zollte Bodrogis Persönlichkeit Tribut. Der Fall des Briefes aus Middlestinestones wurde als Musterbeispiel schnellster und verläßlichster Postbeförderung bereits so oft zitiert, daß er diesmal nur flüchtig erwähnt werden soll. Der Souffleur des Staatlichen Operettentheaters wanderte nach Kanada aus. Während eines fürchterlichen Sturmes im Atlantischen Ozean verlor er die Adresse seines Freundes Bodrogi. Kaum in Middlestinestones angekommen, achthundert Meilen nördlich von Toronto, verfaßte er, wie versprochen, einen Bericht über die Reise und über die Zustände auf dem Festland. Auf den Umschlag schrieb er einfach: „An Bodrogi, den Ungewaschenen, Budapest, Europa." Der Brief kam ohne jegliche Verspätung an. Er landete bereits in den Vormittagsstunden im Café „Savoy", denn das Dampfbad „Rudas" war wegen nicht mehr aufschiebbarer Renovierungsarbeiten vorübergehend geschlossen. Ein Kellner, Jozsi, aus dem bekannten Kellnergeschlecht der Jozsis, nahm den Brief in Empfang, bestieg ein Taxi und fuhr, die Richtung seiner Fahrt nicht im geringsten bezweifelnd, auf den Trabrennplatz, wo er den Dichterfürsten nach kurzem Suchen entdeckte und ihm das Schreiben aus Middlestinestones übergab.

Bodrogi las den Brief erst am Abend, denn, wie er seinen fürstlichen Beisitzern, dem pensionierten Kinobilleteur Wachsmann-Bácsi, der seinen Lieblingsvogel, einen grauen Kanari, in einem provisorischen Nest Tag und Nacht in seiner Rocktasche mit sich herumtrug, und dem sauer riechenden Baron Wussinsky, der, nach dem Verlust des väterlichen Weinberges, seinen Lebensunterhalt durch das Erzeugen von feinstem Tafelessig in einem Keller unweit des Kaffeehauses bestritt, sagte,· lasse er sich auf dem Trabrennplatz, dem einzigen Ort, wo er unverfälschte Natur genießen könne, durch Nachrichten aus Übersee ungern stören. An dieser geweihten Stätte des launenhaften Glücks wolle er jede Aufregung vermeiden. Er denke hier nicht einmal an das folgenschwerste Ereignis des Jahres, an die Aufteilung der ungarischen Sprache.

Diese, von Sachverständigen im Leben Bodrogis als Wendepunkt angeführte Begebenheit fand in Form einer mündlichen Vereinbarung zwischen ihm und seinem Erbfeind, dem Textdichter Ivanics, in einer sternklaren Sommernacht peripatetisch statt, während sie durch die nach Äpfeln und Knoblauch duftenden Seitengassen der Budapester Franzstadt schlenderten. Ivanics, der Emporkömmling mit der wohlbeleibten Figur und der rohen Seele eines Fleischhauers, bot, nachdem er bei sämtlichen Aufsichtsbehörden und Berufsorganisationen der ungarischen Hauptstadt gegen die geschmacksverderbenden Umtriebe des Dichterfürsten protestiert hatte, einen mit Grenzabkommen gekoppelten Waffenstillstand an. Demzufolge sollten die beiden die ungarische Sprache untereinander aufteilen.

Bodrogi stimmte zu. Die Vertragsschließenden verpflichteten sich, eine Aufstellung aller Worte, die sie mit ausschließlichem Recht für ihre jeweiligen Texte beanspruchten, innerhalb von achtundvierzig Stunden zu vergleichen, weiterhin, diese Liste, um jegliche Überprüfung jederzeit zu ermöglichen, in zwei Exemplaren im Café „Savoy" beim Kellner Jozsi und im Dampfbad „Rudas" beim Bademeister Lajos zu deponieren. Einige Worte wie Liebe, Kuß und Sehnsucht wurden als Gemeingut der Dichtung für beide Vertragspartner freigegeben. Der Vertrag trat unmittelbar nach dem nächtlichen Spaziergang in Kraft.

Anfangs waren sowohl Bodrogi als auch Ivanics zufrieden. Während der Zusammenstellung der Liste nahmen sie weitgehendst auf gegenseitige Wünsche und Neigungen Rücksicht. In der neunstündigen Sitzung im Café „Savoy" fiel das Wort Schmetterling an Bodrogi, Kohlweißling jedoch bekam Ivanics, der sich dabei auf Kindheitserinnerungen berief. Auch einige feuchte Begriffe, wie Rinnsal, Regentonne, Schlamm und Leuchtturm überließ der Dichterfürst dem Emporkömmling, denn Ivanics, der seine Militärzeit auf einem Donaudampfer der ungarischen Stromwache absolviert hatte, erklärte sich als wassergebunden. Abenddämmerung und Morgenröte wurden Bodrogis geistiges Eigentum, Schneeflocken und dahinziehende Wolken konnte Ivanics einheimsen. Minderwertige Worte, zum Beispiel Verschublokomotive oder Kochsalz wurden am Ende der Sitzung ausgelost.

Bald wiesen die Liedertexte Bodrogis und Ivanics' einen unverkennbaren Stil, eine stark ausgeprägte persönliche Note auf. Wenn Bodrogi die Sehnsucht einer Stenotypistin mit einer blumenübersäten Wiese verglich, beschrieb Ivanics die Liebe eines siebzehnjährigen Gymnasiasten als einen unwiderstehlichen Strudel im Meer, der das Glück wie einen zierlichen Goldfisch verschlingt. Die Tränen des Abschieds schmeckten bei Bodrogi nach Kochsalz, das noch in den Tiefen des Berges ruht, bei Ivanics nach Dunst, der allmorgendlich über dem See schwebt. Eine Zeitlang waren die Reiselieder Bodrogis, in denen sämtliche Fortbewegungsmittel (ausgenommen Wasserfahrzeuge) vorkamen, in der Stadt überaus beliebt, dann machte Ivanics die Runde mit Fischersongs,

Strandbaderinnerungen und zwei Taucherliedern, die vor allem von der abenteuerlichen Jugend gern gesungen wurden.

Übergriffe mußten der Kellner Jozsi und der Bademeister Lajos nur selten verzeichnen; einmal, als der Dichterfürst geistesabwesend die Zeile „Ich tanze mit dir an einem verregneten Sonntag" schrieb, und Ivanics wegen des Regens scharfen Protest erhob. Bodrogi zog den Text zurück und gestaltete ihn neu: „Ich tanze mit dir an einem langweiligen Sonntag". Das andere Mal, als der Dichterfürst, von beiderseitiger Mandelentzündung geplagt, die Tatsache übersah, daß Südamerika laut Vereinbarung Ivanics gehörte. Er mußte seine im Rausche des Fiebers besonders gut gelungene Nummer: „Copacabana, Copacabana, eine Kabine, eine Banane" einfach wegwerfen, denn diese ließ sich für die ungarische Landschaft – Bodrogis Territorium – nicht umdichten. Der Versuch, Copacabana mit Debrezin, Banane mit Maiskolben zu ersetzen, mißlang.

Die Autoren hielten sich streng an die Vereinbarung, obwohl sie sich in ihrer Phantasie empfindlich beschnitten fühlten. In der Tat zeigten sich bald in den Liedern Erscheinungen der Erschöpfung und Abnützung. Bodrogi und Ivanics forschten in den für sie zugelassenen Reservaten, suchten nach neuen Wörtern, auch nach solchen, die in einem Schlager nur schwer zu verwenden waren. Begriffe wie Schiffskoch, Pegelstand oder Nebelscheinwerfer wurden in die Texte mit erstaunlichem Können eingebaut. Die singenden Budapester verfolgten mit immer schwerer drehender Zunge den verbissenen Zweikampf. In einigen Bars der Stadt konnte man bereits die Anzeichen wachsender Unruhe beobachten.

Bodrogi war es, der sich infolge angestrengten Nachdenkens – welches er für äußerst gehirnschädigend hielt – dem Zusammenbruch nahe um fremde Hilfe umsah. Der Kellner Jozsi konnte zwar mit seltenen Getränkenamen und Spezialitäten der altsiebenbürgischen Küche aufwarten, diese wurden in den Liedern auch geschmackvoll verwendet, aber das war nur ein Tropfen auf den heißen Stein. Da traf der Dichterfürst meinen Vater.

Bodrogi saß wie ein Schiffbrüchiger im dunstigen Saal des Café „Savoy", vom endlosen Meer der verbrauchten Worte umspült. Er war abgekämpft und blaß. An diesem Tag hatte er keine Hoffnung mehr. Mein Vater wurde bereits gesichtet, als er die Garderobe betrat, um sich nach dem Kellner Jozsi zu erkundigen. Er hatte für Jozsi einen dringenden Auftrag. Der Kellner sollte Herrn Havas, einen Gläubiger meines Vaters, anrufen und ihm mitteilen, daß mein Vater derzeit außer Landes weile und seine Adresse gänzlich unbekannt sei.

„Feri!" rief Bodrogi meinem Vater zu. „Sag' mir ein Wort!"

„Gläubiger."

Der Dichterfürst dachte kurz nach. Sein Gesicht, das Gesicht eines blauäugigen, wohlgenährten Kindes, das eine ungeübte Fee seinerzeit infolge einer kleinen Panne statt in einen strahlenden Prinzen in ein staunendes Ferkel verwandelt hatte, erhellte sich.

„Großartig", sagte er. „Du bist ein Genie. Du hast ein loderndes Gehirn."

Als mein Vater nach der kurzen Besprechung mit dem Kellner Jozsi aus der Küche zurückkam, bat ihn Bodrogi zu sich.

„Hör zu: 'Ich bin ein Gläubiger der Liebe und du schuldest mir vierzehn Küsse'."

„Warum vierzehn?" fragte mein Vater.

„Gerade Zahl. Und sonst? Wie gefällt es dir?"

„Kolossal!"

Bodrogi blickte meinen Vater prüfend an.

„Du weißt, Feri, ich bin Bodrogi, der Erste. Ich kann Schmeicheleien nicht dulden. Sage mir ehrlich: Wie gefällt es dir?"

„Kolossal", sagte mein Vater.

Bodrogi nahm Geld aus seiner Tasche und zahlte meinem Vater für das Wort „Gläubiger" eine kleinere Summe.

„Würdest du das singen?" fragte er mißtrauisch.

„Den ganzen Tag", sagte mein Vater und ging.

Abends aßen wir Gulaschsuppe und glaubten an eine glückliche Zukunft.

Während sich mein Vater, dem Ruf des Dichterfürsten folgend, im Dampfbad „Rudas" aufhielt, waren wir über die bevorstehende große Wende in unserem Leben wie berauscht. In der Wohnung wurde gesungen, gepfiffen und Staub gewischt. Ich phantasierte von einem Festessen, bei dem Herr Bürök, der Gerichtsvollzieher, und auch Herr Havas, der Hemdenmacher, an meines Vaters Seite in biblischem Frieden vereint, ihr bisheriges Vorgehen und Handeln gegenseitig erklärend, beschönigend und verzeihend, an unserem Tisch sitzen würden. Der Gerichtsvollzieher Bürök, ein hagerer Mann mit grauem Haar und grauem Gesicht, der unsere Wohnung mit scharfem und geübtem Blick, aber auch mit der kindischen Hoffnung eines Forschers, in regelmäßigen Abständen betrat, um hier, anstatt der bis zum Überdruß bekannten, bereits gepfändeten, wakkeligen Möbel und für das Gericht wertlosen, mehr oder weniger übelriechenden Hundekisten und anstatt der Hunde selbst – die fremdes Eigentum darstellten – einmal, wie durch ein Wunder, einen kostbaren Renaissance-Tisch oder ein unter Denkmalschutz stehendes Gemälde zu finden, dieser Herr Bürök würde plötzlich um Erlaubnis bitten, meinen Vater mit seinem Vornamen ansprechen und einen der Hunde, vielleicht den jungen Dobermann des Generaldirektors Vasary, der in unserem Badezimmer wohnte, Sonntag in den verträumten Gassen des alten Burgbezirks Buda spazierenführen zu dürfen. Ich spielte auch mit dem Gedanken, daß Herr Havas an der festlich gedeckten Tafel über seinen unsichtbaren Bart laut und genußvoll lachen, um eine Schere bitten, seinen unsichtbaren Bart zeremoniell abschneiden und ihn meiner Schwester Gabriela, der dieser Bart besonders am Herzen lag, als ein Kavalier alter Schule überreichen würde.

Der unsichtbare Bart des Herrn Havas begann an einem trüben Morgen im Winter in unserem dunklen Vorzimmer zu sprießen. Es war kaum zu glauben, daß einem Manne wie Herrn Havas, der kahlköpfig und auch im Gesicht ohne Haare war und der stets einen schwarzen Anzug trug, als hätte er noch im Lauf des Tages ein Begräbnis erster Klasse vor, plötzlich ein Bart wachsen würde. Als er aber am besagten Tage bei uns unerwartet auftauchte, und mein Vater ihn nur mit einem straff gebundenen Haarnetz und einer langen Unterhose bekleidet empfing, nahm das imaginäre Wunder seinen Anfang. Herr Havas läutete frühmorgens bei uns an, weil er ein rechtschaffender, fleißiger Mann war, der im Winter bereits vor Tagesanbruch verbissen seinen Geschäften nachging. Er läutete Sturm und wollte sein Geld haben. Es kam zu einem Wortwechsel, in dessen Verlauf mein Vater sich die Bemerkung erlaubte: „Sie werden Ihr Geld erst dann bekommen, wenn Ihr Bart Ihren Bauch bedeckt!"

Meine Schwester und ich kauerten damals noch im Bett und hörten aufmerksam zu. Wir dachten, Herr Havas hätte bereits einen Bart. Wir dachten, damit er sein Geld von meinem Vater erhalten könne, müsse dieser Bart aber noch kräftig wachsen. Als Herr Havas, diesmal um die Mittagszeit, erneut erschien, öffnete meine Schwester die Tür und berichtete, Herr Havas habe nur einen unsichtbaren Bart; dieser wachse aber befriedigend. Mein Vater nahm die Mitteilung gleichgültig zur Kenntnis. Er bestritt, daß er Herrn Havas auch nur einen roten Heller schulde. Die Forderungen des Bärtigen beruhten offensichtlich auf einem Irrtum.

Herr Havas jedoch bestand darauf, daß er meinem Vater zwölf Seidenhemden, alle cremefarbig, nach Maß angefertigt und abgeliefert habe. Tatsache war, daß mein Vater die cremefarbigen Hemden Marke „Havas und Mattanich" niemals getragen hatte. Tatsache war aber auch, daß im Café „Savoy" eine Zeitlang cremefarbige Hemden gehandelt wurden, feilgeboten vom Kellner Jozsi, der selbst eines trug. Der Tradition und Gepflogenheit der ungarischen Hauptstadt zufolge nahmen die Kaffeehauskellner von den Stammgästen alles in Zahlung: Manschettenknöpfe, Bücher, auch medizinische, Porzellangeschirr, Hemden und sogar Abonnements für den Eislaufplatz im Stadtwäldchen. Es wäre leicht möglich gewesen, daß mein Vater, der kaum über Bargeld verfügte und so, wie er sagte, mit dem Baron Rothschild eine verblüffende Gemeinsamkeit aufwies, die Hemden nicht als Kleidungsstücke, sondern als Zahlungsmittel beim Herrn Havas bestellt und diese dann beim Kellner Jozsi einfach in kleinere Noten gewechselt hatte. Die Wahrheit blieb lange verborgen. Herr Havas besuchte uns regelmäßig, er wählte die verschiedensten Tageszeiten, er kam auch abends, müde und schläfrig, seine Stimme klang weinerlich und mild, er kam einmal mit einem Blumenstrauß, samstags um zwölf, denn er war zu einer Hochzeit eingeladen. Er erhielt keinen Heller. Der unsichtbare Bart wuchs, er schleifte ihn hinter sich her über die Treppe, als er gebrochen von uns wegging.

Anders verhielt es sich mit dem Gerichtsvollzieher Bürök, hinter dessen schmalem, geisterhaften Rücken der ungarische Staat stand, der ihn mit Papieren, Stempeln und Klebezetteln ausrüstete und ihm im Notfall auch einen Polizisten beigab. Herr Bürök wurde mit feierlichem Ernst, ja mit Achtung empfangen, als wäre er ein Hamlet der Exekution, ein einsamer, tragischer Held, der das Unmögliche versucht. Er hatte Zutritt zu allen Ecken und Winkeln unserer Wohnung, durfte alles auf- und zusperren, betrachten, betasten, wägen, abmessen, abklopfen, er durfte Fangfragen stellen, die ihm zuliebe stotternd, in der Tat jedoch gelangweilt beantwortet wurden. Er durfte sich bei uns ausruhen, ein Glas Wasser trinken und auch die Hunde wurden auf seinen müden Wink hin aus dem Raum, wo er sich gerade aufhielt, schnellstens weggeschafft.

An dem hoffnungsträchtigen Tag, als der schweigsame Bürodiener die unerwartete Botschaft des Dichterfürsten meinem Vater überbrachte, hausten in unserer Zweizimmerwohnung neun Hunde verschiedenster Größe, Rasse, Gesellschaftsschicht und Gemütsart. Daß wir von der Hundeplage, die über uns durch einen harmlos anmutenden Besuch meiner Tante Mano, Besitzerin der Hundewasch- und Schuranstalt „Zum gepflegten Freund" und in Gestalt eines verspielten, munter glänzenden schwarzen Scotchterriers namens Toby hereingebrochen war, je befreit würden, konnten wir zwar nicht glauben, hofften es aber insgeheim. Der Wegbereiter Toby ist längst Legende geworden. Er kam, meine Tante Mano hinter sich herziehend, kriechend und keuchend, mit heraushängender, rosaroter Zunge, an einem drückend heißen Nachmittag im August. Er erhielt einen Suppenteller voll Wasser. Von der Geschicklichkeit, mit der er ihn zungenklappernd auslöffelte, waren wir wissenschaftlich entzückt.

Toby war der Hund einer Schauspielerin, die im Sommer mit einer kleinen Truppe des Staatlichen Operettentheaters die Badeorte am Plattensee bereiste, ihr Lieblingstier darum meiner Tante Mano in Gewahrsam übergab, sozusagen in Pension, gegen gute Bezahlung und mit dem ausdrücklichen Wunsch, Toby dürfe nicht im Käfig der Hundewasch- und Schuranstalt gehalten, sondern müsse im Rahmen der vorhandenen Möglichkeiten in eine fröhliche Sommerfrische verschickt werden. Meine Tante Mano bot uns Kindern den Hund als Spielzeug, meinem Vater als vorteilhaftes Geschäft an. Vierzig Prozent zog sie als Vermittlungsgebühr ab.

Tobys Kostgeld wurde fortan zur Aufbesserung unserer Mahlzeiten verwendet. Toby bekam nur Erbsenpüree. Er schlief im Bett meiner Schwester. Aber er schlief unruhig. Er wachte um Mitternacht auf, begann zu raunzen und zu weinen, seine Stimme, fremd und herzzerreißend, durchdrang die vertraut reglose Dunkelheit der Wohnung. „Er träumt geheimnisvolle Träume", sagte meine Schwester. Sie nahm Toby auf den Arm und spazierte, Wiegenlieder singend, durch die plötzlich hell erleuchteten Zimmer, um Tobys kleine, von unbekannten Leiden gepeinigte Hundeseele zu beruhigen.

Toby nahm bei uns ein wenig zu. Die Schauspielerin zeigte sich überglücklich und meine Tante brachte nun Kuno, den Airedaleterrier eines Arztes, der den Hund während seiner Übersiedlung in die Provinz nicht brauchen konnte. Kuno schlief in meinem Bett. Nach Kuno kam Rolf, der ungarische Vorstehhund, dann Lotte, der Pinscher, danach Susy, der

Foxterrier, welcher länger bei uns blieb, da seine Besitzerin auf Verwandtenbesuch in Rumänien weilte. Später konnten wir uns an die Reihenfolge nicht mehr lückenlos erinnern. Gleichzeitig waren bei uns Argo, der geisteskranke Schnauzer, der eines Tages meine Schulhefte fraß, Bobby, der Schäferhund, der einmal auf den Herd sprang und sich das Fell verbrannte, Muki und Mecky, Patty und Tigy, Betyár und Lilli, und viele andere. Sie knurrten und bellten und heulten. Man trat im Badezimmer auf eine Pfote und in der Küche auf einen Schwanz; bei Vollmond ging es besonders wild zu; die Nachbarn klopften mit Besenstangen. Für die vierbeinigen Logiergäste wurde in einem Kübel Gerste mit Pferdewurst gekocht – das war das Amt meiner Schwester. Die Hunde schliefen im Kasten, im Bücherschrank und unter dem Küchentisch, sie tranken aus dem Waschbecken und aus Blumentöpfen, sie lagerten hinter den Betten oder saßen mit hängenden Ohren im kalten Halbdunkel des Badezimmers. Man sah feucht glänzende, neugierige Nasen unter den Türspalten und hörte in der Nacht aus allen Ecken und Enden der Wohnung wildes, schnelles Kratzen.

Meine Tante Mano war von ihrer wohltätigen Idee, unsere Familie durch Hunde zu ernähren, begeistert. Sie hielt uns Vorträge über unser Glück, musterte allerdings mißtrauisch die Wunden, welche die Hunde einander bei ihren nächtlichen Kämpfen infolge einer geistesabwesend offen gelassenen Tür schlugen. Als sie erfuhr, daß der kurze Schwanz des jungen Dobermann Pluto im Badezimmer am hellichten Tag beinahe vollständig abgebissen worden war (Pluto saß in einer Blutlache, den verstümmelten Schwanz in arger Verlegenheit wedelnd), war sie nahezu ohnmächtig geworden und sprach tagelang nicht mit meinem Vater, obwohl ich der Schuldige war, der das Badezimmer betreten hatte, ohne zuerst den traurigen Boxer Zeno, einen Neuling, der sich gutmütig und apathisch stellte, aus der ans Badezimmer grenzenden Toilette, in welcher er untergebracht war, zu entfernen. Zeno stürzte zwischen meinen Beinen hindurch in das Badezimmer, drückte Pluto unter die Wanne und biß ihm blitzschnell den Schwanz ab. Ich war so überrascht, daß ich um Sekunden zu spät einen der in allen Räumen der Wohnung bereitgestellten Kübel packte, um eiskaltes Wasser auf die Hunde zu schütten. Nach einer Anweisung meiner Tante Mano, die auf dem Gebiet der Hundekunde zweifellos als Sachverständige galt, mußten raufende Hunde mit eiskaltem Wasser reichlich übergossen und so kampfunfähig gemacht werden. In unseren Zimmern und in der Küche breiteten sich oft mit Blut vermischte Wasserlachen aus. Die Wunden der Hunde behandelten wir nach einem Rat des im Jahr 1911 erschienenen Familienkalenders des Doktor Felix Biro mit Perubalsam, dessen Geruch sich in unserer Wohnung, in den Kleidern, Gebrauchsgegenständen und sogar im Essen für ewig festsetzte. Bürök, der Gerichtsvollzieher, und Herr Havas mit dem unsichtbaren Bart nahmen auch mit der Zeit den unverkennbaren, ein wenig süßlichen Duft des Perubalsams an.

Mein Vater kam gegen Mittag aus dem Dampfbad zurück. Die Hunde bellten. Die Türen der Wohnung wurden in der gewohnten Reihenfolge, nach bereits ins Blut übergegangenen Vorsichtsmaßnahmen, geöffnet. Die Vorzimmertür kaum einen Spalt, damit der überaus flinke Zwergwindhund Sascha nicht ins Stiegenhaus entspringen konnte. Die Verfolgungsjagd auf den rutschigen Steintreppen gestaltete sich oft schwierig.

Mein Vater zwängte sich geübt durch die schmale Öffnung. Vater und Hund waren nun im Vorzimmer sicher. Jetzt mußte man Sascha bei der flaumigen Haut hinter den Ohren packen, nicht allzu kräftig, denn Sascha war überzüchtet, er jaulte sofort und sogar auch vorbeugend. Man mußte also den Zwergwindhund mit einem entschlossenen, aber freundlichen Griff festhalten und gegen die Wand drehen, damit dieser die Hunde, die im Speisezimmer hausten, nicht sehen konnte. Vor Angst wäre er nämlich im Kreis herumgerannt und hätte leichtere Möbelstücke achtlos umgeworfen.

Sascha stand bereits mit straff gezogener Haut und am ganzen Leib zitternd gegen die Wand gestellt. Im Speisezimmer bezog meine Schwester gelangweilt mit einem Besen in der Hand Position. Sie hielt drei Hunde in Schach. Zwei mißmutige Foxterrier, die, Saschas Geruch witternd, unverzüglich knurrten und den jungen Dackel Bubi, der sich voll kindlicher Naivität und ungetrübter Lebenslust allzuleicht hätte in Gefahr begeben können.

Zwischen Vorzimmer und Speisezimmer wurde die Tür nun weit geöffnet, um in beiden Räumen die augenblicklich herrschende Lage prüfen zu können. Sascha zitterte, die Foxterrier knurrten leise unter dem Tisch. Bubi, der Dackel, spielte unwissend und nichtsahnend mit dem schwarzen Besen und zwang meine Schwester, kleine menuettähnliche Tanzschritte zu tun; mein Vater konnte die erste, scharf bewachte innere Grenze der Wohnung ungehindert passieren.

Sein Gesicht war auffallend weiß. Wir sahen gleich, daß die Haut an seinen Fingerspitzen kleine, längliche Falten bildete, sie war ausgelaugt. Mein Vater mußte sich allem Anschein nach mehrere Stunden im warmen Wasser und dichten Dampf aufgehalten haben. Er schien am ganzen Körper aufgeweicht und bis auf die Knochen durchnäßt. Er bewegte sich träge, er trat mit beängstigender Sanftheit den Dackel, der ihm die feuchten Schuhbänder durchbeißen wollte, in den Hintern, dann setzte er sich erschöpft auf die ramponierte, nach Perubalsam riechende Couch. Er setzte sich, als hätte er brennende Schmerzen im Leibe, langsam und vorsichtig, er strich sich einige Male über die Stirne und murmelte: „Mohács ... Mohács ... Das Ende."

Mohács, eine kleine Stadt an der Donau in Südungarn, bedeutet Vernichtung und Tod, Zusammenbruch und Untergang. Ein Schreckenswort, das in der Seele jedes Schulkindes die düsteren, schwarz und blutrot gedruckten Wandbilder einer unaufhaltsamen Tragödie heraufbeschwor. In der Schlacht bei Mohács ging im Sommer 1526 das stolze Königreich Ungarn verloren; Roß und Reiter, Federschmuck und Kirchenfahnen wurden von der Übermacht der Türken hinweggefegt. Zweiundzwanzigtausend fielen auf dem Felde, Edelleute und Pagen, Bischöfe und Kämmerer, Gelehrte und Türsteher. Der junge König ertrank auf der Flucht in einem winzigen Bach. Das letzte, seidenbehandschuhte, silberbeschlagene Aufgebot wurde von den osmanischen Kanonieren in Kürze eines Stoßgebetes niedergemäht. Es blieb nur die Schande und die Trauer, es blieb nur der gefürchtete Name Mohács, das große Grab, in dem alle Hoffnung versank.

Längst hatte die beflissene Wissenschaft den Ablauf des schwärzesten Tages der ungarischen Geschichte rekonstruiert, alle verhängnisvollen Fehler, die vor, während und nach der Schlacht begangen worden waren, durchleuchtet, seziert und geordnet. Die Edelleute waren hochmütig, die Bischöfe nicht fromm genug, die Pagen verfressen, die Kämmerer arm, die Gelehrten dumm, die Türsteher kurzsichtig gewesen. Der junge König hatte einen kindischen Schlachtplan genehmigt und den Fluchtweg unglücklich gewählt.

Mein Vater fuhr, wie ich nachträglich in mühevoller Kleinarbeit alle Einzelheiten seines gescheiterten Unternehmens, des Mohács' unserer Familie, rekonstruierte, mit der Straßenbahn Nummer neun in das Dampfbad „Rudas". So nahm er, zumindest in der ersten halben Stunde seines dunstigen Abenteuers den gleichen Weg, wie der unerfahrene König Lajos II. von Ungarn, der, von bösen Vorahnungen gequält, aus der Burg Buda in Richtung Mohács entlang der später angelegten Straßenbahnlinie Nummer neun gegen die Türken ritt.

Nachdem mein Vater sich ausgezogen und das viereckige, vorgewärmte Tuch vor seinen Bauch gebunden hatte (sich dabei im verschwommenen Spiegel des engen Umkleideraumes zu betrachten, blieb ihm keine Zeit), eskortierte ihn der Bademeister Lajos zum Dichterfürsten.

Bodrogi saß am Rande eines kreisförmigen, mit gesprungenen grünen Kacheln ausgelegten Beckens. Seine Füße ruhten auf der obersten, von tiefen, schwarzen Rissen durchzogenen Steinstufe. Seine Augen waren geschlossen. Seine Glatze glänzte überirdisch. Er saß reglos, nur seine beiden gepolsterten Hände plätscherten langsam, Schwimmbewegungen auf die Oberfläche zeichnend, im warmen Wasser.

Der Bademeister Lajos meldete dem Dichterfürsten, er habe Besuch bekommen. Bodrogi zeigte auf die überflutete Steinstufe zu seiner Linken und deutete: setzen.

Mein Vater ließ sich im seichten Wasser nieder. Das viereckige Tuch hob sich zögernd und schwebte verspielt über seinen Knien. Bodrogi öffnete die Augen nicht.

„Verzeih mir", sagte er, „daß ich nach dir schickte." Seine Stimme klang schläfrig und mild, doch mein Vater hatte sogleich das Gefühl, in dieser Stimme lauere etwas, hellwach und gefährlich, wie die Türken im Gebüsch von Mohács, halbnackt, fett glänzend, mit blankem Messer im Mund.

„Ich mußte nach dir schicken", sprach der Dichterfürst, „denn ich bin in arge Schwierigkeiten geraten." Er öffnete seine Augen noch immer nicht, er plätscherte und seufzte.

Mein Vater streifte entschlossen über das schwimmende Tuch. Er wollte ohne größere Umschweife beginnen. Er hatte nicht die Absicht, den glücklich fortschreitenden Vormittag im warmen Wasser zu vertrödeln. Er sehnte sich schon, fleißig wie er war, nach Abtrocknen und Ankleiden, da er nach dem Aufenthalt im Bad noch einen Blitzbesuch im Kaffeehaus, eine kleine Befragung des Kellners Jozsi nach seinem Wohlbefinden vorhatte, um damit eine, für einen späteren Zeitpunkt vorgesehene Kleinkredit-Aktion einzuleiten.

Die heißen Quellen brodelten leise, der Dampf stieg hoch.

„Du hast mir ein Wort verkauft", sagte der Dichterfürst, „das ich, um bei der Wahrheit zu bleiben, sehr zu schätzen wußte. Ein schönes Wort."

Mein Vater nickte. Bodrogi schlug die Augen auf. Er heftete seinen verschleierten, feuchten Blick auf das Gesicht meines Vaters, als sehe er das allererste Mal dessen Antlitz, als suchte er in seinen, von all den Hoffnungen und Enttäuschungen, Lügen und Beteuerungen der Jahre bereits ein wenig müde gewordenen Zügen die Antwort auf eine Frage, die er ihm vielleicht aus Mitleid oder aus tieferem Verständnis menschlicher Unzulänglichkeit niemals stellen wollte.

„Das Wort Gläubiger", fuhr er fort, „ist mehr als sechshundert Jahre alt. Es wurde, verläßlichen Quellen nach, von den Kreuzrittern in unser Land, in das Land der unverdorbenen Hirten und Wegelagerer eingeschleppt. Es kommt von dem Wort glauben, das wiederum eine gewisse Naivität voraussetzt, ein Vertrauensverhältnis zwischen Mensch und Gottheit oder zwischen Mensch und Mensch. Es tut mir aufrichtig leid, daß wir heute aus Mangel an Zeit die Taten der Kreuzritter im pannonischen Hügelland und in der Tiefebene nicht näher erörtern können. Gottfried von Bouillon zum Beispiel. Der zur Suppe gewordene christliche Zorn. Ich ziehe Bouillon ohne Einlage vor, Nudeln oder Ei verfälschen die Ausstrahlung. Was hältst du vom Vertrauen an sich?"

Mein Vater spürte das Unbehagen eines nicht mehr aufzuhaltenden, vernichtenden Schlages. Er war bereit, den offenen Kampf im seichten Wasser aufzunehmen. Er sah ein, daß er verraten worden war.

„Ich war Zeit meines Lebens vom Vertrauen besessen", sagte er.

Bodrogi plätscherte ein wenig schneller.

„Willst du dich nicht in das warme Wasser tauchen?" fragte er. „Du solltest deinen Kreislauf pflegen."

„Ich esse Knoblauch", bemerkte mein Vater.

„Sehr vernünftig."

Es trat eine kleine Pause ein.

Bodrogi rieb nachdenklich seine kurze, breite Ferkelnase. Mein Vater betrachtete aufmerksam seine Zehen, die unter dem Wasser zu wachsen schienen. Der Bademeister Lajos schlenderte vorbei, stämmig, mit farblosem Brusthaar, ein stummer Diener der Dampfwelt, in schäbiger Leinenhose und ausgefransten Pantoffeln. Sein Gesicht drückte Bangen aus.

„Ivanics, der Emporkömmling", sagte der Dichterfürst plötzlich mit heller Stimme, „besteht darauf, das Wort Gläubiger als sein rechtmäßiges Eigentum behandeln, verwerten, und von niederschmetternd unbegabten Berufsmusikern, mit denen er bekanntlich zusammenarbeitet, jederzeit vertonen lassen zu dürfen."

„Ivanics' Stärke ist seine grobe Hemmungslosigkeit", sagte mein Vater trocken. „Er schreibt seine Texte nicht, er trampelt sie zurecht. Jeder Schusterlehrling weiß das."

„Die Schusterlehrlinge sind heutzutage rar, ihr Wissen über die inneren Zusammenhänge der Großstadtdichtung höchst unverläßlich geworden. Ich schickte nicht nach dir, um über Ivanics' Können Gericht zu halten. Die Zeit wird schon das Ihre tun. Ich schickte nach dir, weil Ivanics behauptete, das Wort Gläubiger gekauft zu haben."

„In den Kaffeehäusern wird vieles zum Kauf angeboten", erinnerte mein Vater den Dichterfürsten an die Gepflogenheiten der Budapester.

„Mag sein", sagte Bodrogi. „Das Wort Gläubiger hat Ivanics jedoch auf der Donau gekauft. Vorgestern, zwischen neun Uhr zwanzig und neun Uhr fünfunddreißig, während einer Überfahrt von Buda nach Pest, an Bord des Fährschiffes 'Propeller III'."

„Die angegebene Zeit erscheint mir viel zu früh", bemerkte mein Vater. „Ivanics steht vor elf Uhr vormittags niemals auf. Er hat einen tiefen und gesunden Schlaf."

„Er war an diesem Tag bei Gericht vorgeladen. Er mußte sich wegen Schmähung öffentlicher Denkmäler verantworten. Wieder einmal stülpte er abgetragene Hüte auf die bronzenen und marmornen Häupter unserer Könige, Feldherren und unvergeßlichen Frauen. Eine Leidenschaft, die ihn schon von Kindesbeinen an verfolgt. Er wurde erwischt, als er im

Schoß der in tiefer Trauer sitzenden Königin Elisabeth stand."

„Angenommen", spielte mein Vater noch immer den Unwissenden, um dem verhängnisvollen Gespräch aus rein ästhetischen Gründen eine runde Form zu geben, „er fuhr in der Tat von Buda nach Pest zu Gericht. Warum aber auf dem Wasserwege?"

„Ivanics ist ein Schinakelmensch", antwortete Bodrogi mit leiser Verachtung in seiner Stimme. „Darauf kommt es aber nicht an."

„Das bewußte Wort", sagte mein Vater lässig, als ein Mann, dessen wahre Größe sich erst in der Kunst des Verlierens in vollem Ausmaß zeigt, „das bewußte Wort könnte Ivanics an Bord des Fährschiffes von selbst eingefallen sein."

„Unmöglich", erwiderte der Dichterfürst und blickte meinen Vater dabei prüfend an. „Ivanics fällt nichts ein. Er gab mir im Laufe der außerordentlich peinlichen Unterredung, zu der ich ihn einladen mußte, eine ziemlich genaue Personenbeschreibung des Verkäufers."

Bodrogi seufzte, seine Hände fuhren auf der matt und grünlich glänzenden Oberfläche des Wassers hin und her, als wären sie kleine, wohlgepflegte Fährschiffe der Staatlich Ungarischen Fluß- und Hochseeschiffahrtsgesellschaft, „Propeller I" und „Propeller II".

„Feri", sagte er leise, „wir dürfen uns keinen Illusionen hingeben. Die Personenbeschreibung, die Ivanics mir in Anwesenheit des Wachsmann-Bácsi und des Barons Wussinsky gab, und mit einem Schwur bekräftigte, diese Personenbeschreibung paßt haargenau auf dich."

Mein Vater steuerte würdevoll dem Ende zu:

„Ich wäre untröstlich, wüßte ich nicht, daß Ivanics bei jeder Gelegenheit leichtfertig schwört. Seine

Schwüre werden als Ornamentsmotive seiner Ausdrucksform, aber keineswegs als Beweisführung oder annehmbare Argumentation angesehen."

Bodrogi dachte nach.

„Ivanics schwört in der Regel, und davon muß jedermann, der mit ihm Umgang pflegt, genauestens unterrichtet sein, auf den Luster: der Luster soll ihm auf den Kopf fallen, wenn er nicht die Wahrheit sagt. Auch unter freiem Himmel schwört er auf den Luster. Diesmal tat er es aber nicht. Er schwor anders."

Mein Vater ging zum letzten Angriff über. Im silbrig diffusen Licht des alten Dampfbades senkten sich unsichtbare Fahnen.

„Hat es eine Bedeutung", fragte er herausfordernd, „daß Ivanics diesmal nicht auf den Luster schwor?"

Bodrogi schloß wieder die Augen.

„Ivanics schwor auf sein Leben. Er wurde dabei grün im Gesicht, seine Nasenflügel zitterten, er rief, er solle an Ort und Stelle verenden, wenn er das Wort nicht am hellichten Tag, offen und anständig gekauft habe. Ich zweifle nicht. Du hast das Wort Gläubiger zweimal verkauft, Feri. Zuerst mir, dann ihm. Bankrott des Vertrauens. Machen wir den Abschied kurz und schmerzlos. Ich habe dich geliebt, das mußt du wissen."

Der Dichterfürst wandte sich ab. Sein rundes Gesicht war feucht unter den Augen. Waren es Schweißperlen oder Tränen? Mein Vater erzählte später, Bodrogi hätte sich, von seiner eigenen Härte und Ungerechtigkeit gequält, über die ins Wasser getauchte Steinstufe gebeugt und laut geweint. Der Bademeister Lajos mußte ihn, um größeres Aufsehen zu vermeiden, sanft beim Arm nehmen, unter eine kalte Dusche stellen und kräftig abreiben.

„Verkettung unglücklicher Umstände", sagte mein Vater zum Abschied am Rande des kreisförmigen Beckens. Er erhob sich, streifte das viereckige Tuch an seinem Bauch glatt, reichte dem Dichterfürsten seine nasse Hand und ging, aufrecht, die kleinen Pfützen vor sich geräuschvoll zertretend, lauwarmes Wasser um sich spritzend, ein Mann, der seine Vernichtung der Welt nicht preisgab, in den Umkleideraum. Das Trinkgeld ließ er vom Bademeister Lajos aufschreiben.

*Die Treibeisfeldreise * Die zwölf Hemden *
Der Umschwung * Zum neuen Hund *
Die Kisten-Expedition *
Der Fahrgast im Kamelhaarmantel **

Mein Vater saß stundenlang in sich versunken auf der Couch. Gegen Abend, als die kalten Schatten des Spätherbstes das Zimmer verdunkelten, ging er zum Fenster und blickte verträumt auf die grauen, sich nach dem ersten Schnee sehnenden Schieferdächer der tiefer liegenden alten Wasserstadt.

„Mir fällt nichts ein", sagte er.

Damit wurde in unserer Wohnung wieder einmal der Ausnahmezustand proklamiert. Wir wußten, von einer Heizung würde bald keine Rede mehr sein, und auch das Licht würde von den unnachgiebigen Stadtwerken abgeschaltet werden. Trotzdem bewahrten wir unsere Ruhe, als reisten wir im Dienste der Menschheit auf einem langsam südwärts ziehenden Treibeisfeld. Es herrschte die Kameradschaft und die Umsicht der Polarforscher. Die noch vorhandenen warmen Kleidungsstücke wurden zusammengesucht und verteilt. Wir gingen angezogen zu Bett, in langen Unterhosen, abgewetzten Bademänteln und mit himmelblauen und mohnroten Wollsocken. Das Aufstehen am Morgen gestaltete sich dementsprechend zu einem kleinen Fest, man staunte und wurde bestaunt, für kühne Farb- und Formzusammenstellungen seines Nachtgewandes gelobt, nicht selten fiel dabei das Wort Zirkus. Man tauschte nützliche Erfahrungen auf dem Gebiet des nächtlichen Bauch- und

Füßewärmens aus und unterhielt sich über die gesundheitsfördernden Eigenschaften eiskalten Wassers.

Das Lesen, Flicken, Nähen und der Empfang gelegentlicher Besucher wurde auf die Tagesstunden beschränkt. Die Abende verbrachten wir beim rötlich flackernden Licht von Kerzenstummeln. Hingebungsvoll sangen wir alte ungarische Volkslieder und besprachen, was wir alles tun würden, sollte meinem Vater wieder etwas einfallen. Meine Schwester wollte in die Tanzstunde und wünschte sich dazu ein Samtkleid mit Spitzenkragen, was wir zwar altmodisch und im Geschmack ein wenig gewöhnlich fanden, schließlich jedoch genehmigten. Ich sehnte mich nach den Lichtern und der lauten Musik des Kunsteislaufplatzes im Stadtwäldchen, wo ich mit einem lässig gebundenen bunten Shawl zu erscheinen gedachte. Dagegen war nichts einzuwenden.

Die Hundeportionen wurden rationiert, die Vorsichtsmaßnahmen in der Wohnung erheblich verschärft. Hungrige Hunde werden allzuleicht launenhaft, sie bewegen sich ungemein schnell, fallen ihre Zimmernachbarn grundlos an und sind im Stande, um den Besitz eines Staubtuches oder einer Kleiderbürste blutige Gefechte zu liefern. In sämtlichen Räumen unserer Wohnung tauchten in immer kürzer werdenden Abständen die breiten Wasserlachen auf. Der Perubalsam ging bald aus. Die Wunden der Hunde behandelten wir fortan nach dem Schlagwort „Zurück zur Natur" ausschließlich mit Dunstumschlägen.

Die ereignislose Eintönigkeit unserer Treibeisfeldreise wurde erst am neunten Tag unterbrochen. Mannschaft und Hunde schliefen noch in den Zimmern und Nebenräumen verstreut, als es an der Tür klopfte. Aus dem Klopfen wurde alsbald ein Hämmern, das wiederum in kürzester Zeit in wüstem

Hundegebell unterging. Meine Schwester öffnete die Tür und führte eine umständlich vor sich hinmurmelnde, schnaufende Gestalt in das Vorzimmer. Nach einem Augenblick vollkommener Stille jaulte der Zwergwindhund Sascha jäh auf. „Jesusmaria!" brüllte der Besucher. Offensichtlich stolperte er über das schlafende Tier. Man hörte Sascha im engen, finsteren Raum herumrennen und immer wieder kurz bremsen. Der Besucher drehte sich, wie man an den ungewöhnlichen Geräuschen merkte, langsam im Kreis, versuchte dann einige Male den rasenden Hund zu überspringen und flüchtete schließlich in eine Ecke, wo er reglos stehenblieb. Meine Schwester öffnete inzwischen die Tür zum Speisezimmer und meldete, Herr Havas, mit dem unsichtbaren Bart, sei gekommen, sein Bart messe derzeit zwei ganze Meter.

Mein Vater, der sich gegen die eben vergangene, für die Jahreszeit und für den siebenundvierzigsten Breitengrad ein wenig ungewöhnlich kalte Nacht mit der kurzen Katzenpelzjacke meiner Tante Mano gewappnet hatte und darunter ein weißes Trikot und eine lange, weiße Wollhose trug, als wäre er ein unvorsichtiger Tennistrainer, den der Einbruch des Winters mitten auf dem hellroten, sommerlichen Spielplatz überrascht hatte, ließ, zu unserer Verwunderung, Herrn Havas hereinbitten.

Der unermüdliche Hemdenmacher rollte vorsichtig in das Speisezimmer, spähte mißtrauisch in alle Ecken, wischte seine hohe, traurige Stirne mit einem kleinen, dunkelgrünen Taschentuch und murmelte wohlerzogen ungelenke Begrüßungsworte. Dann blieb er stehen, stützte sich mit beiden Händen auf die verbeulte Tischplatte und starrte vor sich hin, als überlege er gerade, ob er schreien, drohend flüstern oder leise weinen solle.

„Guten Morgen", rief mein Vater dem fleißigen Geschäftsmann mit heller, unbefangener Stimme zu. „Wie geht es Ihnen?"

„Schlecht", sagte Havas. Er hustete verlegen.

„Pfefferminze", empfahl mein Vater besorgt, „Pfefferminze in flüssiger Form."

Der Hemdenmacher nickte.

„Danke. Mein Husten ist wetterbedingt. Heute ist ein nebeliger Tag."

„Sehr schade", schüttelte mein Vater den Kopf. „Ich wollte einen längeren Spaziergang unternehmen. So werde ich aber lieber zu Hause bleiben. Ich freue mich, daß Sie gekommen sind. Ich wollte eben nach Ihnen schicken."

„Ach nein", staunte Havas. Er hob seine Hände von der Tischplatte, die Umrisse einer linkischen Umarmung blieben in der Luft hängen.

„Ich möchte bei Ihnen zwölf Hemden bestellen", sagte mein Vater. „Alle cremefarbig."

Havas wich zwei Schritte zurück. Er wurde kreideweiß. Sein Mund zitterte, er stöhnte, als hätte man ihm statt des erwarteten Bruderkusses meuchlings einen Dolch in den Rücken gestoßen. Er taumelte, schlug mit seinen kurzen, fleischigen Armen um sich, er rang nach Atem und preßte endlich einen verzweifelten Schrei aus seiner zugeschnürten Kehle. Es war ein Urlaut, ein markerschütterndes „Oouuu!", ein Schmerz- und Wutgebrüll zugleich; in schlechteren Zeiten, in den Zeiten von Gefahren und besonders von Epidemien, hätte man unverzüglich nach diesem Schrei auf eine fortschreitende Tollwut des Hemdenmachers schließen können. Es war höchst interessant zu beobachten, wie sich Havas allmählich zusammenkrümmte, wie er sich wieder aufzurichten versuchte, erneut in sich zurücksank, mit gespreizten Fingern die Tischplatte berührte, auf der plötzlich nasse, parallel laufende, dünne Streifen auftauchten, wie er sich dann ruckartig umdrehte, nochmals „Oouuu!" schrie, diesmal aber in einem merklich tieferen Tonfall und wie er, um nicht zusammenzubrechen, die Arme waagrecht ausbreitete, einen Schwung nahm und röchelnd aus dem Zimmer stürzte. Meine Schwester begleitete ihn mit kleinen Tanzschritten und sperrte hinter ihm die Wohnungstür zu. Wir haben einander gegenseitig beglückwünscht, denn wir wußten, mein Vater hatte den toten Punkt seiner einfallslosen Trübseligkeit überwunden.

„Geburt ist jeden neuen Lebens Anfang", sagte meine Tante Mano, als sie sich seufzend in unserer Küche niederließ.

„Ein erlesener Gedanke", erwiderte mein Vater.

„Hier ist es kalt", bemerkte Tante Mano. „Ich will euch helfen."

„Wir sind, Gott sei Dank, alle gesund", sagte mein Vater vorsichtig, denn er wußte noch nicht, was für neue karitative Pläne Tante Mano in der kleinen Kapelle des Heiligen Antonius am Sonnenberg, in der sie allabendlich, nach der Sperrstunde der Hundewasch- und Schuranstalt, über Leben und Tod, über den verborgenen Sinn der Milchstraße und über den inneren Zwang der Nächstenliebe zu meditieren pflegte, für unsere Familie ersonnen hatte.

„Wir sind alle kerngesund, wie du siehst, meine liebe Mano, und auch die Hunde, die dir besonders am Herzen liegen, sind munter und wohlgenährt."

„Es scheint mir", sagte Tante Mano leise, als dächte sie noch immer über etwas, das sie uns äußerst rücksichtsvoll beibringen wollte, scharf nach, „es scheint mir, als ob Sascha in letzter Zeit abgenommen hätte. Der Hund ist mager."

„Das Licht täuscht", teilte mein Vater entschlossen mit. „Es ist ein müdes Winterlicht, es verfälscht die Konturen. Wenn du aber möchtest, könnte ich dir den Hund richtig ausleuchten. Wir müssen nur bei den Nachbarn anklopfen, denn wir haben, und das muß ich dir leider gestehen, vorübergehend keinen Strom. Mit Kerzen kann man einen Hund nur unzureichend ausleuchten. Möchtest du zum Apotheker Othmar ein Stockwerk höher gehen, oder lieber gleich hier zu der schwerhörigen Witwe des polnischen Getreidehändlers Pokorny?"

„Der Hund ist mager", sagte Tante Mano erneut. „Laß mich nachdenken."

„Ein Zwergwindhund muß mager sein", stellte mein Vater fest.

„Schlank muß er sein", verkündete Tante Mano. „Schlank, aber nicht mager. Er muß viel essen und viel Bewegung haben."

„Er frißt viel und er bewegt sich", murmelte mein Vater verärgert.

Tante Mano blickte meinen Vater mißmutig an:

„Laß mich nachdenken. Ich bin bald soweit."

„Beeile dich nicht", sagte mein Vater. „Heute vormittag habe ich ausnahmsweise mehr Zeit als sonst."

Tante Mano faltete ihre von Hundebissen und von billiger Kernseife ruinierten, breiten Hände in ihrem Schoß. Ein Zeichen, daß sie Klarheit gewonnen hatte und beabsichtigte, ihrer Umwelt ihre unumstößliche Meinung anzuvertrauen.

„Seit Tagen lassen mich wertvolle Gedanken nicht ruhen", begann sie mit einer Stimme, die ein längeres, in die Tiefen lotendes Gespräch vorausahnen ließ.

„Ich schlafe unruhig, weil mein Unterbewußtsein in den vergangenen Tagen vieles zu verarbeiten hatte. Wird man infolge überhöhter Empfindlichkeit mit dem eigenen Unterbewußtsein konfrontiert, läßt man es, wie eine Mühle nach der Erntezeit, pausenlos mahlen, läßt man Spreu von Weizen fein säuberlich trennen, so kommt man zu der einfachen Schlußfolgerung, die dann wiederum wie ein Lichtstrahl die Finsternis der Ratlosigkeit durchdringt."

„Darüber las ich bereits einiges", nickte mein Vater.

„Einiges ja, offensichtlich aber nicht genug", wies Tante Mano meinen Vater mit einer ungeduldigen, beinahe verächtlichen Handbewegung zurecht. „Wie hättest du sonst die Möglichkeit, welche das gütige Schicksal dir vor nicht allzu langer Zeit großzügig in die Hände gespielt hat, mit der sündhaften Kurzsichtigkeit des Eingebildeten unbeachtet gelassen? Den Lichtstrahl mußt du auffinden, und ich wäre bereit, dich hinzuführen, wärest du nicht störrisch wie ein Esel."

Mein Vater sah seine Hände ein wenig erstaunt an, als suche er die Möglichkeiten, welche das gütige Schicksal laut Offenbarung unserer Tante Mano dort hinterlegt hatte. Er fand, soweit ich es beurteilen konnte, nichts.

„Sprichst du über das Dampfbad?" fragte er leise.

„Ich spreche nicht über das Dampfbad", schüttelte Tante Mano ärgerlich ihren langen, flaschenförmigen Kopf. „Das hättest du doch schon merken müssen. Nein, ich lasse mich nicht durch weit hergeholte Begriffe irreführen. Ich spreche von der Wahrheit."

„Wir wollen dich anhören", sagte mein Vater geduldig.

Tante Mano blickte meinen Vater mißtrauisch an. Hinter seiner unverhofften Nachgiebigkeit vermutete sie eine Falle. Sie schickte sich an, das Feld erneut zu erproben.

„Ich will von der Wahrheit sprechen, doch ich fürchte, du bist für die Wahrheit noch nicht reif genug. Du solltest in dich gehen."

„Welchen Lichtstrahl meinst du?" fragte mein Vater auffallend sanft.

„Nun gut." Tante Mano sah sich um, ihr Blick wurde plötzlich nüchtern und sachlich, als wäre es der Blick eines Vermessungsingenieurs oder eines Baumeisters. Unser Küchentisch und Kochherd, die schimmeligen Wände und abgeblätterten Fensterrahmen wurden aufmerksam gemustert. „Die Räume gehören geheizt. Auch die Küche. Die Ecken mit Holzwolle und Sackleinen gepolstert."

„Warum?" fragte meine Schwester.

„Was warum?" erwiderte Tante Mano aufgebracht, als spräche sie über Dinge, die in jeder Zweizimmerwohnung zu den Selbstverständlichkeiten gehörten.

„Warum Holzwolle?" fragte mein Vater. Er zeigte im Laufe des Gespräches zum ersten Mal einen Funken wahren Interesses.

„Wer züchtet, kann sich am Gedeihen erfreuen", lenkte meine Tante Mano ein. Sie machte in den höheren Regionen ihrer Seele eine kurze Pause, um noch entschlossener fortfahren zu können. „Wer den Sinn des Lebens sucht, läßt den Entwicklungsprozeß von Anfang an abrollen. Das wißt ihr hoffentlich alle: der Mensch ist verpflichtet, den Sinn des Lebens zu suchen."

„Warum Holzwolle?" fragte mein Vater.

„Die Jungen brauchen ein warmes Nest", sagte Tante Mano. „Am besten läßt man sie vier Wochen lang in der Kiste. Für die Nacht kann man sie auch zudecken, in den Deckel muß man Löcher bohren. Nachdem die Augen geöffnet sind, behandelt man sie mit Kamillentee. In der Früh und gegen Abend. Für alles andere sorgt schon das Muttertier. Man kann das Wunder der Natur, die kosmischen Triebkräfte am lebendigen Leib aus nächster Nähe beobachten. Ich beneide euch heute schon darum."

„Willst du uns junge Hunde bringen?" fragte meine Schwester.

„Ich werde euch keine jungen Hunde bringen", erklärte Tante Mano. „Sie werden hier geboren. Bei euch. Das ist viel schöner."

„Ich fürchte, liebe Mano", sagte mein Vater schnell, „da sind wir nicht ganz einer Meinung."

Tante Mano lächelte meinen Vater traurig an, als müsse sie ihn wegen seines sinnlosen Widerstandes bemitleiden:

„Ihr werdet mir noch sehr dankbar sein. Hunde züchten ist das Schönste und Einfachste auf der Welt. Vorläufig braucht ihr nichts anderes tun, als vier oder fünf anständige Kisten zu besorgen. Innen gehobelt, denn Jungtiere sind gegen Holzsplitter überaus empfindlich."

Mein Vater versuchte geschickt auszuweichen:

„Ich weiß nicht, wo ich die Kisten hernehmen soll."

„Du hast fabelhafte Beziehungen."

„Das schon", sagte mein Vater. „Man kennt mich in der ganzen Stadt, die Margareteninsel inbegriffen, und überall steht man mir gerne zur Verfügung. Ja, du hast recht, ich habe in sämtlichen Bezirken Budapests, in den flachen genauso wie in den hügeligen und sogar ganz hoch oben, auf dem Jánosberg, wo man mit jungen Schauspielerinnen, die frisch aus der Provinz in die Hauptstadt gekommen sind, spazieren zu gehen pflegt, blendende Beziehungen. Hättest du anstatt der vier oder fünf armseligen Kisten vier oder fünf ausgewachsene Kamele gewünscht, Dromedare mit einem Höcker, oder jene saharagelben, südarabischen, mit zwei, könnte ich sie dir spätestens in einer

Woche verschaffen. Es wäre mir sogar lieber, hättest du dir Kamele und keine Kisten gewünscht, denn für gewöhnliche Holzkisten, für so minderwertige Objekte der Verpackungsindustrie, lasse ich meine wertvollen Beziehungen nicht gerne spielen."

Tante Mano schüttelte den Kopf.

„Du wirst es für dich und für deine Familie tun."

„Nehmen wir an", spann mein Vater seine Gedanken genußvoll weiter, „du hast mich überzeugt und ich mache mich auf den Weg, die Kisten zu beschaffen. Ich könnte mich zum Beispiel an den sauer riechenden Baron Wussinsky wenden. Ich könnte ihm sagen: 'Baron, ich bin augenblicklich in Verlegenheit, ich muß einem sehr guten Freund, einem Schulkameraden, der nach mühevollem Werdegang Archäologe geworden ist und in der Nähe der Stadt Kecskemét, in der Tiefe des weichen Flugsandes, acht Paar schwere, avarische Pferdegeschirre gefunden hat, bronzene, mit Halbedelsteinen geschmückt, dringend beistehen. Mein Freund', würde ich dem sauer riechenden Baron sagen, 'will diesen historisch unbeschreiblich wertvollen Fund nicht verstaatlichen und auch nicht in dem für den gesamteuropäischen Raum wiederum unbeschreiblich unbedeutenden und außerdem schlecht geführten Heimatmuseum von Kecskemét verschimmeln lassen. Weil er für seine Überzeugung, die Werte des Vaterlandes würden erst im Ausland wirkungsvoll, sogar zu sterben bereit wäre, will er den unbeschreiblich wertvollen Fund als gebrauchtes Pferdegeschirr getarnt, in Essigkisten verpackt, mittels eines Donauschleppers, vielleicht des veralteten, daher gar nicht verdächtigen 'Neptun' mit den zwei Schornsteinen, nach Wien schmuggeln und von dort dem einzigen Institut, dem dieser Fund gebührt, dem British Museum, schicken'."

Meine Tante Mano bat um ein Glas Wasser. Sie trank hastig. Mein Vater fuhr fort.

„Wussinsky, der sauer riechende Baron, würde mir natürlich kein Wort glauben. Aber er würde, und das ist so gewiß, wie ich hier stehe, die Geschichte mit zwei oder drei mittelgroßen Kisten honorieren. Die Frage wäre nur, ob junge Hunde scharfen Essiggeruch gut vertragen oder nicht? Die Frage wäre weiterhin, ob sie nicht, wie der im Grunde bedauernswerte Baron selbst, für ewig nach Essig riechen werden. Glaubst du, daß junge, stark nach Essig riechende Hunde leicht einen Käufer finden?"

„Wir werden hier eine solide Hundegebäranstalt eröffnen", sagte Tante Mano mit einem gewissen Nachdruck. „Du, als Leiter der Anstalt, wirst einen weißen Arbeitsmantel tragen müssen. Es werden Besucher kommen. Später könnte man unten am Haustor ein Schild anbringen mit der Aufschrift 'Zum neuen Hund'. Am besten auf Glas gemalt. Man muß klein anfangen."

Mein Vater nickte zustimmend:

„Einen weißen Mantel bekomme ich leicht. Wachsmann-Bácsi, der pensionierte Kinobilleteur, hat seine Laufbahn einst als Damenfriseur begonnen. Erst nach vielen Jahren, im Zuge des allgemeinen technischen Fortschrittes, wechselte er zum Kino über. Er behauptet, die Verwendung der Taschenlampe als Leitlicht für verspätete Zuschauer erfunden zu haben. Über jede Vorstellung führte er Tagebuch. Bis zu seiner Pensionierung riß er dreihunderttausendvierundneunzig Kinokarten entzwei. Für neue Ideen zeigte sich Wachsmann-Bácsi immer schon aufgeschlossen. Auf ihn kann ich mich verlassen. Er ist nur etwas kleiner als ich. Aber vielleicht war er als Damenfriseur noch größer. Du weißt, Mano, der Mensch schrumpft."

„Man muß die Kisten mit einer milden Seifenlösung und heißem Wasser auswaschen", sagte Tante Mano leise. Mir schien, als suche sie nur mehr den geeigneten Augenblick für einen zufriedenstellenden Abschied, als Abschluß der bisher gradlinig geführten Verhandlung. Einen Abschied, etwa so: „Nun gut, meine liebe Mano, alles ist sonnenklar, wann bringst du also die ersten Hunde, die guter Hoffnung sind?"

Mein Vater jedoch sprach scheinbar sorglos, von den weithin sichtbaren Klippen der gefährlichen Unterhaltung geradezu ermuntert, weiter:

„Zuerst müssen aber Kisten her! Ohne Kisten, die fachmännisch gehobelt und makellos ausgewaschen sind, kann keine Hundegebäranstalt, die man als beispielgebend aufziehen will, vor die Öffentlichkeit treten. Oder bist du anderer Meinung?"

„Nein", seufzte Tante Mano. „Die Kisten müssen her."

„Schöne Kisten. Denn die erste Umgebung, die ein junger Hund erblickt, beeinflußt seine Entwicklung, sein Gemüt, alle seine im Laufe der Jahre zur Reife kommenden guten und schlechten Eigenschaften. Das ist ein Gemeinplatz, darüber brauche ich nicht weiter reden. Da fällt mir aber gerade Ivanics ein, an den ich mich seelenruhig wenden könnte. Er war als Sohn eines armen Kostümverleihers bereits in seinen jungen Jahren von der Schönheit der einfachen Dinge angetan ..."

„Erzähle mir nicht die Geschichte dieses Mannes!" unterbrach Tante Mano meinen Vater. Ihr Blick war glasig.

„Du hast recht, meine liebe Mano. Ivanics verdient es nicht. Er hat mich, und das ist gar nicht lange her, bestohlen und verraten. Ich fuhr ahnungslos von Buda nach Pest und ergötzte mich an den spielerischen Flugübungen der Möwen, als Ivanics, dem die kurze Schiffsreise allem Anschein nach langweilig geworden war, mir auf die Schulter klopfte. 'Wir werden eine schöne Überfahrt haben, Feri', sprach er mich an und ich stimmte zu. Wir unterhielten uns über die Strömung des Flusses und über die anschauliche Gliederung der Küstenformation ober- und unterhalb der Kettenbrücke. Dann fragte mich Ivanics plötzlich: 'Welches Wort würdest du, mein lieber Feri, aus allen Wörterbüchern der Welt streichen, stünde es in deiner Macht?' 'Stünde es in meiner Macht', antwortete ich, indem ich dachte, es handle sich dabei um eines der harmlosen Spiele, die zwei gebildete Menschen zu spielen pflegen, während sie einen ihnen seit ihrer Kindheit bekannten Fluß überqueren, 'würde ich das Wort Gläubiger streichen.' 'Interessant', sagte Ivanics und lachte mich liebenswürdig an. Dann sprachen wir noch von der Kettenbrükke."

Tante Mano erhob sich:

„Es freut mich wirklich, daß auch du für die Eröffnung unserer vielversprechenden Anstalt plädierst. Ich bin immer froh, wenn ich ein gutes Werk tun kann. Hoffen wir, daß ihr bald reich werdet."

„Wir sind davon überzeugt", sagte mein Vater und begleitete Tante Mano bis zum Haustor.

„Werden wir Hunde züchten?" fragte meine Schwester, als mein Vater zurückkam.

„Ich denke nicht daran."

Am nächsten Morgen, die Sonne stand noch frierend, unausgeschlafen irgendwo hinter den zerbrökkelnden Feuermauern der Wasserstadt, fuhr er zeitlich los, um die Kisten aufzutreiben.

Um nach Törökbálint, einem kalkweißen Dorf inmitten von dunkelgrauen Lacken und trockenen Maisfeldern zu gelangen, muß man in den froschgrünen Wagen der „Eisenbahn für lokale Anschlüsse", kurz ELAN genannt, einsteigen. Man nimmt unter den bunten Plakaten der Bahnverwaltung „Mit ELAN in den Frühling!" Platz und fährt zunächst mit atemberaubender Geschwindigkeit durch endlose Vorstädte. In Sekundenschnelle kann man mühelos so viel Schmutz, Elend, Häßlichkeit und Trauer ineinanderverflochten und aus den seltensten Blickwinkeln sehen, die zu besichtigen man sonst vielleicht Wochen gebraucht hätte. Dann erreicht die schwankende Garnitur, ein Geisterzug aus schwerem, knatternden Eisen und zitternden Glasscheiben, die offenen Felder, die gespensterhafte Skizze einer Landschaft, die aus wuchernden Kohlblättern, aus von Mist und Unrat verstopften Kanälen, aus streunenden Katzen und besoffenen Maurergehilfen besteht. Mit kreischenden Hüftbewegungen durchquert sie Bauernhöfe, rammt beinahe deren Brunnen, Scheunentore und kahle Obstbäume, um schließlich sirenenheulend die breiten Hauptstraßen der Dörfer entlang zu rollen, wo der abgenützte Schienenstrang unter kaltem Staub verschwindet.

Stumm und reglos sitzen die Fahrgäste auf den harten Bänken, als reisten sie seit Jahren, ohne aus- und einzusteigen, immer denselben Stationen entgegen, die märchenhafte Namen haben wie „Wald der Kamarilla" oder „Damm von Filator". Alte Frauen in Schwarz, die streng gebundene, gestärkte, fahlblaue Kopftücher wie Kohlblätter aus raschelndem Leinen tragen, alte Männer mit schwarzen Schafpelzmützen auf den gelben, ausgetrockneten Schädeln, mit kalten, zerkauten Pfeifen im bläulichen Mund und frierende Jünglinge ohne Mantel, mit breiten, roten Händen und einem Duckmäuserblick, bevölkern den Wagen. Alle haben große Gepäckstücke mit, als wäre das Einsteigen in diese Bahn ausschließlich mit großen Paketen gestattet, mit dicken Bündeln und vollgestopften Papierkoffern, zusammengeschnürten Pappschachteln und schweren Brotbeuteln, mit Tonkrügen, Töpfen und Blechkanistern, mit Netzen und Tragkörben.

Mein Vater stieg, von weitem als Fremder erkennbar, in die ELAN ein. Er wähnte sich bereits in einer Stunde in Törökbálint, in der gutgeheizten Stube des Kunstmalers Boborkövi. Dieser, ein ehemaliger Stammgast des Café „Savoy", hatte sich nach seiner Scheidung in das Dorf zurückgezogen, um in aller Ungestörtheit eine neue Farbe zu erfinden. Eine bisher zur Gänze unbekannte Farbe, mit der man Luftfeuchtigkeit und nichts als Luftfeuchtigkeit malen könnte. Das Experiment gestaltete sich schwierig und langwierig. Nach jahrelangem Herumtasten wußte Boborkövi noch immer nicht genau, welche Farbe diese Farbe haben sollte. Nur die Bezeichnung, die einmal in die Kunstgeschichte eingehen sollte, stand fest: Boborkövi-Feucht. In diesem Herbst mischte er gerade gesiebtes Regenwasser mit Teer, Salbeiblättern, Sepia, Zement und geschlagenem Eiweiß und malte Luftfeuchtigkeit abwechselnd einmal gegenständlich und dann wieder abstrakt. Er malte, und darüber wußten die Kunstbesessenen im Café „Savoy" Bescheid, nicht auf gewöhnlicher Leinwand, die er für seine Versuche ungeeignet fand, sondern auf Holz, auf die gehobelten inneren Seiten mittelgroßer Kisten. Das hatte wiederum mit neuen Reflektions- und Entfernungstheorien zu tun, die ebenfalls in die Kunstgeschichte eingehen sollten. Die Kisten bezog er von der stillgelegten Sodawasserfabrik von Törökbálint, deren Nachtwächter die Einrichtung Stück für Stück zu stark herabgesetzten Preisen verkaufte.

Mein Vater wollte Boborkövi schöne Grüße aus dem Kaffeehaus ausrichten, bei ihm Paprikaspeck mit kleingehacktem Zwiebel essen, vielleicht auch ein Glas Wein trinken und schließlich vier oder fünf Luftfeuchtigkeitsbilder samt Kisten für einen interessierten Kunsthändler, der sich vorläufig noch nicht zu erkennen geben wollte, aber des Malers Experiment seit geraumer Zeit insgeheim verfolgte, auswählen und mitnehmen.

Mein Vater gelangte niemals nach Törökbálint. In der Station „Damm von Filator" stieg ein Mann zu, der sich zögernd umsah und sich den gerade frei gewordenen Platz neben meinem Vater aussuchte. Er zog seinen hellen, auffallend feinen Hut und setzte sich. Mein Vater nickte erstaunt, denn in diesem Zug grüßten einander die Fahrgäste niemals. Offensichtlich war der Mann mit den Gepflogenheiten der ELAN nicht vertraut, oder zumindest tat er so. Er war auch völlig unpassend gekleidet. Er trug einen teuren, überaus geschickt gepolsterten Kamelhaarmantel mit breitem offenen Revers und riesigen Schultern. Dazu einen Gürtel mit schillernder Schildpattschnalle und einen himmelblauen Shawl. Weiße Zwirnhandschuhe, darüber einen Siegelring. Eine enge, schwarze, mit kaum sichtbaren, hellgrünen Fäden karierte Hose. Schwarze Antilopenschuhe mit erhöhtem Absatz. Er duftete. Er roch nach Parfum, nach Haar-, Mund- und Rasierwasser. Er holte eine weiche, längliche, dunkelgrüne Lederbrieftasche hervor, um die Fahrkarte zu lösen.

Nach der Station „Damm von Filator" – der Lokführer gab ein kurzes Warnsignal – umarmten sich die Fahrgäste, wie immer. Die Geleise waren hier seit Menschengedenken abgesunken, die Garnitur neigte sich scharf nach links. Tragkörbe, Kanister und Papierkoffer rutschten in ihren sorgfältig vorberechneten Bahnen. Die Fensterscheiben klirrten.

Der Mann im Kamelhaarmantel klammerte sich überrascht an meinen Vater. Er zog erneut den Hut und sagte:

„Verzeihen Sie, mein Herr."

Er lächelte meinen Vater vertrauensvoll an. Es war, wie mein Vater später noch öfters erzählte, ein seltsames Lächeln; das Lächeln eines verschämten, schüchternen Kindes, das nicht zugeben will, daß ihm der unverhoffte Spaß große Freude macht und zugleich das Lächeln eines abgeklärten, harten Mannes, der, bereits mehrere Zugunglücke hinter sich, Böses und Gutes in ungewöhnlicher Menge erlebt und ausgekostet hat. Ein zweifellos beachtenswertes Lächeln, eine verwirrende Mischung aus Unschuld und List.

Die drei tiefen, weichen Falten der Stirne zogen sich dabei in die Höhe und die öligbraune Haut an den knochigen Backen rötete sich, als wäre der Mann plötzlich von Fieber befallen. Die schmalen, kurzen, beinahe farblos-trockenen Lippen blieben geschlossen. Die Nase, umfangreich und massiv, ragte wie eine an rauher Witterung erprobte Felsspitze, von winzigen, dunkelroten Adern durchzogen, in die Luft. Unter den schweren, geschwollenen Lidern schmolzen in der Zehntelsekunde des Lächelns eisgraue Augen zu einem warmen Leuchten.

Der Lokführer gab wiederum ein kurzes Warnsignal. Die Passagiere bückten sich und bedeckten ihre Gesichter mit den Händen, mit Tüchern und gefaltetem Zeitungspapier. Mein Vater deutete seinem Nachbarn höflich, den Atem anzuhalten.

Die Garnitur ratterte langsam durch eine enge Gasse von kalkbestrichenen Bretterzäunen. Ein Höllengestank überflutete die Wagen, er war so dicht, daß man für einen Augenblick nur verschwommene

Umrisse und schattenhafte Gestalten sah; aus den Augen der Fahrgäste quollen Tränen.

„Wo sind wir?" röchelte der Mann im Kamelhaarmantel.

„Sie dürfen nicht atmen", flüsterte mein Vater und stopfte das breite Revers des Kamelhaarmantels hilfreich in den Mund seines Nachbarn. „Keine überflüssige Bewegung. Es dauert nicht lange."

Der Zug schien in eine verlassene Lehmgrube zu sinken, dann kletterte er mühsam auf einen Flugsandhügel.

„Schon vorbei", sagte mein Vater. „Es war die Staatliche Schweinemastanstalt zu Tétény. Haltestelle nach Bedarf."

Der Mann im Kamelhaarmantel lehnte sich erschöpft zurück:

„Ich bin Ihnen sehr dankbar."

„Nicht der Rede wert", erwiderte mein Vater. „Ich kenne mich auf dieser Strecke gut aus."

„Auch in der Umgebung?" fragte der Mann im Kamelhaarmantel.

„Einigermaßen", nickte mein Vater.

„Auch im Wald der Kamarilla?"

„Bestens. Wie in meiner eigenen Westentasche."

Er erinnerte sich nebelhaft an einen Ausflug. Er war damals sechs Jahre alt, marschierte mit der Schulklasse, eine Marienfahne voran, ein beleibter Priester in blauer Soutane an seiner Seite, er war blond, hatte Durst, sollte Selbstdisziplin üben, versteckte sich hinter einem riesigen Baum, ging dann allein um eine Quelle zu suchen, verirrte sich, wurde von einer alten Bäuerin aufgegriffen, geohrfeigt, zur Station der ELAN gebracht, wartete drei Stunden auf die Schulklasse, wurde wieder geohrfeigt und hatte keinen Tropfen Wasser getrunken. Seitdem betrat er den verhängnisvollen Wald nicht mehr.

„Ein schöner Wald", fügte er noch hinzu und seufzte. „Man sollte mehr Zeit haben um spazierengehen zu können."

„Ist es dunkel darin?"

„Stellenweise."

„Es soll dort eine Schutzhütte geben", sagte der Mann im Kamelhaarmantel. In seiner Stimme klang ein drohender Unterton mit, gleichzeitig spürte man in ihr auch eine Spur von Unsicherheit. Mein Vater murmelte scheinbar unbekümmert vor sich hin:

„Ziemlich verwittert."

„Mit Strohdach?"

„Nein. Mit Schindeldach. Das Strohdach wurde vor zehn Jahren nach einem schrecklichen Waldbrand abgetragen. Es war ein grauenvoller Anblick. Fünfhundert Bäume loderten. Die Feuerwehr stand machtlos herum."

Der Mann im Kamelhaarmantel schüttelte den Kopf:

„Merkwürdig. Laut einer vertaulichen Mitteilung, die ich gerade gestern erhielt, hätte die Hütte ein Strohdach."

„Durchaus möglich", sagte mein Vater. „Die Forstverwaltung hat sich seit Jahren eingehend mit einem Plan beschäftigt, wonach das teure Schindeldach, dessen Erhaltung weit mehr kostet als die eines gewöhnlichen Strohdaches, durch ein gewöhnliches Strohdach ersetzt werden sollte. Der zuständige Referent im Ministerium für Land- und Forstwirtschaft ist ein guter Freund von mir. Sämtliche für die Beschaffung eines neuen Strohdaches notwendigen Unterschriften konnte mein Freund, wie ich das von seinen Freunden in der Zwischenzeit erfahren habe, mit unwahrscheinlicher Leichtigkeit erhalten. Also durchaus möglich."

Der Mann im Kamelhaarmantel blickte meinen Vater lange und freundlich an, als wollte er sein wachsendes Interesse ihm gegenüber bereits offen kundtun und seinen Wunsch, es möge sich diese flüchtige Bekanntschaft vertiefen und über die kurze Reise in der ELAN hinaus erhalten bleiben. Er lächelte halb verschämt, halb herausfordernd.

„Sie würden natürlich hinfinden?"

„Zu der Schutzhütte? Ja, natürlich."

Der Mann im Kamelhaarmantel reichte meinem Vater plötzlich die Hand. Diese Geste kam so überraschend, daß mein Vater zuerst erschrocken auf seine Knie starrte, ob seine Hose einen Riß hätte, dann, da er im Bruchteil einer Zehntelsekunde an seiner Kleidung keinen Mangel entdeckte, dachte er an ein einfaches Rätselspiel: fünf Finger ausgestreckt, Handteller flach, was ist das? Der Mann im Kamelhaarmantel verneigte sich steif, auch sitzend in strammer Haltung, was sowohl Überbleibsel einer strengen Erziehung in einer Ordensschule als auch festgefahrene Gewohnheit einer bewegten militärischen Vergangenheit, aber genauso geübte Vortäuschung der beiden sein konnte.

„Sie erlauben, Kapitän Elemer Balogh."

*Der Kapitän * Die untreue Zweite * Die Salzbrezelhütte * Stirb, Schlange * Himbeer Lilo, lila Havas * Erwachsene Menschen * Havas wird Bodrogi * Die Liebe ist eine Schaukel, hoppla * Fair play **

Die Hand war warm, knochig, vertrauenserweckend. Der seltene Vorname Elemer rief in meinem Vater Erinnerungen an verschwitzte und heisere Operettenaufführungen in Provinztheatern diesseits und jenseits der Theiss wach: 'Gräfin, ich bin gekommen, um zu erfahren, ob Ihre schneeweiße Hand noch frei ist?' 'Meine schneeweiße Hand ist nicht mehr frei, Elemer.' 'Wieso, Gräfin?' 'Sie gehört Ihnen' – Die Geigen bringen leise das Hauptmotiv, das Liebesmotiv, Dreivierteltakt. Auch Zigeunerprimasse hießen ab und zu Elemer, sie starben, nachdem sie unsterblich gewordene Lieder komponiert hatten, an galoppierender Schwindsucht, wurden von hundert Primassen mit schluchzenden Geigen zu Grabe getragen, am Grabe stand schweigend, als wäre sie eine Säule aus dichtestem Schmerz, eine verschleierte Gräfin oder die nur unzureichend verschleierte Besitzerin eines Drogerieladens. Aber auch aus der Vorstadt konnte man als Elemer hervorkommen, wenn man eine Mutter hatte, die gerne die Hefte der „Bunten Romanreihe" las oder fromm genug war, um Bischöfe innigst zu verehren. Denn auch Bischöfe hießen in Ungarn ab und zu Elemer.

Der Familienname Balogh hingegen sagte meinem Vater nichts. Er war ein häufiger Name mit einem Hauch von folkloristischem Anstrich. Er schmeckte zum Beispiel nach gelegten Bauernkartoffeln, die Lieblingsspeise ungarischer Kleinstadtbewohner, die man am besten mit gekochten Eiern, mit Rahm und Csabajer-Wurst zubereitet, ohne Paprika jedoch, denn die Verwendung von Paprika wird im Fall der gelegten Bauernkartoffeln eindeutig als Ketzerei angesehen. Auch ein flinker Schneidergeselle hätte ebenso ein Balogh sein können wie ein erfolgreicher Trabrennfahrer; ein nachsichtiger Vorsitzender der Steuerkommission groß B Strich neunundzwanzig nicht anders als der unerschütterliche Untermann einer fliegenden Artistengruppe, der „Drei Hurricanes" oder der „Vier Calvados". Jedermann hätte ein Balogh sein können, ohne damit eine folgenträchtige Vergangenheit oder eine bestimmte Zukunft haben zu müssen. Im Budapester Telefonbuch konnte man einhundertvierunddreißig Balogh finden, die nicht miteinander verwandt waren. Die Anzahl der Balogh, die geduldig auf einen Telefonanschluß warteten, gab die zuständige Behörde mit dreihundertfünfundvierzig an. Die Liste der „Staatlichen Bestattung" wies jährlich etwa zwanzig tote Balogh auf. Das Zentrale Meldeamt schließlich verfügte über die Gesamtstatistik aller lebenden und toten Balogh, Besitzer und Nichtbesitzer eines Fernmeldegerätes, gewährte jedoch in seine Kartei einzig und allein den Beamten des „Ersten Allgemeinen Imkerverbandes", einer nur flüchtig getarnten Abteilung der Geheimpolizei, Einblick.

Der Titel Kapitän machte auf meinen Vater großen Eindruck, obwohl er keinen Augenblick glaubte, daß der Mann im Kamelhaarmantel tatsächlich ein Dompteur sei, der mit vier weißen Möpsen auftritt, eine Pistole und eine Peitsche schwingt, während die Hunde auf kleinen, verchromten Hockern Kinderlieder singen; auch einen Steuermann zweiter

Klasse auf einem schwarzen Schleppkahn des „Ungarischen Volkskoks" vermutete er in der zierlichen, jedoch muskulösen Gestalt des Elemer Balogh nicht. Da mein Vater über eine erstaunlich verläßliche Menschenkenntnis verfügte, war er felsenfest davon überzeugt, daß der Mann im Kamelhaarmantel, Kapitän Elemer Balogh, ein Dentist sei, der von den geschwollenen Wangen, den entzündeten Wurzeln und den zu hoch geratenen, diskrete Sprechfehler verursachenden Brücken seiner Patienten von Zeit zu Zeit die Nase einfach voll hat, in seinen prachtvollen Kamelhaarmantel schlüpft, das Schild „Heute keine Ordination" auf die Türklinke hängt und sich auf abenteuerliche Reisen begibt. Er empfand Zuneigung dem Kapitän gegenüber und sann angestrengt nach, welche Geschichte er ihm erzählen könnte, um ihn, der offenbar über eine traurige Angelegenheit grübelte, aufzuheitern.

Der Kapitän aber kam meinem Vater zuvor. Die Garnitur passierte gerade endlos scheinende, staubige Brennesselgebüsche, Vorboten des Waldes des Kamarilla.

„Meine Frau betrügt mich", sagte er. In seinen Augen standen Tränen. „Es handelt sich da bedauerlicherweise um meine zweite Frau. Sie heißt Lilo. Auch meine erste Frau hieß Lilo."

Mein Vater bot dem Kapitän sein Taschentuch an, Marke „Havas und Mattanich", Draufgabe auf die zwölf cremefarbigen Hemden, eine bescheidene Aufmerksamkeit der Firma – liegt immer unten im Paket.

Der Kapitän schüttelte den Kopf und lachte kurz.

„Danke, mein Herr. So schwach bin ich nicht. Es berührt mich nur äußerst unangenehm. Lilo ist zwanzig Jahre jünger als ich. Sie trifft jeden Vormittag einen Liebhaber im Wald der Kamarilla. In der Schutzhütte. Ich habe lange mit mir gerungen. Ich habe eine humanistische Erziehung genossen. Im Haus meiner Eltern wurde täglich die Bibel gelesen. Ich werde Lilo heute vormittag töten. Ich habe eine Pistole bei mir."

Mein Vater nickte:

„Für einen Mann wie Sie gibt es keinen anderen Ausweg."

„Ich kenne mich", sagte der Kapitän. „Ich kenne mich sehr gut, mein Herr. Wenn ich Lilos dünne Beine erblicke, ihre rosaroten Spangenschuhe und den kindlichen Silberring an ihrem kleinen Finger, werde ich rasend. Die Pistole ist geladen. Jemand muß mich begleiten, um mich davon abzuhalten. Ich habe Vertrauen zu Ihnen. Würden Sie mir die Gefälligkeit tun? Es wird sicher nicht viel Zeit in Anspruch nehmen."

„Wald der Kamarilla", rief der Schaffner von der Plattform in den Waggon. „Aussteigen erwünscht?"

Der Kapitän hob entschlossen die linke Hand, mit der rechten packte er meinen Vater am Arm.

„Kommen Sie! Es geht um ein Menschenleben!"

'Kein Zweifel', dachte mein Vater. 'Ein Dentist.'

Um das verrostete Schild der Station summten Bienen. Der Kies knirschte unter den schwarzen Schuhen des Kapitäns.

„Gottes gesegnete Natur", sagte der Kapitän bewegt, als sie die Station der ELAN hinter sich hatten. Er bückte sich einige Male, um stachelige Disteln vom doppelt gesteppten Saum seines Kamelhaarmantels zu entfernen. Die Luft war feucht und körnig. Im farblosen Gras leuchteten die nassen, hellblauen und dunkelroten Flecken weggeworfener Töpfe. Auf einem kleinen Hügel stand ein Porzellanwaschbecken in voller Blüte. Der steinige Hohlweg führte an leblosen Brennesseln und Dornbuschhainen vorbei.

„In meiner Jugend habe ich schönere Wälder gesehen", bemerkte der Kapitän, als sie eine aufgeschlitzte Matratze passierten. Seine schwarzen Schuhe wurden allmählich grau. Er pustete.

„Mit der Zeit wird man ja immer kritischer", sagte mein Vater. „Den reifen Menschen erkennt man vor allem an seinem scharfen und unbestechlichen Blick."

„Möglich, möglich", murmelte der Kapitän. „Aber der Wald gefällt mir trotzdem nicht."

Mein Vater blieb stehen. Er blickte streng ins Gesicht des Kapitäns:

„Sie sind hier, um etwas Entscheidendes im letzten Augenblick nicht zu tun. Das betrübt natürlich. Ich sollte längst in Törökbálint sein, bei meinem Freund, dem akademischen Maler Boborkövi. Das betrübt wiederum mich. Mein Herr, vergessen Sie nicht, wir machen da keinen Ausflug mit Gesang und Proviant."

„Sie haben recht", sagte der Kapitän. „Ich freue mich aufrichtig, Sie kennengelernt zu haben. Sie verzeihen mir. Ich habe anscheinend Lampenfieber."

„Begreiflich", nickte mein Vater. „Ich hätte es auch, wäre ich nicht von Zeit zu Zeit in die merkwürdigsten Affären verwickelt."

„Das beruhigt mich", sagte der Kapitän. „Bitte, gehen wir. Haben wir noch weit zur Hütte?"

„Noch ungefähr eine Viertelstunde."

„Ach, unerträglich lang."

„Sie müssen durchhalten. Sie sind doch ein Mann. Ein Kapitän. Leider kann ich Ihnen zuliebe die Hütte nicht näher schieben."

Der Kapitän sah meinen Vater vorwurfsvoll an:

„Behandeln Sie mich bitte sanft und erlauben Sie sich keine groben Scherze. Ich bin in einer fürchterlichen Situation."

„Ich habe vier Semester Psychologie studiert", sagte mein Vater. „Sie können sich auf mich verlassen."

Mein Vater und der Kapitän erreichten unterdessen eine kleine Anhöhe. Die Erde war hier aufgeweicht, schmutziggelb; als einzige Sehenswürdigkeit hätte man im Reisetagebuch der beiden Männer eine fünf Ellen breite, sterbende Lacke vermerken können. Unterhalb der Anhöhe standen einige Bäume, es waren Essigbäume, verrenkt, schwarz, sehr mager, sie schienen nachzudenken, ob sie im nächsten Frühjahr noch sprießen sollten.

„Der Wind kommt von Nordosten", stellte mein Vater fest, weil er dachte, der Kapitän hätte jetzt eine meteorologische Ablenkung notwendig.

„Das ist nicht von Bedeutung", bemerkte der Kapitän sichtlich nervös. Er beugte sich tief, um mit ausgestrecktem Zeigefinger einen Kieselstein aus seinem rechten Schuh zu fischen. Mein Vater stützte ihn dabei unauffällig am Ellbogen.

„In gewissen Fällen schon", sagte er über dem langsam rot gewordenen Nacken des Kapitäns. „Die Entdeckung Amerikas wäre zum Beispiel ohne die günstigen Nordostwinde absolut nicht möglich gewesen."

Der Kapitän richtete sich auf:

„Er ist im Strumpf. Ganz winzig. Sie treffen aber wirklich ins Schwarze. Ist das noch Psychologie, oder vielleicht schon mehr? Sind Sie mit dem Teufel im Bunde?"

„Warum?"

Der Kapitän lächelte geheimnisvoll, schüttelte den Kopf, beugte sich noch einmal tief, hob das Hosenbein und fuhr gleich mit zwei Fingern in den grünkarierten Strumpf. Nach kurzem, angestrengten Suchen fand er den Stein, holte ihn hervor und betrachtete ihn vergnügt.

„Nun, meine zweite Frau Lilo war, bevor sie mich kennenlernte, in Christoph Columbus verliebt."

„In den echten Columbus?"

„Ja, mein Herr. Sie sammelte alle im Handel und durch Tausch erhältlichen Stiche über ihn, wollte mit siebzehn Jahren von Genua nach Valladolid pilgern, den großen Bogen zwischen seiner Geburt und seinem Tode abschreiten, mit neunzehn fing sie an, Spanisch zu lernen, um von ihm in seiner Muttersprache träumen zu können. Dabei irrte sie, wie ich ihr später klarmachte, denn Columbus hatte im Hause seiner Eltern als kaufmännischer Angestellter Italienisch gesprochen. Lilo ist keine alltägliche Frau."

„Ich zweifle nicht daran", sagte mein Vater.

'Beide verrückt', dachte er. 'Hoffentlich finden wir diese verdammte Hütte nicht. Am besten, wir gehen schön langsam im Kreis, bis wir die Station der ELAN wieder erreichen. Beide verrückt, wenn man nicht vorsichtig genug ist, kommt man noch in die Zeitung.'

Hinter den Essigbäumen öffnete sich eine abgetretene Wiese, in ihrer Mitte breitete sich ein staubiger, kahler Fleck aus, Schauplatz sonntäglicher Amateurfußballmeisterschaftsspiele. Mein Vater blieb erschrocken stehen. Er spürte, daß etwas – aller Wahrscheinlichkeit nach das zu zeitlich und hastig heruntergeschluckte Frühstück – in seinem Magen zu rumoren begann. Jenseits des kahlen Fleckes, beinahe am Rande der Wiese, stand, mit dem Rükken zu einem Stück dichten Waldes, eine Hütte. Sie war aus löcherigen Brettern gezimmert, hatte ein Teerdach und eine niedrige Tür. Unterhalb eines geschlossenen Fensters hing ein graues Schild mit Kreideschrift:

SALZBREZEL – TRINKWASSER – SONNENÖL – HIER

„Gott sei uns allen gnädig", flüsterte der Kapitän. Er griff entschlossen in die Tasche seines Kamelhaarmantels. Geistesgegenwärtig versuchte auch mein Vater im selben Augenblick in die Tasche einzudringen, um die Hand des Kapitäns herauszuziehen. Er erwischte einen Schlüsselbund und kaum nennenswertes Kleingeld.

„Nichts überstürzen", sagte er. „Das ist nicht die Hütte, die wir suchen. Das ist nur eine Vorhütte. Wir müssen weiter."

„Ich will auch diese Hütte nicht auslassen!"

Mein Vater packte den Kapitän in der Tasche am Handgelenk.

„Sie vergessen, Herr Balogh", sagte er eindringlich, „daß ich nicht über unbegrenzte Zeit verfüge. Ich trage augenblicklich zahlreichen Menschen gegenüber eine große Verantwortung, denn ich bin, wie Sie wissen, in einer unaufschiebbaren Angelegenheit unterwegs. Sonst hätten wir uns in der ELAN gar nicht getroffen. Eine falsche Hütte zu untersuchen, wäre für mich ein unverzeihlicher Leichtsinn."

„Salzbrezel, Trinkwasser, Sonnenöl", murmelte der Kapitän nachdenklich. Er blickte finster auf die Hütte:

„Also gut. Führen Sie mich bitte weiter." Beide zogen die Hand aus der Tasche des Kamelhaarmantels und gingen auf das Stück dunklen Waldes zu.

'Es ist höchste Zeit', dachte mein Vater, 'daß wir uns im Wald verirren. Ich werde scharf nach rechts abbiegen und schleppe ihn durch das Dickicht. Nach einer halben Stunde etwa wieder scharf nach rechts, dann müssen wir irgendwo die Geleise der ELAN erreichen. Entlang der Schienen kommen wir früher oder später zur Station. Er wird genug haben. Ich auch. Es ist heute kein ausgesprochenes Ausflugswetter.'

Hinter der Wiese begann unverhofft ein markierter Waldweg. Der Kapitän wollte losmarschieren.

„Halt", sagte mein Vater. „Das ist falsch. Das führt zum Observatorium."

„Was für ein Observatorium?" fragte der Kapitän gereizt. Er blieb unschlüssig stehen und musterte wieder die Hütte mit dem Teerdach:

„Ich habe vor dreißig Jahren das letzte Mal Salzbrezel gegessen."

„Man redet heutzutage kaum noch von diesem Observatorium", sagte mein Vater schnell und bemerkte nebenbei: „Wir müssen hier durch den Wald. Eine günstige Abkürzung. Ja, das ist kein Wunder, daß Sie dieses Observatorium nicht kennen. Es ist ein aufgelassenes Observatorium, zum Teil schon verfallen, es gehörte einmal der Kamarilla, wurde auf Veranlassung Franz Joseph I., Kaiser von Österreich, apostolischer König von Ungarn, gebaut. Die Vorgeschichte ist beachtenswert. Seine Majestät – von Sorgen um den Vielvölkerstaat geplagt, Rudolf bereits tot, Sarajevo steht unmittelbar vor der Tür – wollte den Ungarn ein Geschenk machen, ein Geschenk, das zeitlos ist und keine Nationalgefühle verletzt. Am besten, hatte Hofrat Hrdlicka, der Direktor des Kabinettbüros gesagt, sie schauen in die Sterne. Die Ungarn nämlich, da kann nix passieren. Bauen wir ein kaiserlich-königliches Observatorium, nicht aber in der Stadt, sondern in einem schönen Wald, da ist auch die Luft gut. Hofrat Direktor Hrdlicka rief Architekten zu sich, unter ihnen Franz Maximillian Büttenheim, einen begabten Künstler, Spezialisten für mittelgroße Observatorien ..."

„Du stirbst, Schlange", sagte der Kapitän plötzlich leise vor sich hin. Er betonte dabei keines der drei Worte, er erwähnte sie eben, als wäre er ein gelangweilter Kommentator, ein teilnahmsloser Berufssprecher, der den kurzen, jedoch dramatisch geballten Titel des kommenden Programmes geübt verkündet. Mein Vater drehte sich sofort höflich um, er suchte die Schlange, zuerst im seichten Graben neben dem markierten Weg, er hatte gar keine Angst, denn er wußte, daß man in der Umgebung von Budapest ausschließlich auf harmlose Nattern stößt. Im Graben sah er nur Laub und Steine. Er hob seinen Blick und da war ihm, als hätte ihm eine unsichtbare Hand ein Stück kaltes, nasses Wachs in die Kehle gestoßen. Eine andere unsichtbare Hand mischte blitzschnell dickflüssiges Blei in sein Blut, eine dritte betätigte eine dumpf schlagende Glocke irgendwo in seinem Hinterkopf.

Eine Frau kam in himbeereisfarbenem, hochgeschlossenen Kleid mit schwarzem Samtkragen und mit erstaunlich großen Spangenschuhen den Waldweg herunter, unverkennbar zärtlich begleitet, geführt von einem beleibten Mann, von einem Brillenträger mit gefaltetem, weißen Stecktuch. Die Frau war jung und blaß, um die spitze Nase hatte sie Sommersprossen, ihr rötliches Haar erinnerte an dünn aufgeschmierte Hagebuttenmarmelade auf einem Butterbrot, ihre großen, starren Augen an zu Glaskugeln gewordene Veilchen. Sie ließ den dicken Mann, an dessen Schulter sie sich beim Gehen verträumt gelehnt hatte, mitten auf dem schattigen, modrig riechenden Waldweg stehen und ging mit ein wenig linkisch ausgebreiteten Armen auf den Kapitän zu.

Ihr Begleiter, der einen makellos gebügelten schwarzen Anzug trug, als hätte er im Laufe des Tages noch eine Hochzeit oder ein Begräbnis erster Klasse vor, der kahlköpfig und auch im Gesicht ohne Haare war, senkte, von dem unerwarteten Familientreffen scheinbar zutiefst bewegt, sein Haupt. Er nahm die Brille ab und blickte kurzsichtig auf den verschwommenen Mikrokosmos der Erde zu seinen Füßen. Er war, wie mein Vater unverzüglich feststellte, mit dem Großadmiral Christoph Columbus, geboren zu Genua, gesegelt nach Amerika, gestorben zu Valladolid, nicht identisch. Er war ihm auch nicht im geringsten ähnlich. Das kalte Wachs schmolz süß in der Kehle meines Vaters, das dickflüssige Blei in seinem Blut verwandelte sich zu prickelndem Sekt, die dumpfe Glokke ertönte hell und übermütig. Ein jubelnder Rausch befiel ihn, eine heiße Springflut verwirrender Gefühle, Lachreiz und Unternehmungslust, Dankbarkeit dem Schicksal gegenüber, aber auch eine Spur von Mitleid. Denn der beleibte Mann, der fünf Schritte von ihm entfernt die Krümmungen, Risse und Vertiefungen des Waldweges anstarrte, der im Gesicht zuerst weiß, dann allmählich bischofslila wurde, war Herr Havas, der unermüdliche Hemdenmacher.

Lilo küßte den Kapitän rechts und links auf die Wange.

„Wie geht es dir, Elemer?" fragte sie. Ihre Stimme war tief und heiser, als hörte man eine dunkelbraune Baßgeige sprechen.

Der Kapitän deutete mit einer höflichen Geste auf meinen Vater:

„Mein Freund. Er begleitet mich."

Lilo reichte meinem Vater die Hand:

„Guten Tag. Ich glaube, wir haben einander schon irgendwann gesehen."

Die umfangreiche Nase des Kapitäns begann leicht zu beben. Seine Hand verschwand wieder in der Tasche des Kamelhaarmantels. Mein Vater spürte einen unangenehmen Druck im Magen, als hätte er das süße Wachs von vorhin geistesabwesend geschluckt.

„Sie verwechseln mich, gnädige Frau. Kein Wunder. Ich habe ein stadtbekanntes Dutzendgesicht."

„Du mußt mich anflehen", sagte der Kapitän unschlüssig.

„Gleich", erwiderte Lilo verdrossen. Sie betrachtete meinen Vater aufmerksam:

„Gellértberg? Garten der Zitadelle? Stadttheater?"

Der Kapitän atmete schwer, sein Mund zuckte, seine Stirne war feucht. Anscheinend brauchte er seine ganze Kraft, um noch sprechen zu können.

„Du kennst mich, Lilo! Du kennst mich, du weißt, daß ich mich kenne!"

„Ich leugne nichts ab", sagte Lilo.

Der Kapitän wandte sich an meinen Vater. Er schrie verzweifelt:

„Mein Herr! Werfen Sie sich schon dazwischen! Ich kann mich nicht mehr lange beherrschen!"

Mein Vater trat zu Lilo und legte seine gefühllos und kalt gewordene Hand vorsichtig auf ihre Schulter.

„Beruhigen Sie sich, gnädige Frau. Er ist ein guter Mensch."

„Ich liebe dich, Elemer", sagte Lilo, während sie den verrutschten Krawattenknoten meines Vaters mit geübten Fingern nachzog. „Sie haben da einen Fleck."

Herr Havas machte indes einen Schritt vor, hob dabei nicht den Kopf und hielt seine Brille unverändert in der linken Hand.

„Bitte", sagte er im besten Ton eines vielgeprüften Geschäftsmannes, der besonders schwierigen Kunden gegenübersteht. „Wir sind doch erwachsene Menschen."

Mein Vater nickte dem Hemdenmacher mit dem unsichtbaren Bart verächtlich zu, als hätte er ihn erst jetzt erkannt und hielt seine Anwesenheit im Wald der Kamarilla nicht nur für vollkommen überflüssig, sondern auch unsagbar peinlich.

„Guten Tag", sagte er herablassend. „Wir haben einander lange nicht gesehen."

Herr Havas schwieg. Er ließ den Kopf hängen, aber mein Vater hatte das alarmierende Gefühl, daß im runden Schädel des tüchtigen Frühaufstehers, dessen Kragenschnittkunst in der ungarischen Hauptstadt als unnachahmlich galt, gefährliche Gedanken herumschwirrten. 'Man muß auf der Hut sein', dachte er, 'erfolgreiche Kleingewerbetreibende werden manchmal rasend, wenn man sie frontal angreift.'

Der Kapitän packte indes meinen Vater am Arm und zog ihn einen Schritt zurück.

„Sie kennen ihn?" fragte er leise.

„Ja. Er ist ein berühmter Mann."

„So?"

Der Kapitän blickte neugierig und auch mit kaum verhohlener Anerkennung auf Lilo. Die Frau des Kapitäns sah meinen Vater überrascht an, um ihre dünnen Lippen formte sich, als wäre es eine stumme Frage, ein unbeholfenes Kleinmädchen-Lächeln. Der unermüdliche Hemdenmacher witterte Gefahr. Er hob seinen Kopf, setzte die Brille auf, blinzelte dahinter argwöhnisch.

Mein Vater fühlte sich in diesem selten schönen Augenblick kräftig und jung, ihm war, als hätten ihn die bereits vorhin erwähnten unsichtbaren Hände aus einem warmen Fichtennadelbad gehoben, rasiert, gesalbt, in neue Kleider gesteckt und nachträglich mit einem Doktortitel ausgestattet. Am liebsten hätte er jetzt, auf dem Höhepunkt der Begegnung, halt gemacht, einen genußvolle Pause eingelegt und die Protagonisten seiner commedia del arte, Capitana, Capitano, Hemdenmacchus zu einem fröhlichen Spaziergang eingeladen, bewirtet, mit Salzbrezel und Trinkwasser, in der Hütte, dort, wo angeschrieben steht „HIER". Aber das alles war nicht möglich, denn die Ereignisse überstürzten sich, der Kapitän beugte sich schon zu seinem Ohr, er flüsterte: „Ist er vielleicht seemännisch tätig?" Mein Vater wischte unwillkürlich über sein Ohr, wollte diese unhöfliche Bewegung sofort gut machen, fuhr von seinem Ohr gleich weiter hinauf, er fuhr sich einige Male über das Haar, als dächte er nach, ob er die folgenschwere Wahrheit sagen sollte. Er entschloß sich mit einem kurzen Seufzer, die folgenschwere Wahrheit zu sagen, beugte sich zum flachen, am oberen Rand beinahe durchsichtigen Ohr des Kapitäns und flüsterte so laut, daß auch Lilo, die meines Vaters Handeln und Äußerungen mit wachsender Bewunderung folgte, und auch Herr Havas, der wieder einen Schritt näher kam, jedes Wort mühelos hören konnten. Er flüsterte gerade heraus, denn er war in entscheidenden Augenblicken des Lebens kein Freund des Versteckenspielens: „Es ist Bodrogi, der Dichterfürst!"

Der Kapitän nahm die Mitteilung meines Vaters scheinbar gefaßt zur Kenntnis. Ein Ausdruck von Unsicherheit erschien jedoch in seinem Gesicht, er tat, als dächte er angestrengt im Dienste einer guten Sache nach, er benahm sich dabei sehr ernst, zeigte Würde, als wäre er ein Vorzugsschüler, der in der letzten Phase seiner Reifeprüfung in unerwartete Schwierigkeiten gerät. Er schüttelte den Kopf und sagte beinahe versöhnlich: „Der Name ist mir selbstverständlich bekannt, aber ich weiß augenblicklich nicht ..."

„Bodrogi, der Dichterfürst", wiederholte mein Vater. „Sein Schaukellied müssen Sie doch kennen. Mit dem Schaukellied ist ihm der große Durchbruch gelungen."

Der Kapitän lächelte verlegen: „Bedauere."

Mein Vater begann zu singen. Er hatte eine angenehme Stimme:

„Die Liebe ist eine Schaukel, hoppla,
Wir steigen ein,
Du schaukelst mich, ich schaukle dich
Ins Paradies hinein."

Der unermüdliche Hemdenmacher starrte meinen Vater mit weit aufgerissenen Augen an. „Hikk!" sagte er dabei, denn infolge grenzenlosen Staunens verschluckte er sich und wurde unmittelbar von einem lästigen Schluckauf befallen. Er hob die linke Hand, als melde er sich zum Wort, sagte noch zweimal hintereinander „Hikk!", und bei jedem Hikk wackelte er furchterregend mit dem Kopf. Er blähte sich auf, er spannte die Muskeln, er sah aus wie ein feierlich gekleideter Frosch vor dem größten Sprung seines Lebens, er spitzte den Mund, zog pfeifend die Luft ein, trippelte herum, als wolle er die Tragfähigkeit des weichen Bodens ausprobieren, knöpfte mit flatternden Fingern sein Sakko auf, schlug mit der rechten Hand auf seinen Bauch, wahrscheinlich, um dem qualvollen Schluckauf ein rasches Ende zu bereiten und stammelte: „Ich bin ... ich bin ..."

„Sie sind entlarvt", sagte mein Vater trocken. „Machen Sie hier bloß kein Theater, Bodrogi!"

Lilo stopfte ein kleines, grauweißes Taschentuch in ihren Mund und begann achtlos daran zu kauen. Der Kapitän zog sich unauffällig hinter den Rücken meines Vaters zurück. Da er ein glühender Freund der Literatur war (wie er meinem Vater später erzählte), beschloß er, den tobenden Dichterfürsten milde zu behandeln, Lilo vor seinen Augen nicht hinzumorden, ihn im Wald der Kamarilla nicht rücksichtslos zu verprügeln, und sich nur auf das Hinschleudern massiver Drohungen zu beschränken. So sagte er über die Schulter meines Vaters mit schneidender, den kalten Hauch offener Gräber heraufbeschwörender Stimme:

„Ich bin der Mann dieser unglücklichen Frau. Vor Gott und der Welt. Standesamtlich und kirchlich getraut. Sie werden schon sehen, was das bedeutet!"

„Aber nicht jetzt und nicht hier!" rief mein Vater beinahe vergnügt. Dann bat er um die ehrliche Aufmerksamkeit aller Beteiligten, gab eine kurze Zusammenfassung der im Augenblick der Begegnung eingetretenen Lage, unterstrich dabei die noch nicht beseitigte, mit Lebensgefahr verbundene höchste Not, erwähnte die geladene Pistole und die verheerende Angriffslust der beiden Männer, sprach dann über den unterschwelligen, unheilbringenden psychologischen Einfluß des dunklen Waldes.

„Brechen wir den Stab nicht voreilig über die gnädige Frau", sagte mein Vater. „War es tatsächlich der vor uns stehende Herr, der sie zu diesem verhängnisvollen Spaziergang veranlaßt hat oder bloß seine Ausstrahlung, die Poesie, die volkstümliche Dichtung? Nur eine Frage von hunderten, die unbedingt geklärt werden muß. Dazu eignet sich ein Wald aber nicht. Dazu eignet sich nur ein Kaffeehaus. Außerdem muß man viele Menschen, Autoritäten in Seelenströmungen und Seelenverwirrungen um ihre Meinung befragen, Beispiele und Ratschläge sammeln. Jemand muß sich dieser Angelegenheit voll und ganz annehmen, am besten ein erfahrener Mann, der über viel Zeit verfügt, beweglich und belesen ist, in dessen Hand alles zusammenläuft, der Überblick hat und fähig ist, immer das Notwendigste zu tun."

Mein Vater ging zwischen Kapitän und Hemdenmacher gemächlich auf und ab. Unterwegs strich er einige Male über Lilos Wange.

„In England", sagte er nach kurzer, wirkungsvoller Pause (der unterschwellige Wald rauschte unheimlich), „in der Heimat der seefahrenden Gentlemen werden solche Affären durch den sogenannten 'Disagreeable court', durch einen von Freunden gebildeten inoffiziellen Gerichtshof mit der größten Umsicht im Sinne eines Gentlemen's Agreement bereinigt. Dieses Schema heißt nach Sir Donald Malcolm Marlow, dem legendären schottischen Ehebrecher aus dem siebzehnten Jahrhundert 'The Marlows Black Follies'. Ich kann die Satzungen durch meine Kontakte leicht beschaffen. Ich werde die Sache mit einigen verläßlichen Freunden, darunter auch hochgestellten Persönlichkeiten besprechen und, wenn Sie damit einverstanden sind, das Ehrenamt des Marlow Head, des Vorsitzenden der gentlemenischen Aufklärungs- und Schlichtungskommission übernehmen. Abgesehen davon, daß ein englischer Privatprozeß im Café 'Savoy' viel billiger kommt, als zu den Kreisgerichten der Hauptstadt zu laufen, Rechtsanwälte zu nehmen und Stempelgebühren zu zahlen; nach dem Marlow-Schema zu handeln ist auch viel aufgeschlossener und weltmännischer. Man sagt oft, wir Ungarn seien Barbaren. Nun, darf ich Sie darauf aufmerksam machen, daß unsere erste Verfassung, die Goldene Bulle, aus dem Jahre 1222 stammt und mit der englischen Magna Charta verblüffende Ähnlichkeiten aufweist."

Der Kapitän hörte meinem Vater entzückt zu. Er genoß nicht nur die brilliante Argumentation und den vornehm anmutenden Satzbau seines neuen Freundes, auch das aus dem fernen England, aus dem nebeligen Albion mit erstaunlicher Kenntnis geholte Vorbild machte auf ihn einen großen Eindruck. Er blickte seine Frau begeistert an, aber er sah sie nicht, er sah berittene Gentlemen im feuerroten Rock mit weißen Perücken zur Sitzung des „Disagreeable court" reiten, er sah den verwitterten Grabstein des Sir Donald Malcolm Marlow in einem dunkelgrünen schottischen Friedhof und roch die salzige Luft der Steilküsten von Dover.

Herr Havas stand während der Rede meines Vaters still, er fühlte mit zwei Fingern heimlich seinen Puls und machte im Kopf, um seinen Verstand im Wirbelsturm der unfaßbaren Meldungen nicht untergehen zu lassen, Preis- und Qualitätsangaben: 'Popeline Mattanich, einfacher Kragen, Doppelmanschetten, einhundertachtundachtzig, Popeline Gentleman, für den Sommer, kurze Ärmel, keine Manschetten, einhundertfünfundfünfzig, Popeline gestreift, God save the Queen, Kragen aufgesetzt ...' Er zuckte nur leicht zusammen, als mein Vater sich an ihn wandte:

„Laut Vorschriften des Gentlemen-Verfahrens müssen Sie als Ertappter den Ort Ihrer Identifizierung unverzüglich verlassen. Vom Zeitpunkt der ersten Vorverhandlung werden Sie rechtzeitig benachrichtigt. Sie kennen das Café 'Savoy', nicht wahr?"

Havas ging. Als er an meinem Vater vorbeikam, schüttelte er wild den Kopf.

„Ich habe Ihnen das Leben gerettet", flüsterte ihm mein Vater zu. „Schuft."

Der unermüdliche Hemdenmacher verschwand hinter den Essigbäumen. Der Kapitän erwachte aus seinem englischen Traum. Er warf Lilo einen haßerfüllten Blick zu.

„Wir sprechen zu Hause weiter", sagte er eisig.

Mein Vater legte seine Hand auf den Arm des Kapitäns.

„Nein, das dürfen Sie nicht. Erstens mißhandeln Gentlemen ihre Ehefrauen nicht. Auch dann nicht, wenn die geplante Mißhandlung durch gewisse Umstände gerechtfertigt wäre. Darum sind sie eben Gentlemen. Zweitens: Sie haben sich dem Verfahren unterworfen und mich zum Vorsitzenden gewählt.

Ehefrau und Ehemann dürfen sich aber nur in Anwesenheit des Vorsitzenden aussprechen. Das gehört zum fair play. Ich bin bereit, Sie jederzeit anzuhören. Aber jetzt bin ich müde. Ich will in die Stadt zurück."

Eine halbe Stunde später saßen sie bereits im froschgrünen Waggon der ELAN, erschöpft, staubbedeckt, verwelkt, der Kapitän in der Nähe der Plattform neben einer doppelzentnerschweren Marktfrau, mein Vater in der Mitte des Waggons, Lilo gegenüber. Als die Garnitur sich in Bewegung setzte, und die Fensterscheiben zu klirren begannen, ergriff Lilo die Hand meines Vaters:

„Ich werden Ihnen alle meine Geheimnisse anvertrauen."

*Mano geht * Das Paket von Havas * Cafe „Savoy" - Zahlungsmittel Seidenhemd * Gelegtes Kraut und die Geschichte des Kapitäns * Eine Zukunft voll Sonne und Wasser * Bürök und der Kamelhaarmantel **

„Hast du die Kisten geholt?" fragte Tante Mano, als sie sich erneut seufzend in unserer Küche niederließ.

„Ich hatte keine Zeit", sagte mein Vater zerstreut.

„Du warst doch den ganzen Tag unterwegs."

„Wohl, wohl."

„Du bist nach Törökbálint gefahren, nicht wahr?"

„Gerüchte."

Der flaschenförmige Kopf meiner Tante Mano vollführte kurze Schwingungen.

„Wo warst du?"

„Schweigepflicht", sagte mein Vater. Er ging zum Fenster und blickte in die aschfarbige Dämmerung.

„Was hast du denn?" fragte Tante Mano ängstlich.

Mein Vater drehte sich langsam um.

„Beschäftigung", sagte er feierlich. „Ich bin Vorsitzender einer Kommission geworden."

Tante Mano saß wie gelähmt, ihr leerer Blick ruhte auf der faserigen Platte des Küchentisches.

„Das heißt", sagte sie kaum hörbar, „daß du meinen schönen Plan, die Eröffnung einer Hundegebäranstalt, hinterlistig verworfen hast. Ich bin maßlos enttäuscht."

„Ich würde vorsichtiger formulieren, meine liebe Mano."

„Holst du die Kisten?"

Mein Vater verschränkte die Arme auf der Brust: „Wer sieht schon in die Zukunft?"

„Ich bin gegangen", sagte Tante Mano darauf, erhob sich und ging.

Am nächsten Morgen brachte ein Bote meinem Vater zwölf cremefarbige Hemden, Marke „Havas und Mattanich". Es war ein beflissener alter Mann mit einem ausgewaschenen Zitronengesicht, er kramte umständlich in seinem Rucksack, verwechselte das Paket, dann meinen Vater mit einem Bäckermeister, verglich murmelnd Vater und Paket, zog eine Quittung aus einer kleinen schwarzen Mappe und verlangte eine Unterschrift. Mein Vater erklärte dem staunenden Boten, daß er niemals eine Quittung unterschreibe, und diese Gewohnheit sich durch sein ganzes Leben hinziehe, dem legendären roten Faden an der Takelage der englischen Flotte gleich. Der beflissene Bote hörte meinem Vater mit einem zitronengrünen Lächeln geduldig zu, bestand jedoch darauf, die abgelieferten zwölf cremefarbigen Hemden ordnungsgemäß bestätigt zu bekommen. Der Erfüllung dieses Wunsches stehe nichts im Wege, sagte mein Vater, nahm die Quittung, nahm den altmodischen Kopierstift des Boten und schrieb an Stelle der verlangten Unterschrift insgesamt sechs Worte:

„Ich schaukle dich, du schaukelst mich."

Der Bote sah meinen Vater verblüfft an, er aber klopfte ihm freundlich auf die Schulter und sagte:

„Keine Angst, guter Mann, Ihr Chef kennt meine Schrift. Wir waren Schulkameraden. Bitte, das soll unter uns bleiben, er hat manche Aufsätze von mir abgeschrieben. Diese Zeile ist übrigens aus einem Gedicht, das ihm einmal nicht eingefallen war. Ab und zu erlauben wir uns solche Scherze. Man soll sich dem Altwerden nicht widerstandslos hingeben."

„Ach so, ein Scherz", sagte der Bote leicht verwirrt, turnte in die Riemen seines schweren Rucksakkes hinein, fragt mich noch, wie es mir in der Schule gehe, ich antwortete nicht, daraufhin murmelte er: „No dann", stieß die Vorzimmertür auf und verschwand, von den besten Wünschen meines Vaters begleitet, im finsteren Schacht des Stiegenhauses.

Bald danach machte sich auch mein Vater auf den Weg. Er ging ins Café „Savoy", um wichtige Leute zu treffen, die seinen Worten nach dort, am Ufer einer Tasse schwarzen Kaffees, bereits seit Tagen auf ihn warteten. Die zwölf cremefarbigen Hemden nahm er in einem kleinen Vulkanfiberkoffer mit, in dem wir gelegentlich kranke Hunde zur Gratisbehandlung in die tierärztliche Hochschule zu transportieren pflegten. Man konnte so in der Straßenbahn Beißkorb und Fahrgeld mühelos ersparen und wurde obendrein, wenn man mit dem halberstickten Hund ankam, unverzüglich vorgelassen. Das Innere des Koffers roch milde nach den fortschrittlichen staatlichen Arzneimitteln der ungarischen Hundeheilkunde. Wie man im Café „Savoy" staunend vernahm, hielt ein blinder Stammgast, der ehemalige Krawattenvertreter Otto Weiss-Visnyai, Kriegsinvalide, gegen Abend dieses sonst nicht ereignisreichen Tages den Kellner Jozsi, der ein neues, cremefarbiges Hemd trug, plötzlich für einen Stabsveterinär.

Mein Vater erschien bei uns erst wieder in den späten Nachmittagsstunden, er war vergnügt, frisch rasiert, stellte den Koffer auf den Küchentisch, öffnete ihn und entnahm ihm Geschenke. Ich bekam eine dunkelgraue, flache Feldflasche mit Riemen und Doppelverschluß, in der man jede Art von Flüssigkeit mit sich tragen konnte, meine Schwester eine Sonnenbrille mit viereckigen, rauchfarbigen Gläsern, die ihr Gesicht sofort veränderte; sie behauptete, sie sehe nicht mehr wie meine Schwester aus, sie sehe aus wie eine fremde Dame aus Monte Carlo.

„Heute Abend kommt ein Gast zu uns", sagte mein Vater. „Wir müssen ein fabelhaftes Abendessen kochen."

„Hast du Geld?" fragte ich.

„Wie Heu."

„Dann kochen wir gelegtes Kraut", schlug die fremde Dame aus Monte Carlo ihre Lieblingsspeise vor. „Mit viel Fleisch und saurem Rahm. Wen hast du eingeladen?"

„Einen Kapitän."

Meine Schwester, noch immer sonnenbebrillt, montecarlte weiter; ihre Stimme kam von einer schattigen Terrasse; Mosaikboden, im Hintergrund junge Kellner, irgendwo unten die Bucht bereits im Zwielicht der Dämmerung, festlich beleuchtet, Millionäre schälen gelangweilt durchsichtige Salzgurken.

„Ach, ein Kapitän. Hat er ein Schiff?"

Mein Vater wich vorsichtig aus:

„Er hat einen Kamelhaarmantel."

Der Kapitän kam mit einer halbstündigen Verspätung, welche einem gelegten Kraut, das im Backrohr unter einer launenhaften Krusten-Arabeske langsam in sich sinken muß, niemals schaden kann. Der dichte Dampf explosiver Nährstoffe, wie in Pfeffer gewälztes Schweinefleisch und im Paprikasaft brodelnder saurer Rahm überflutete die Wohnung. Die Hunde saßen mit unheimlich groß und feurig gewordenen Augen und heraushängender Zunge vor jeder erdenklichen Türspalte. Ab und zu vernahmen wir Laute, die man sonst nur in der mit versteckten Mikrophonen gänzlich neu eingerichteten Geisterbahn des alten Budapester Rummelplatzes „Englischer Park" hören konnte. Es war kein leichtes Unternehmen, Teller und Tischdecke aus der Küche in das

Wohnzimmer, wo das Festmahl stattfinden sollte, hinüberzuschaffen. Der hysterische Zwergwindhund Sascha fiel dabei meine Schwester an. Man mußte ihn mit einem kräftigen Schluck Rotwein beruhigen.

Der Kapitän läutete kurz, was auch auf eine gewisse Vornehmheit, aber vor allem auf gute Absichten schließen ließ, segelte mit ausgestreckter Hand in das Vorzimmer ein, duftete himmlisch, blickte uns Kindern lang und tief in die Augen, als wäre er der Ministerpräsident des Landes oder der Oberschulinspektor des Schulbezirkes der Hauptstadt und Umgebung, zog seinen berauschenden Kamelhaarmantel aus, hing ihn zeremoniell auf, ordnete dessen Falten, rieb sich dann die Hände, lächelte (Lichter von Goldzähnen blitzten auf) und sagte:

„Es freut mich, ein freundliches Haus betreten zu dürfen."

Er wollte mit dem bestechenden Schwung seiner gelungenen Ankunft gleich weitergehen, verfehlte jedoch die Richtung, öffnete energisch die Tür zum Klosett, blickte überrascht auf den sprungbereit hokkenden Boxer Pluto, flüsterte „Pardon", ließ jedoch keine weiteren Bemerkungen hören. Im nächsten Augenblick warf meine Schwester die Tür zu und mein Vater führte den lieben Gast sachte in das Wohnzimmer, das rechtzeitig enthundet worden war. Wir nahmen feierlich um die gedeckte Tafel Platz.

Im Rausche des gelegten Krautes öffnete sich bald das Herz des Kapitäns. Als natürliche und in Budapest auch übliche Einleitung für inhaltsreiche und sinnvolle Gespräche erzählte er uns einiges aus seinem Leben. In seinen jungen Jahren war er, wie jeder zweite Ungar, kurze Zeit hindurch Schauspieler in der Provinz gewesen, hatte mit Erfolg „Wilhelm Tell" und „Die Rose von Stambul" gespielt, konnte sich aber, da er eine zarte Seele hatte, gegen die Intrigen der Kollegen und der Direktoren nicht durchsetzen, resignierte und wurde Erster Chemiker bei dem Kunstdünger- und Schönheitsmittelfabrikanten Isidor Blau und Sohn in der staubig-schläfrigen Kleinstadt Nyiregyháza. Zusammen mit Isidor Blaus Sohn entdeckte er ein genauso billiges wie wirkungsvolles Präparat für die Erhaltung der Glätte und Frische menschlicher Haut, brachte es in den Komitaten Szabolcs, Szatmár und Heves auf den Markt, da sich aber Blaus Sohn in der Zusammensetzung der notwendigen Verjüngungsstoffe grundlegend irrte, wurden die Gesichter der Bäuerinnen in den erwähnten Komitaten diesseits und jenseits der Theiss bald darauf runzelig wie abgefallene Holzäpfel. Der Kapitän verließ Nyiregyháza, kam in die Hauptstadt, heiratete zweimal und übernahm die Vertretung eines französischen Parfums namens „Nuit bleu", das er in einem zwar kleinen, dafür aber musterhaft ausgerüsteten Betrieb in Lizenz erzeugte.

Als er das dritte Mal Berge von gelegtem Kraut auf seinen Teller lud und damit alle unsere Hoffnungen auf ein göttliches Mittagessen für den nächsten Tag unter denselben endgültig begrub, begann er, ohne daß wir aufdringliche Fragen stellen mußten, von seinem Kapitänstitel zu sprechen. Seine einzige Leidenschaft sei, sagte er, da er nicht trinke, nicht rauche, keine Pferderennen besuche und in den Frauen ausschließlich die werdenden Mütter betrachte, die Schiffahrt. Ein Schiff zu besitzen, es durch Nacht und Nebel zu steuern, die vorbeiziehenden, melancholischen Lichter der Ufer mit wachsamen Augen wahrzunehmen, den Geruch von Teer und grüngrauem Wasser einzuatmen, sei für ihn gleichsam Erfüllung und Vollendung, das Hochplateau des Lebens sozusagen, wo die unschuldige Seele, befreit von der Schlacke des Alltags, dem einfachen Mannesglück barhäuptig entgegenschreitet. Er besitze derzeit noch kein Schiff. Er habe aber das Kapitänspatent in der Tasche, sein Kapitänstitel sei echt und jederzeit nachweisbar, wenn auch das Patent vorläufig nur das Querpatent und nicht das heißersehnte Entlangspatent sei. Das Querpatent berechtige ihn, jede Art von Schiffen auf dem kürzesten Weg quer über die Donau zu führen, erlaube ihm jedoch nicht, dasselbe, durch Menschenkraft, elektrischen Strom, Dampf oder Dieselöl angetriebene Wasserfahrzeug den Fluß entlang zu steuern. Um das Entlangspatent stehe er seit Jahren im erbitterten Kleinkrieg mit den zuständigen Behörden. Durch das unverhoffte Ableben eines feindseligen Direktors im Amt für Ungarisches Gewässerwesen sei im Laufe des vergangenen Monates eine günstige Wendung eingetreten. Der Nachfolger des Verstorbenen, den der Kapitän rechtzeitig mit Geschenken überhäuft hatte, versprach die baldige Aushändigung eines für die Nebenflüsse der Donau gültigen Entlangspatentes. Béla Eper, ein durch seine federleichten Doppelzweier im Badeparadies „Römisches Ufer" oberhalb von Budapest weltberühmt gewordener Bootsbauer, denke bereits in seinen freien Stunden nach und fertigte Skizzen zu einem kleinen, schnellen, mit allem Komfort ausgestatteten Dampfer an. Ein Anfangskapital, das Ergebnis jahrelanger fleißiger Ausübung verschiedener Berufe und bescheidener Lebensführung, Nichttrinkens, Nichtrauchens und Werdendemütterbetrachtens sei auch vorhanden. Die Möglichkeit, dieses in schwindelnde Höhe aufzustokken, liege wortwörtlich in der blauen Luft. Denn um seinen Traum, die Eröffnung der Schiffahrtslinie „Baloghdampf D.A.A." (Donau-Auf- und Abwärts) verwirklichen zu können, beabsichtige er, die natürliche Wärmekraft der Sonne als zusätzliche Geldquelle zu benützen. Er verhandle bereits mit einer umfangreichen Witwe namens Gisella Feneki, die gerne ihr Strandbad, das Strandbad von Rakosliget für die kommende Saison verpachten möchte. Das Strandbad von Rakosliget habe hundertsiebzehn Kabinen, zweihundertfünf Kästchen, drei Trampoline und eine große Zukunft. An der Bahnstation Rakosliget, kaum fünf Minuten vom Strandbad entfernt, blieben alle Personenzüge stehen. Es brauche nur die Sonne scheinen, die unbarmherzige, sengende Sonne des östlichen Vorfeldes von Budapest, und die schwitzenden und lechzenden Badehungrigen würden in Scharen nach Rakosliget strömen, die Kassen stürmen und sich um Kästchen und Kabinen balgen.

„Mein Plan ist genauso einfach wie grandios, das müssen Sie zugeben", sagte der Kapitän.

Während er begeistert und glückverheißend sprach, glänzten seine Augen und sein mächtiger Adamsapfel bewegte sich rasch auf und ab, als sei er nach einem atemlosen Fußballspiel in einem Mietskasernenhof oder nach einer kurzen, unvorsichtigen Bootsfahrt auf dem Stadtwäldchen-Teich von einem Keuchhusten befallen. Meine Schwester und ich waren mit allen Phasen, Einzelheiten und Nebenerscheinungen dieser Krankheit, die in Ungarn sinnigerweise Eselshusten genannt wird, bestens vertraut.

„Ich suche beherzte Männer, Idealisten!" rief der Kapitän. „Mein Unternehmen braucht begabte Menschen mit großer Erfahrung. Ich halte nichts von Spezialisten. Ich schwöre auf den Rangergeist der amerikanischen Pioniere. Männer, die überall zupacken können, die man im Interesse eines lohnenden Zieles Montag als Bademeister, Dienstag als Parfumvertreter und Mittwoch als Direktionsmitglied einer seriösen Schiffahrtslinie einsetzen kann."

Mein Vater sprach leise und bescheiden:

„Solche Männer finden sich in unserer Stadt."

Der Kapitän starrte schweigend auf seinen leeren Teller. Es war ein großer Augenblick. Bunte Bilder einer glücklichen Zukunft huschten an uns vorbei; weiße Hosen, blaue Wellen, schöne, neue Gegenstände aus Glas, Kupfer und Edelholz, lässig-bequeme Bewegungen und Wortfetzen. „Ach ja", und „Bitte gerne", und „Meinen Sie auch?" und Sonne, viel Sonne. Mein Vater errötete leicht und strich sich nachdenklich über die Stirne. Meine Schwester deckte den Tisch ab, sie tanzte mit dem großen Topf auf die Küche zu. Ich saß überwältigt von der Vorfreude eines unbestimmten, großen Ereignisses und begann lautlos, sozusagen nur in meiner Seele, einen Pfadfindermarsch zu singen. 'Der Tag bricht an, die Welt erwartet uns, kommt Freunde fröhlich in den grünen Wald.'

Es läutete.

Die Hunde in der Küche und im Badezimmer knurrten geistesabwesend, ein sicheres Zeichen, daß vor der Tür kein Fremder stand. Ich lief, die Tür zu öffnen, ich wollte meine Tante Mano als erster mit der unglaublich schönen Nachricht überraschen, daß wir bald Besitzer und Mitarbeiter eines richtigen Strandbades und eines Donaudampfers sein würden. Mit dem letzten Trommelwirbel des Pfadfindermarsches in meinen Ohren riß ich die Vorzimmertür auf. Ich verbeugte mich und gab den Weg in die Wohnung frei. Herr Bürök, der Gerichtsvollzieher, sprang, wie immer, mit einem Satz in die Mitte des Vorzimmers. Eine symbolische Geste des Überraschungsangriffes und des Besitzergreifens, die er auch nach jahrelangen Besuchen in unserer Wohnung nicht unterlassen konnte. Er war mit Leib und Seele Gerichtsvollzieher, er war nicht umsonst bei dem großen Kozarek in die Lehre gegangen, bei einem legendären Exekutor ohne Furcht und

Tadel, der es noch verstanden hatte, sich in die Häuser der verschlagensten Grundstücksmakler als slowakischer Messerschleifer oder rumänische Wäscherin verkleidet einzuschleichen.

An diesem Abend sah Herr Bürök noch schmächtiger, noch geplagter aus als vor etwa zwei Wochen, als er mit sichtlicher Verachtung unsere Fensterscheiben gepfändet hatte. Sein graues Gesicht war vom Grau der Vorzimmerwände kaum zu unterscheiden, die müde Bemühung, seinen farblosen Augen einen drohenden Ausdruck zu verleihen, hätten im verstocktesten Schuldner Mitleid erweckt. Ich senkte den Kopf und täuschte Überraschung und Bangen vor. Der Gerichtsvollzieher hustete zweimal, er hustete immer zweimal, bevor das zeremonielle Frage- und Antwortspiel begann.

„Ist dein Vater zu Hause?"

„Ich weiß es nicht."

„Wieso weißt du es nicht?! Du bist sein Sohn, oder nicht?"

„Ich war mit den Hunden spazieren."

Jetzt kam, wie immer, die erste Fangfrage:

„Was habt ihr zu Mittag gegessen?"

„Nichts. Wir haben seit zwei Tagen nichts gegessen."

Die zweite Fangfrage:

„Was haben die Hunde gegessen?"

Ich zögerte, wie immer, tat, als könne ich dem prüfenden Blick des Gerichtsvollziehers nicht mehr standhalten und schaute weg.

„Sie haben im Stiegenhaus eine Katze erwischt."

„So, so."

Ich dachte, die dritte Fangfrage würde lauten: 'Ich habe deine Schwester gestern im Kino gesehen', aber sie kam nicht, die dritte Fangfrage nämlich, statt ihrer kam ein fürchterlicher Schrei, ganz und gar ungewöhnlich, ein Ruf, den ich bisher nur ein einziges Mal gehört hatte, als Tarzan der Schreckliche, im unvergeßlichen Film „Die Königin der Dschungel" von einem haushohen Brotbaum in die Mitte eines Nashornrudels gesprungen war. Ich stand, wie vom Blitz getroffen. Herr Bürök erblickte den Kamelhaarmantel des Kapitäns.

„Gepfändet", flüsterte er außer sich. „Er ist gepfändet!" Er warf sich auf den Kamelhaarmantel und klebte mit zitternden Fingern einen amtlichen Zettel auf dessen Kragen. „Gepfändet. Er ist gepfändet."

Er war dem Zusammenbruch nahe, der Herr Bürök, mit hervorquellenden Augen sah er den Mantel des Kapitäns an, seine Lippen wurden dunkelblau, als hätte er am Rosenhügel Maulbeeren gestohlen. Ich brachte ihm aus der Küche einen Stuhl. Er setzte sich und stöhnte: „Ein Kamelhaarmantel."

Minuten vergingen, Herr Bürök saß vor dem Kamelhaarmantel, stumm, andächtig, in sich gekehrt, als säße er im Museum der schönen Künste vor einem Gemälde. Es war höchste Zeit, taktvoll einzugreifen.

„Fremdes Eigentum", sagte ich.

Herr Bürök schüttelte den Kopf.

„Gehört einem Kapitän", fuhr ich fort.

„Gepfändet."

Ich beschloß, den bedauerlichen Vorfall meinem Vater zu melden. Ich ging zu der Tafelrunde zurück:

„Der Mantel des Herrn Kapitän ist soeben gepfändet worden."

Meine Schwester verdeckte den Mund mit der Hand. Der Kapitän, der Ernst und Tragweite meiner Mitteilung offensichtlich überhaupt nicht begriff, zündete sich eine Zigarette an und betrachtete mich mit dem Wohlwollen eines familienverbundenen Onkels.

„Das geht zu weit!" rief mein Vater. „Ich bitte Herrn Bürök hereinzukommen."

Ich öffnete die Tür.

Ein strahlender Gerichtsvollzieher erschien. Siegestrunken trug er den Kamelhaarmantel des Kapitäns auf dem Arm, schob meinem Vater ein gedrucktes Formular unter die Nase und sagte:

„Hier unterschreiben."

Der Kapitän sah beinahe unbeteiligt zu, in seinem Gesicht stand ein höfliches, gefrorenes Lächeln. Wie immer in Katastrophenfällen bewahrte mein Vater seine unerschütterliche Ruhe.

„Nehmen Sie Platz, Bürök", sagte er barsch.

Der Gerichtsvollzieher setzte sich. Er hielt den Kamelhaarmantel auf dem Schoß und streichelte ihn.

„Einen Teller für Herrn Bürök", befahl mein Vater.

Meine Schwester rannte in die Küche und kehrte mit einem Teller und Besteck zurück.

„Danke", sagte der Gerichtsvollzieher. Er hob den Mantel an sein Gesicht und schnupperte genußvoll daran herum.

Mein Vater gab dem Kapitän ein Zeichen, indem er an seine Stirne tippte, um zu zeigen, daß der Besucher ein armer Irrer sei. Der Kapitän seinerseits nickte unauffällig, er deutete an, daß er für diesen traurigen, jedoch alltäglichen Fall volles Verständnis habe, um seinen Kamelhaarmantel aber nicht bange.

„Herr Bürök", erklärte mein Vater, „ist ein Freund unserer Familie. Er besucht uns oft."

„Das ist aber schön", sagte der Kapitän, als spräche er zu einem dreijährigen Kind.

„Wir freuen uns, wenn er kommt und wir bewirten ihn auch ab und zu", setzte mein Vater fort und zeigte verstohlen auf den leeren Teller vor Bürök. Der Kapitän nickte wieder und gab durch Zeichensprache zu verstehen, er sei im Bilde.

„Der Mantel übrigens", wandte sich mein Vater an Herrn Bürök, „gehört unserem Gast, Herrn Kapitän Elemer Balogh."

Der Gerichtsvollzieher erwachte. Er wies mit ausgestrecktem Zeigefinger auf die Formulare:

„Machen Sie doch keine Geschichten. Der Mantel ist gepfändet. Innerhalb einer Woche können Sie bei der Magistratsabteilung siebenundzwanzig Strich A Einspruch erheben."

Mein Vater zwinkerte dem Kapitän zu:

„Wir stehen knapp vor Anbruch des Winters. Laut Armengesetz Paragraph sieben Absatz zwei dürfen Sie bis zum einunddreißigsten März keinen Wintermantel pfänden."

Bürök lachte:

„Das ist doch kein Wintermantel. Er ist federleicht. Ganz hell. Sogar Anfänger würden ihn als zusätzliches, von der Jahreszeit unabhängiges Kleidungsstück bewerten."

Mein Vater beugte sich über den Tisch, ergriff den Mantel beim Kragen:

„Was reden Sie da! Er ist doppelt gefüttert! Ich zeig's Ihnen."

Er riß den Mantel hoch. Büröks Blick suchte nach dem doppelten Futter. Das war der entscheidende Fehler, der Sekundenbruchteile währende, jämmerliche Kurzschluß im angespannten Nervensystem eines erfahrenen Gerichtsvollziehers; ein lächerlicher Versager war das, eine Schande. Mein Vater riß den Mantel hoch, Bürök suchte nach dem doppelten Futter, mein Vater zog heftig an dem Kragen, der Mantel entglitt Büröks verzweifelten Händen und flog über den Tisch. Der Kapitän beugte sich vor und ehe der Gerichtsvollzieher etwas unternehmen konnte, nahm er sein stolzes Kleidungsstück mit einer formvollendeten Bewegung in Empfang.

„Sie verzeihen", sagte er zu Bürök, den er nach wie vor für einen harmlosen Querulanten, einen schwachsinnigen Nachbarn unserer Familie hielt. „Dieser Mantel ist mein Mantel."

„Beweis erbringen", stammelte Bürök wütend. „Bei der Magistratsabteilung siebenundzwanzig Strich A!"

„Schon gut, schon gut", erwiderte der Kapitän. „Wir werden uns nicht davor drücken. Aber bis dahin, um keine Unklarheiten aufkommen zu lassen, erbringe ich an Ort und Stelle einen handfesten Beweis."

Er stand auf und schlüpfte in den Mantel.

„Sehen Sie mich an, Herr Bürök, bitte schön. Paßt mir der Mantel nicht wie angegossen?"

„Eine Maßarbeit ohnegleichen", brach mein Vater in helle Begeisterung aus.

Der Kapitän drehte sich, zeigte dem Gerichtsvollzieher die ein bißchen zu weit geratene Rückenpartie des Mantels, die er für besonders gelungen hielt, dann setzte er sich wieder.

„Ziehen Sie den Mantel aus", sagte Bürök finster.

„Ich denke nicht daran."

„Dann muß ich die Polizei holen!"

„Sie holen die Polizei nicht, Bürök!" sagte mein Vater.

„Ich habe das Recht, wo und wann es mir angebracht erscheint, meine Pflicht unter Heranziehung der Amtsgewalt zu erfüllen."

Der Kapitän blickte meinen Vater an und schüttelte dabei heimlich den Kopf. Ein ziemlich schwerer Fall, dieser arme Bürök, Behördensucht. Eine verkrümmte klinische Form des Größenwahns. Unheilbar.

„Ich weiß", sagte mein Vater versöhnlich. „Sie haben das Recht. Aber ich will nicht, daß Sie einen Irrtum begehen, Herr Bürök. Denken Sie doch an eine Blamage. Und gerade in unserem Bezirk. Das können Sie sich nicht leisten. Sie erfreuen sich hier eines guten Rufes, Kinder und Greise grüßen Sie auf der Straße. Die Türen stehen Tag und Nacht für Sie offen. Wollen Sie das alles zerstören, Ihre Zukunftschancen für ein Linsengericht hergeben? Haben Sie noch ein wenig Geduld, Herr Bürök, Sie werden bald ein ganzes Strandbad pfänden können."

Bürök blinzelte:

„Ein Strandbad?"

„Ja, ein Strandbad. Wir sind gerade dabei, eine Badeanstalt zu gründen."

„Für Hunde?" fragte Bürök. „Das kenne ich schon."

„Nein, Herr Bürök. Für Menschen. Eine Badeanstalt mit drei Trampolinen."

„Natürlich werden Sie von uns eine Freikarte bekommen", sagte der Kapitän. „Ein Jahresabonnement. Haben Sie eine Badehose?"

„Ich kann nicht schwimmen", sagte der Gerichtsvollzieher zaghaft.

„Das macht ja nichts", erwiderte der Kapitän sehr freundlich. „Wir werden ohnehin einen Bademeister anstellen müssen. Einen guten Schwimmpädagogen, wie es sich von selber versteht."

„Man wird an eine lange Stange gehängt", sagte Bürök. „Das sieht gefährlich aus. Magere Leute könnten aus der Schlinge rutschen."

„Die Gurtschnalle ist doppelt gesichert", sagte mein Vater. „Der Schwimmschüler wird durch die gleichmäßig verteilte Kraft eines einarmigen Hebels stets auf der Wasseroberfläche gehalten."

„Auch sein Kopf?"

„Natürlich. Dem Kopf wird besondere Aufmerksamkeit zuteil."

Der Gerichtsvollzieher schien nachzudenken. Er sog seine dünne Unterlippe ein, für einen Augenblick wurde auch seine grauschimmernde Zunge sichtbar. Ich habe schon immer vermutet, daß in der Mundhöhle des Herrn Bürök keine gewöhnliche Zunge wohne, in der Mundhöhle des Herrn Bürök wohne eine kleine, zahme Eidechse. Sie erschien rasch hintereinander noch mehrere Male am Ausgang des Mundes, ein Zeichen höchster Konzentration

Der Kapitän redete Bürök zu:

„Ein Mann, der nicht schwimmen kann, ist nur ein halber Mann. Er ist ans Festland gekettet, und Gefahren, die auch ein kleines Kind meistern kann, hilflos ausgeliefert. Was für die anderen natürlichste Zerstreuung und Erholung bedeutet, ist für ihn verzweifeltes Blubbern und qualvolles Untergehen. Schon die alten Römer konnten schwimmen. Ein Mann von heute, der nicht schwimmen kann, muß sich pausenlos schämen."

Bürök strich sich verlegen über die Stirne.

„Ich werde es mir durch den Kopf gehen lassen," sagte er. „Sie verzeihen, aber ich muß weiter."

Er verließ das Zimmer, ohne sich wie gewohnt umzudrehen, um seinen nächsten Besuch bei uns mit grimmiger Miene anzukündigen. Den Rest des Abends verbrachten wir vergnügt, besprachen zuerst die starken, dann die schwachen Punkte der anregenden Pläne, kehrten wieder zu den hoffnungsvollen starken Punkten zurück und verweilten bei genußreichen Einzelheiten. Mein Vater schlug vor, für die Neueröffnung des Badestrandes von Rakosliget einen Bademarsch schreiben zu lassen. Am besten durch Bodrogi, der dem Kapitän wegen seiner noblen Haltung in einer gewissen Affäre ohnehin zu Dank verpflichtet war. Der Kapitän äußerte sich vorsichtig, er meinte, man sollte die Angelegenheit zunächst unverbindlich prüfen. Über den beinahe verhängnisvollen Zwischenfall im Wald der Kamarilla und über die Frau des Kapitäns, Lilo II., fiel an diesem glücklichen Abend kein Wort.

*Im Kartenzimmer des Café „Savoy" * Bodrogi und die vierte Dimension des Kitsches * Wer nicht arbeitet, hat Kredit in den Herzen * Englisches Gericht, Gerichtssprache Ungarisch **

„Ich schreibe keinen Bademarsch", sagte Bodrogi, der Dichterfürst, nachmittags gegen vier Uhr im Kartenzimmer des Café „Savoy". Man hatte schon die Lichter angezündet, draußen vor dem Kaffeehaus wirbelten armselige, hellgraue Schneeflocken in der gelblichen Luft. Die mit Taubenmist reichlich beschlagenen Fassaden der Häuser wichen langsam zurück, ihre schwermütige Geschmacklosigkeit löste sich in der vorweihnachtlichen Stimmung allmählich auf. Die Welt war traurig, sie sah aus wie ein gefälschter Kupferstich in der untersten Lade im Antiquariat „Zur Kettenbrücke".

Bodrogi saß mißmutig, in seinen langen, schwarzen Wintermantel gehüllt, an einem mit verblichenem grünen Tuch bespannten Tisch. Der sauer riechende Baron Wussinsky las ihm kurze Berichte aus der Zeitschrift „Budapester Pferdesport" vor. Mein Vater stand vor den beiden, er tat als hätte er in der Garderobe zu tun und wolle nur im Vorbeigehen die Idee eines sonnigen Bademarsches als kleine Aufmerksamkeit präsentieren, um den frierenden Dichterfürsten aufzuheitern.

„Ich schreibe keinen Bademarsch", wiederholte Bodrogi. „Ich habe keine Lust. Außerdem ist laut Vereinbarung für jegliche Art von Wasserliedern Ivanics zuständig."

„Das Wort Wasser muß im Text nicht vorkommen", sagte mein Vater.

Baron Wussinsky hob seine schweren, vom Essigdampf entzündeten Lider:

„Wir legen den Vertrag über die Aufteilung der ungarischen Sprache nicht nur wörtlich, sondern auch sinngemäß aus. Assoziationen müssen daher genauso präzis behandelt werden wie Grundbegriffe. Das Thema setzt den flüssigen Stoff Wasser unweigerlich voraus."

„Nicht immer", unterbrach Bodrogi seinen fürstlichen Beisitzer leise. Er erinnerte sich plötzlich an einen längst verwelkten Sommer, in dem er die Badeanstalt „Palatinus" auf der Margareteninsel zweimal hintereinander aufgesucht hatte, um dort im Schatten der hintersten Kabinenreihe mit dem Aufsichtspersonal für abgestellte Fahrräder, einem gerissenen Burschen, von früh bis abends Karten zu spielen. „Nicht immer, mein lieber Baron."

„Ich kann den Bademarsch doch nicht von Ivanics schreiben lassen!" sagte mein Vater aufgebracht. „Es hat sich längst herausgestellt, daß der Mann ein Nichtskönner ist. Ein Scharlatan."

Bodrogi, der Ungewaschene, hatte einen elegischen Tag:

„Wer weiß, Feri, wo Dichtung und Gaukelei beginnt."

Er blickte meinen Vater forschend, jedoch wohlwollend, mit einem verstohlenen Lächeln an:

„Gerüchte gehen in der Stadt um. Sie besagen, Bodrogi, der Dichterfürst, hätte sich an die hochanständige Frau eines biederen Kapitäns herangemacht, sie mittels ELAN entführt, in einen dunklen Wald gebracht, dort für sie Blumen gepflückt und in ihr rosarotes Ohr schalkhafte Worte geflüstert. Was hältst du davon?"

„Ich habe nichts gehört."

„Nun", fuhr Bodrogi gekränkt fort, „mein teurer Freund, Wachsmann-Bácsi hat sich redlich bemüht, diese Frau ausfindig zu machen. Die Gerüchte stören mich nicht, das will ich gleich vorausschicken. Solche Fama gehört zur Aura aller ernstzunehmenden Dichter. Aber die Frau des Kapitäns Elemer Balogh ist leider eine unmögliche Person. Sie ist spindeldürr, was meinem Geschmack, wie allgemein bekannt, niemals entsprochen hätte, und obendrein", und da erhob Bodrogi die Stimme, „sie trägt Spangenschuhe in der Größe eines Pionierstiefels!"

„Das ist leicht übertrieben", sagte mein Vater. Er rückte sich einen Stuhl zurecht und nahm Bodrogi gegenüber Platz. „Lilo, von der hier offensichtlich die Rede ist, wird im allgemeinen als eine interessante Frau angesehen. Sie hat Fluidum, Phantasie und Naturfrische. Ich gebe zu, sie schielt, aber etwas Magisches haftet zweifellos an ihrem Blick."

„Wachsmann-Bácsi meldete mir nicht, daß sie schielt", murmelte der Dichterfürst.

„Ich würde mich auf die sechseinhalb Dioptrien des Wachsmann-Bácsi nicht verlassen", sagte mein Vater gereizt. „Er hat Lilo sicherlich verwechselt. Übrigens liegt da ohnehin ein klarer Fall von Verwechslung vor. Der Mann, der Lilo in den Wald der Kamarilla geführt hat, war Jenö Havas, der Hemdenmacher. Er wurde auf einer Lichtung ertappt, von Freunden des Ehemannes bedrängt und gab sich in seiner Not, um heil davonzukommen, als Bodrogi, der Dichterfürst aus."

Bodrogis Ferkelgesicht leuchtete:

„Was sagen Sie, Baron, ist das nicht ein Zeichen absoluter Volkstümlichkeit?"

Er wandte sich an meinen Vater:

„Wir verzeihen ihm. Wenn du ihn siehst, Feri, sage ihm, wir seien nicht böse. Er sollte jedoch das Objekt seiner späten Liebesbedürfnisse sorgfältiger aussuchen. Ich bin nicht bereit, mich für ihn allerorts zu schämen. Und noch eines: seine Manschetten sind in letzter Zeit um einen Gedanken zu kurz."

Bodrogi schloß die Augen. Wussinsky, der sauer riechende Baron, gab meinem Vater ein Zeichen: Der Dichterfürst wünsche zu ruhen. Mein Vater nickte. Wussinsky lehnte sich daraufhin in seinem abgewetzten Armstuhl zurück und sah über den Kopf meines Vaters hinweg in die Luft. Mein Vater tat über den Kopf Wussinskys dasselbe. Bodrogi schlief eine gute halbe Stunde. Er wachte mit Geschnaufe auf, dann sagte er:

„Auch die Knopflöcher seiner Manschetten sind viel zu klein."

„Woher weißt du das?" staunte mein Vater. Er wußte, daß Bodrogi seine Hemden in regelmäßigen Abständen von vier Jahren einzeln durch eine sorgfältig gehütete Hintertür aus dem Warenhaus „Glück auf!" der Kohlenbergarbeitergewerkschaft bezog. Die schwarzen Uniformhemden der Knappen waren nicht nur billiger als alle sonstigen, sondern auch erstaunlich zäh.

Mit kleinen, ruckartigen Bewegungen nistete sich Bodrogi tiefer in die schwarze Hülle seines traurigen Wintermantels ein. Er seufzte:

„Woher ich das weiß? Ich bin zu der Erkenntnis gelangt, daß ich nicht nur die Grenzen meiner Phantasie ins Endlose vorverlegen, sondern auch der bestinformierte Mann dieser Stadt sein muß. Ich muß genauestens wissen, was hier Tag und Nacht gedacht, gespürt und geträumt wird. Nur so kann ich die ungeheure Last meiner Begabung im richtigen Augenblick zur Schubkraft umwandeln, um gemeinsam mit Millionen Seelen in höhere Regionen emporzusteigen."

„Was verstehst du unter 'höhere Regionen'?" fragte mein Vater.

Wussinsky nahm aus seiner Rocktasche ein verwittertes Notizbuch hervor, um Äußerungen des Dichterfürsten von theoretischem Wert aufzuzeichnen.

Mit zwei Fingern rieb Bodrogi sein linkes Ohrläppchen:

„Meine höheren Regionen sind Gemeinplätze. Kitsch mit einem Wort. Der notwendige, der beglückende, der fein säuberlich geballte und geistreich verzierte Kitsch. Ich bin kein Hoflieferant. Ich bin ein Lieferant der Masse. Ich fülle die leeren Säcke der einsamen Seelen auf. Ich erzeuge leicht verdauliches, schillerndes Material mit der Sorgfalt eines Forschers. Ich wiege und messe und vergleiche und stelle Zerreißproben an. Bei mir spielen die Gesetze der Prosodie und die verschiedensten Methoden der Rhythmus- und Reimverteilung eine geringfügige Rolle. Meine Verse hinken manchmal. Ja, sie hinken und ich weiß, daß man hinter meinem Rücken Grimassen schneidet. Aber gerade da kann man einen geheimen Zusammenhang finden, mein lieber Feri, und sehr verehrter Baron. Meine Texte sind bloß Fassade, dahinter breitet sich ein unsichtbarer Bau von Stimmungen und Assoziationen aus. Dort sind unterirdische Gänge und in Frühlingslicht getauchte runde und längliche Räume. Ballustraden und Wendeltreppen; die vierte Dimension des Kitsches!"

Mein Vater, der für jeden Zweig der Wissenschaften glühendes Interesse hatte, vergaß bereits, weshalb er vor dem Tisch des Dichterfürsten stehengeblieben war, er sagte wißbegierig:

„Bis dahin konnte ich dir mühelos folgen. Ich sehe jedoch die innere Verbindung zwischen dem Lied, das von Millionen gesungen wird und zwischen den Knopflöchern des Jenö Havas nicht."

Der sauer riechende Baron schrieb abgekürzte Definitionen in das Notizbuch.

Bodrogi lehnte sich zurück, dann nickte er mit einem müden Lächeln einer vorbeigehenden Dame zu. Es war Frau Piroska Pogats, einst Kassiererin des Liliputaner-Theaters im Stadtwäldchen, später Geliebte und Alleinerbin des anläßlich des „Hungaria-Preises" tödlich verunglückten englischen Jockeys Alba Corinth Gibbson.

„Mein Kopf ist ein Sammelbecken." Der Dichterfürst klopfte auf seinen Schädel unweit vom Scheitel. „Da lagert's. Die bewegte Vergangenheit der Piroska Pogats, die rotgelbe Schirmmütze des armen Gibbson, die Hemden der Firma 'Havas und Mattanich'. Alles. Welten sind hier eingeschlossen, kleinere und größere, bunte und graue. Sie schlummern. Sie werden im Moment geweckt, in dem sich die Massen danach sehnen. Ich bin ein hochempfindliches Instrument. Ich nehme auf, konserviere, präpariere und entscheide. Nichts ist von vornherein für diesen Prozeß undenkbar. Ich hole die Gesetze Isaac Newtons, wenn ich das für notwendig halte, aus der Versenkung und paare sie mit der impressionistischen Anspielung auf schilfrohrhohe Mädchenbeine. Man sagt mir nach, meine Vergleiche und Kombinationen seien verwirrend. Sie sind es nicht. Sie sind einfach universell."

„Das ist es eben, was mich so tief beeindruckt, wenn ich deine Lieder singe", sagte mein Vater.

Der Dichterfürst hörte diese Bemerkung scheinbar nicht; er fragte durch Hochziehen seiner rötlichblonden Augenbrauen Baron Wussinsky, ob dieser die wichtigsten Fassaden seiner Offenbarungen mitschreiben konnte. Der Baron hob stumm das geöffnete Notizbuch. Bodrogi winkte ihm feierlich zu.

„Die Nachrichten aus den brodelnden Tiefen des Lebens", fuhr er fort, „werden pausenlos an mich herangetragen. Ich brauche nur zuzuhören. Ich sitze inmitten eines Netzes; es ist das Netz der Vertraulichkeit. Kellner und fahrende Eisverkäufer flüstern mir zu, Bibliothekare aus den Randbezirken und Beamte des höheren Verwaltungswesens. Ich werde rechtzeitig von Todesfällen, Schiebungen, Liebesnächten und Erfindungen unterrichtet. Oft kann ich mich gegen die Vielfalt und Intensität der Mitteilungen und gegen die damit verknüpften Gefühle nicht mehr wehren. Erschöpft sinke ich auf mein Bett und finde keinen Schlaf."

„Man bewundert dich", sagte mein Vater.

„Ja, denn man glaubt, ich lebe herrlich und kenne die Arbeit nicht einmal vom Hörensagen. Das verschafft den Menschen in dieser Stadt Ehre. Wer nicht arbeitet, hat Kredit in den Herzen. Eine lasterhafte Gesinnung. Es ist Zeit, daß diese Stadt untergeht."

Wachsmann-Bácsi erschien. Er grüßte nicht, geräuschvoll rückte er einen Stuhl zurecht, breitete eine rotkarierte Serviette im Schoß aus, entnahm der linken Tasche seines zerknitterten, dunkelbraunen Rocks ein Stück trockenes Brot, verrieb es gekonnt zu Bröseln, streute diese auf die Serviette, holte dann aus der rechten Tasche einen schläfrigen Kanarienvogel, setzte ihn auf sein Knie und wandte sich an Bodrogi:

„Heute essen wir ein bißchen spät. Viel zu tun gehabt."

Der Kellner Jozsi betrat das Kartenzimmer, ging auf Bodrogi zu und flüsterte ihm ins Ohr. Der

Dichterfürst nickte zweimal zustimmend, dann schüttelte er den Kopf.

„Ich bin nicht da", sagte er.

Der Kellner Jozsi verneigte sich flüchtig und verschwand.

„Man bewundert dich", nahm mein Vater das Gespräch wieder auf, „und wer das Glück hat, dich auch persönlich zu kennen, der weiß, daß du nicht nur ein allumfassendes Gehirn, sondern auch ein gutes Herz hast."

„Feri, was willst du von mir?" fragte Bodrogi sachlich.

„Ich brauche einen Gerichtshof."

„Meine Verbindungen zu den Kreisgerichten, aber auch zum hauptstädtischen Gerichtshof in der widerlichen Marko-Gasse sind denkbar schlecht. Staatsanwalt und Richter singen keine Schlager."

„Ich brauche keine Verbindung zum Gericht", sagte mein Vater, „ich brauche ein Gericht, das heißt, einen Richter und zwei Beisitzer. Es handelt sich da nämlich um ein englisches Gericht."

„Und die Verhandlungssprache?" fragte der Dichterfürst.

„Ungarisch."

„Ort der Verhandlung?"

„Nach Belieben. Am besten hier. Café 'Savoy,' Kartenzimmer."

Wachsmann-Bácsi ließ den Kanarienvogel in seiner Rocktasche verschwinden, stand auf und nahm seine dicke Brille ab:

„Hohes Gericht! Betrachten Sie die mildernden Umstände, die für dieses bedauernswerte Geschöpf plädieren. Es wurde in einer finsteren Waschküche geboren, wuchs im düsteren Hinterhof auf ..."

Mein Vater unterbrach den pensionierten Kinobilleteur:

„Ich brauche keinen Anwalt. Ich brauche einen Richter und zwei Beisitzer. Wie gesagt, es handelt sich da um ein englisches Privatgericht, um ein Gentlemenverfahren in der Sache eines noch nicht bewiesenen Ehebruches. Das Gericht soll durch taktvolles Eingreifen Frieden stiften."

„Wer zahlt die Gerichtskosten?" fragte Bodrogi.

„Havas, der Hemdenmacher."

„Bist du dessen sicher?"

„Das Kaffeehaus soll in den Fluten der Donau versinken, wenn er nicht zahlt", sagte mein Vater.

„Gut", murmelte der Dichterfürst. „Die Parteien sollen sich morgen Abend hier im Kartenzimmer einfinden."

Er dachte kurz nach:

„Die Parteien sollen sich dunkel anziehen."

„Selbstverständlich."

Die Männer schwiegen eine Weile. Dann sagte Wachsmann-Bácsi:

„Die Extrawurst, auch Pariser Wurst genannt, ist teurer geworden."

Niemand kommentierte die Mitteilung des pensionierten Kinobilleteurs. Wussinsky erhob sich und ging in seinen Essigkeller. Mein Vater ließ vom Kellner Jozsi das schwere Schachbrett des Kaffeehauses holen und lud Wachsmann-Bácsi zu einer Partie ein. Wachsmann-Bácsi eröffnete nach langer, qualvoller Überlegung wie immer mit dem Pferd.

Das Café „Savoy", diese im Stile eines englischen Ozeandampfers großzügig entworfene „behördlich konzessierte Kaffeeausschank", wurde um die Jahrhundertwende gebaut. In der Flotte der Budapester Kaffeehäuser mit den berauschenden Namen „Simplon", „Quarnero", „Ostende", „Kairo", „Abbazzia", „Biarritz" und „Miami" lag es jahrzehntelang hinter dem marmornen und kristallenen Flaggschiff Café

„New York" auf dem zweiten Platz. Die meisten, vom Rauch und Kaffeedampf allmählich vergilbten Lokale sind inzwischen untergegangen; sie wurden polizeilich gesperrt, durch Straßenkämpfe zerstört oder fielen der ansteckenden, unbarmherzig um sich greifenden Armut zum Opfer: Das unbeschreiblich schmutzige Café „Lugano" am nördlichen Handelskai, das finstere, auch tagsüber durch künstliches Licht erleuchtete Café „Westend" in der Elisabethstadt, das Café „Stanbul", Hauptquartier der streitbaren Theologiestudenten unweit der Margarethenbrücke ebenso wie das stille und ungemein vornehme Café „Philadelphia" in der Nähe der ausgebrannten königlichen Burg oder das Café „London", Treffpunkt der mittellosen Trabrennspezialisten und das Café „Rimini", in dem man einst die bestangezogenen deutschen Kinderfräulein der Stadt antreffen konnte. Selbst das stolze Café „New York" versank eines gewöhnlichen Wochentages in den Wirbelstürmen der unbegreiflich gewordenen Zeit. Das Café „Savoy" hielt sich jedoch über Wasser. Aus welchem Grund und auf welche Weise sich dieses Wunder jahraus, jahrein wiederholte, darüber gehen die Meinungen auseinander. Die Budapester antworteten auf diese Frage mit einer lapidaren Zusammenfassung aller diesbezüglichen Thesen und Tatsachen: „Wer weiß."

Annalen des Kaffeehauses wurden nicht geführt, teils, weil man in Budapest äußerst ungern umsonst schreibt und für die Geschichte des Café „Savoy" weder eine staatliche Stelle noch ein privater Interessent einen roten Heller flüssig gemacht hätte, teils, weil die Bewohner der Stadt, durch Jahrhunderte im ständigen Belagerungszustand lebend, vorsichtig genug sind, schriftliche Beweise über ihr Tun und Handeln nicht zu hinterlassen. Die mündliche Überlieferung, das Gesagte und das zugleich glatt Verleugnete florierte hier seit Menschengedenken zwischen der gelben Tiefebene und den hellgrünen pannonischen Hügeln. So blieb auch über die Verhandlung eines englischen Privatgerichtes im Kartenzimmer des Café „Savoy" in Sachen Elemer Balogh, Kapitän mit gültigem Querpatent, contra Jenö Havas, Hemdenmacher, kein Protokoll erhalten. Dafür aber konnte man die Geschichte der Sitzung in drei voneinander nur geringfügig abweichenden Versionen aus dem Munde gelegentlicher Erzähler in verschiedenen Teilen der Stadt noch jahrelang hören. Die Chronisten stimmten darin überein, daß Boborkövi, der Kunstmaler aus Törökbálint, als Präsident des Gerichtes fungierte. Alle späteren, apokryphen Fassungen, wonach der Vorsitzende des Gentlemen-Gremiums Bodrogi, der Dichterfürst gewesen wäre, erwiesen sich als Irrtum. Wie auch mein Vater, ein verläßlicher Augenzeuge der Verhandlung erzählte, war Bodrogi nur als Zaungast zugegen. Den Vorsitz führte eindeutig Boborkövi, nach anfänglichen Schwierigkeiten mit eiserner Hand und messerscharfem Verstand.

*Präsident Boborkövi * Die Wahrheit im metaphysischen Einklang der Kräfte * Eine würdige Vergewaltigung * Auf nach Paks * Im Hundeschursalon * Mano und die Königin von England * Die Fischsuppenfarbe des unsterblichen Malers **

Der Kunstmaler traf in Begleitung meines Vaters bereits in den frühen Morgenstunden in Budapest ein. Er brachte vier Luftfeuchtigkeitsbilder mit, vier von innen bemalte Kisten mit den Titeln: „Winternacht", „Eine kleine Meteorologie", „Keuschheitsgelübde" und „Selbstportrait Nr. 7". Da er seit neun Jahren nicht mehr in der Hauptstadt gewesen war, wollte er noch vor der Verhandlung sämtliche Galerien von Buda und Pest besuchen. Meinem Vater fiel es jedoch nicht schwer, ihn zu überreden, er sollte sich nach der anstrengenden ELAN-Fahrt zunächst im Café „Savoy" kurz ausruhen und seine alten Freunde dort begrüßen.

Sie schleppten die Kisten also mittels Straßenbahn, dann, nach einer kurzen aber heftigen Auseinandersetzung mit einigen Fahrgästen und Schaffnern zu Fuß in das Kaffeehaus. Boborkövi deponierte seine Werke in der Garderobe und ging mit ausgebreiteten Armen auf die Stammgäste zu. Es gab Schreie, Küsse und auch Tränen. Die vier Kisten wurden inzwischen von einem Mädchen, das eine rauchfarbene Sonnenbrille trug, und von einem schmächtigen Jungen, der mit einer flachen Feldflasche ausgerüstet war, abgeholt. Sie zogen einen kleinen Handwagen hinter sich her, wiesen eine Vollmacht vor, wonach die Galerie zur Nationalen Kleinkunst sie beauftragt habe, die Bilder des Herrn Boborkövi mit der Katalognummer 314, 376, 389 und 301 unverzüglich der Jury vorzuführen. Die Kisten wurden vom Kellner Jozsi anstandslos ausgefolgt.

Den Nachmittag verbrachte Boborkövi im Dampfbad „Rudas". Mit Hilfe des Bademeisters Lajos, der eigens aus seiner Dienstkammer, aus der einstigen Schlummer-Nische des türkischen Paschas Köprülü, ein schönes Stück Bimsstein für den Kunstmaler holte, wurde Boborkövi von sämtlichen Farbflecken seiner letzten Schaffensperiode gesäubert. In den späteren Nachmittagsstunden erschien auch der Dichterfürst in der ehemals osmanischen Badeanstalt, setzte sich neben Boborkövi und bereitete ihn für den Abend vor.

„Sie müssen", sagte er dem Kunstmaler, während er, wie gewohnt, seine unter dem Wasser diffus gewordenen weißen Knöchel betrachtete, „Sie müssen, sehr verehrter Herr Boborkövi, die Wahrheit mit dem Kräfteverhältnis der Parteien in methaphysischen Einklang bringen."

Boborkövi nickte:

„Das ist einfach."

Bodrogi plätscherte:

„Die Methaphysik der Sache ist nämlich sonnenklar. Havas ist ein Schuft, ein Heuchler und ein wohlhabender Mann obendrein. Kapitän Balogh hingegen kennen wir als einen verträumten Asketen. Er kommt aus der Vorstadt, Mutter Wäscherin, Vater verschollen. Mit eisernem Fleiß brachte er es zum Kapitän und wird bald auf der Donau fahren."

„Und wer ist die Dame?" frage Boborkövi.

„Sie heißt Lilo und ist ein moralischer Krüppel. Wachsmann-Bácsi behauptete, sie sei die elfte ägyptische Plage."

„Wer ist Wachsmann-Bácsi?"

„Ihr Beisitzer heute abend."

Boborkövi wurde massiert, anschließend schlief er eine Stunde im überfüllten Rastsaal, in dem sich die Stammgäste des Dampfbades „Rudas" in weiße Tücher gehüllt und auf niedrigen Pritschen ausgestreckt leichten Tagträumen hingaben.

Der Kunstmaler wachte mit einem markerschütternden Schrei auf, Bademeister Lajos eilte herbei, einige Stammgäste erhoben sich, um unter empörtem Pantoffelgeflatter den halbdunklen Saal zu verlassen.

„Was ist denn?" fragte Lajos.

„Ich dachte, ich sei aufgebahrt", murmelte Boborkövi.

Er zeigte um sich: „Ein Leichenhaus."

Kurz nach acht Uhr abends montierte Wachsmann-Bácsi im Café „Savoy" ein Pappschild an die Tür des Kartenzimmers: HEUTE INVENTUR. Damit wurde die Öffentlichkeit ausgeschlossen. Die Mitglieder des englischen Privatgerichtes und die zur Verhandlung geladenen Parteien wurden auf Kosten des Gerichtes mit starkem Kaffee gelabt. Der Kapitän, der sich allen Anwesenden gegenüber wie ein Mann von Welt, freundlich und höflich, benahm, entschuldigte mit knappen Worten seine Frau, die aufs Land fahren mußte, um einer betagten Tante beim Einsieden von Pflaumen und Hagebutten behilflich zu sein.

„Das ist ganz im Sinne des Gerichtes", verkündete Boborkövi.

Jenö Havas, der unermüdliche Hemdenmacher, saß etwas blaß und betont abwesend neben Wachsmann-Bácsi. Als der Kellner Jozsi lautlos und ernst abservierte, hob er energisch die rechte Hand. Boborkövi erteilte ihm das Wort.

„Meine Herren, ich bitte Sie, nur keinen Skandal!" rief der Hemdenmacher sichtlich gereizt. „Wir wollen jedes Aufsehen vermeiden."

„Ein englisches Verfahren schließt jegliche Art von Skandalen aus", bemerkte mein Vater.

Boborkövi setzte eine Brille auf, die er sich bereits am Vormittag von Baron Wussinsky ausgeliehen hatte und erklärte die Verhandlung für eröffnet.

„Es wird kein Protokoll geführt", teilte Wachsmann-Bácsi in seiner Eigenschaft als Beisitzer in einem von ihm selten gehörten Brustton mit.

„Ich bin gespannt", sagte der Kapitän lächelnd. Seine Augen glänzten, seine umfangreiche Nase zitterte leicht vor Erregung. „Ich bin gespannt. Es ist ein schöner Abend."

Boborkövi wandte sich an den Kapitän:

„Sie werden hiemit beschuldigt, die angetraute Frau dieses Herren" (und dabei zeigte er auf Havas) „in den Wald der Kamarilla geführt zu haben, um sich dort in sie zu verlieben."

„Der Sachverhalt liegt verkehrt", bemerkte Wachsmann-Bácsi trocken.

Der Kapitän verschränkte die Arme auf der Brust und blickte meinen Vater empört an.

„Das war nur eine Fangfrage", sagte mein Vater.

Der Kapitän nickte, verneigte sich dann gegen Jenö Havas, den er im dunklen Wald der Kamarilla mit Hilfe meines Vaters als den gefeierten Dichterfürsten kennengelernt hatte:

„Herr Bodrogi, den ich hier als meinen Gegner begrüßen darf, leugnete seine fragwürdigen Absichten anläßlich unserer ersten Begegnung im Wald nicht."

„Sie waren auch dabei?" fragte der Kunstmaler bestürzt den ein wenig abseits sitzenden Bodrogi.

„Nein. Ich gehe nie in einen Wald."

„Bitte die Antwort zu protokollieren."

„Wir führen kein Protokoll", sagte Wachsmann-Bácsi. „Ich bedauere, aber der Vorsitzende scheint eine juridische Niete zu sein."

„Was wollen Sie von mir?" fuhr Boborkövi beleidigt auf. Sie sehen doch, ich bestehe gar nicht auf dem Protokoll. Ich will die Wahrheit und nichts als die Wahrheit herausfinden. Ich strenge mich an."

„Sie sind eine juridische Niete", stellte Wachsmann-Bácsi erneut fest.

Rasch schaltete sich mein Vater ein:

„Meine Herren! Das Kartenzimmer steht uns nur bis Mitternacht zur Verfügung. Dann wird hier aufgeräumt. Wir müssen bald einig werden."

„Kann ich zwei Eier im Glas haben?" fragte Boborkövi. „Ich habe Hunger."

„Nach der Verhandlung", sagte Baron Wussinsky.

„Die Küche schließt um elf Uhr", warnte Wachsmann-Bácsi alle Anwesenden.

„Bitte, bestellen Sie rechtzeitig beim Kellner", rief der unermüdliche Hemdenmacher. „Auf meine Rechnung."

„Nobel", bemerkte Kapitän Balogh. „Ein nobler Gegner. Ein Ritter altungarischen Schlages. Ich hätte gern einen Klausenburger Suppentopf mit Rind- und Lammfleisch."

„Nehmen Sie", murmelte Havas. „Lassen Sie es sich schmecken."

Der Kellner Jozsi wurde gerufen. Boborkövi bestellte zu den zwei weichen Eiern noch zusätzlich zwei Paar Wiener Würstel mit Senf. Mein Vater entschied sich für eine kalte ungarische Schlachtplatte (Blut- und Leberwurst, Sulz, Preßkopf, Zwiebel, Bauchfleisch und Hausbrot). Bodrogi wählte eine Portion Gansleber mit dazugehörigem Schmalz, Wachsmann-Bácsi ließ für sich, angesichts der späten Stunde, ein Stamperl polnischen Borovizka-Schnaps, Milchkaffee und Butterbrot servieren. Jenö Havas begnügte sich mit einer Coronitas-Zigarre.

„Zehn Minuten Pause", sagte der Kunstmaler Boborkövi. „Bitte, ruhen Sie sich aus."

In der Verhandlungspause erzählte der Kapitän von einer Kneipe in der kleinen Stadt Paks südlich von Budapest, von einem schmucklosen Ausspeisungslokal der Fischereigenossenschaft, wo die Köchin, eine uralte Frau namens Aranka mit Donauwasser, gerösteten weißen und schwarzen Wurzeln, Erlauer Stierblut, breitgeschnittenen Nudeln und rubinrotem Kirschenpaprika die unvergeßlichste Fischsuppe Ungarns kocht.

„Um null Uhr sieben fährt ein Personenzug nach Paks", sagte Baron Wussinsky, der, bevor er seinen Essigkeller gründete, mit Heiligenbildern die Provinz bereiste und daher den Fahrplan aller Personenzüge noch im Kopf hatte.

„Wir könnten mit dem Gemüseschiff um fünf Uhr früh zurückfahren", schlug der Kapitän vor. „Kennen Sie die 'Tahi'?"

„Wer kennt die 'Tahi' nicht?" erwiderte Wachsmann-Bácsi verärgert. „Eine tägliche Schande, wenn sie um neun Uhr früh am Donaucorso vorbeizieht. Sie hat einen viel zu dünnen Schornstein und sie liegt schief im Wasser."

„Das rechte Rad ist achtundachtzig Kilo schwerer als das linke", sagte der Kapitän. „Die Mißgeburt eines Donaudampfers. Und so etwas wurde um die Jahrhundertwende in der Schiffahrt Korneuburg von einer k. und k. Erzherzogin gedankenlos getauft."

Wachsmann-Bácsi klopfte erregt auf den Tisch:

„Ich sagte immer schon, die österreichisch-ungarische Monarchie war niemals lebensfähig!"

„Sie war lebensfähig", sagte Baron Wussinsky.

Wachsmann-Bácsi wurde rot:

„Baron, Sie sind ein Reaktionär!"

„Sie haben also die Frau des Herrn Kapitän im

Wald der Kamarilla vergewaltigt!" donnerte plötzlich Boborkövi.

Jenö Havas sprang auf, sprach dann aber doch leise und gefaßt:

„Reden Sie keinen Unsinn! Entweder kommen wir zu einer vernünftigen Lösung oder ich gehe!"

„Fahren wir nach Paks?" fragte der Kapitän.

„Ein Ausflug muß finanziert werden", sagte der Dichterfürst. „Paks ist weit."

„Der Schuldige wird hier noch heute demaskiert und verurteilt! Geben Sie alles zu!" rief Boborkövi. Er hämmerte mit beiden Fäusten auf die marmorne Tischplatte, Gläser und Löffel führten einen klirrenden Gespenstertanz auf. Baron Wussinsky rettete mit erstaunlicher Geschicklichkeit einige Gegenstände, indem er sie in den Schoß des Wachsmann-Bácsi schleuderte. Zwei Gabeln, ein Brotkorb und ein Porzellan-Eierbecher landeten wohlbehalten auf der rotkarierten Serviette. Der pensionierte Kinobilleteur stellte sie wenig später auf den Boden.

„Hohes Gericht!" rief Boborkövi, „das verstockte Schweigen des Angeklagten spricht Bände! Es besteht kein Zweifel, daß er ein Heuchler, ein wohlhabender Schuft ist. Ich verlange seine sofortige Verhaftung!"

„Esel", sagte Wachsmann-Bácsi. „Hier wird niemand verhaftet."

Der Kapitän beugte sich über den Tisch und packte Boborkövi beim mittleren Knopf seines von dem kunstbegeisterten Lehrer der Volksschule von Törökbálint ausgeliehenen dunkelblauen Anzuges. „Hören Sie mal", zischte er, „ich kann nicht dulden, daß Sie einen ehrenwerten Mann beschimpfen. Einen Dichter, der das wunderschöne Schaukellied geschrieben hat! Sie werden sich bei ihm entschuldigen!"

Boborkövi sah meinen Vater hilflos an:

„Ich kenne mich hier nicht mehr aus."

Der Kapitän stand auf und ging mit ausgestreckter Hand auf Jenö Havas zu:

„Mein teurer Freund, Sie dürfen sich keinen bösen Gedanken hingeben. Ich weiß bereits, daß Sie ein großes, edles Herz haben. Auch die Schwäche dieses Herzens kann ich wohl verstehen."

Er ergriff die Hand des Hemdenmachers und schüttelte sie heftig: „Wenn ich an Ihrer Stelle gewesen wäre, hätte ich ebenso gehandelt wie Sie. Und ich muß sagen, Sie tragen Ihre Verantwortung mit einer Würde, die mich beeindruckt. Es freut mich. Ich hätte Lilo einen unwürdigen Schritt niemals verzeihen können."

Havas lächelte. Es war das Lächeln eines schwarzgekleideten Mehlsackes, so warm, so lebhaft ungefähr und so überzeugend auch. Der Kapitän nahm ihn beim Arm und führte ihn zum Tisch zurück.

„Bitte, nehmen Sie doch Platz."

„Die Verhandlung ist beendet", sagte der sauer riechende Baron.

„Beendet", sagte Boborkövi.

„Es hat nicht lang gedauert", sagte Wachsmann-Bácsi mit Anerkennung in der Stimme.

„Ein englisches Privatverfahren dauert selten länger", sagte mein Vater. „Ich kenne eigentlich nur einen Ausnahmefall. Es war genau vor vierzig Jahren, als ein Gentlemen-Gericht in Westsouthminster in einer zwölfstündigen Nachtsitzung Lord Croydon zum Tode verurteilt hatte. Er mußte sich erschießen."

„Warum denn?" fragte der Kapitän entsetzt.

„Er wurde in der Nähe von Southwestminster in einem Eichenwald mit Lady Buckingham zusammen gesehen. Sie hatten auf einer kleinen Wiese Karten gespielt. Chemin de Fer. Lord Croydon war ein leidenschaftlicher Spieler."

„In England sind die Sitten streng", sagte Bodrogi.

„Man kann noch von Glück reden, daß man in Ungarn lebt", bemerkte Wachsmann-Bácsi. „Hier spielt man unter freiem Himmel höchstens Macao."

Baron Wussinsky wandte sich an Havas:

„Wenn wir nach Paks fahren wollen, um die Fischsuppe zu kosten, dann müssen wir langsam aufbrechen."

Der unermüdliche Hemdenmacher überlegte eine Weile. Man sah ihm an, daß er die Kosten des Unternehmens ausrechnete. Offensichtlich verglich er, indem er die Augen kurz schloß, den Gewinn einer vollständigen Versöhnung mit einem empfindlichen finanziellen Verlust. Er fand das Verhältnis zwischen Gewinn und Verlust gerade noch tragbar, wobei er in seiner Kalkulation auch den Hoffnungsschimmer berücksichtigte, daß mancher Mitreisende schon nach dem ersten Glas Wein oder nach der ersten Portion scharfer Fischsuppe einschlafen und nichts weiter konsumieren würde. Schließlich fiel ihm ein, daß es nicht nur im Personenzug, sondern auch auf dem Gemüsedampfer 'Tahi' eine zweite Klasse gibt. Er nahm seine Brille ab, was wie ein Zeichen der bedingungslosen Kapitulation wirkte, und sagte:

„Also bitte, gehen wir. Die Herren sind meine Gäste."

„Bravo!" rief der Kapitän.

Die Gesellschaft brach auf. Baron Wussinsky kaufte in der Garderobe des Kaffeehauses vorsorglich zwei Beutel Natriumkarbonat Marke „Ship", das beliebteste Hausmittel gegen Sodbrennen. Wachsmann-Bácsi half Jenö Havas in seinen Mantel.

„Was sind Sie von Beruf?" fragte er leise den unermüdlichen Hemdenmacher.

„Tailleur", antwortete Havas.

Die sieben Männer traten zögernd in die kalte, nebelige Nacht hinaus und trieben langsam mit dem staubig-stacheligen Wind die finstere Ringstraße entlang. Bald zeigte sich im fahlen Licht schläfriger Laternen der Westbahnhof. Über die breiten Treppen schwebte weißer Dampf und ausgekühlter Rauch. Boborkövi blieb stehen:

„Meine Bilder", flüsterte er. „Wo sind meine Bilder?"

„Schon in der Galerie", sagte mein Vater.

Der Kunstmaler nickte zufrieden, dann schlug er Havas auf die Schulter:

„Ein Grund mehr, um heute Nacht zu feiern! Machen Sie kein saueres Gesicht. Auf nach Paks!"

In der Hundewasch- und Schuranstalt „Zum gepflegten Freund" wurde es gegen sieben Uhr abends gewöhnlich still. Die beiden Gehilfinnen meiner Tante Mano, Frau Krikowa und Frau Kovács, nahmen die täglichen Aufräumungsarbeiten in Angriff. Frau Krikowa, die Miniaturausgabe einer slowakischen Hausbesorgerin, zusammengeschrumpft, blaß, beinahe durchsichtig, als hätte sie jahrelang nur Alaunmehl und Kalk gegessen, begann seufzend und fluchend die große Badewanne auszuwaschen. Frau Kovács, eine ehemalige Herrschaftsköchin, eine riesige, rosarote ungarische Gottesmutter in Dienstmädchentracht, schrubbte singend den Schurtisch, Tante Mano kehrte stumm das Hundehaar zusammen. In den weißgestrichenen Käfigen saßen die letzten Kunden des Nachmittags, die noch auf ihre Besitzer warteten. Sie verhielten sich sehr ruhig, denn, obwohl sie von allen Mitteln und Kunstgriffen des einschlägigen kosmetischen Verfahrens nur so strahlten und glänzten, waren sie von den unzähligen Fluchtversuchen, vom Seifenwasserschlucken, von den beinharten Ohrfeigen der zierlichen Frau Krikowa und von der einmaligen Würgetechnik der Frau Kovács völlig erschöpft.

Aus der rutschigen Badewanne und von dem hohen Schurtisch gab es kein Entrinnen. Sogar Bernhardiner, groß wie ein Kalb, und blitzschnelle Windhunde, sprangen, von der Schnauze bis zum Schwanz eingeseift, vergeblich aus der Wanne. Die Hetzjagd auf die nassen, glitschigen Hunde rund um den Schurtisch, die Käfige entlang, durch die Falltür zum Warteraum und unter der Polstergarnitur desselben, setzte jedesmal mit faszinierender Präzision ein. Dabei wurden nur gewöhnliche Besen und Frottiertücher verwendet.

Auf knappe Kommandorufe schob man dem rasenden Hund die Besenstiele von mehreren Seiten zwischen die Beine. Die Frottiertücher warf man gleichzeitig über seinen Kopf. Dann wurden Schwanz und Gurgel gepackt und das Tier heftig geschüttelt. Zum Abschluß band man die Augen mit einem schwarzen, die Schnauze mit einem weißen Leinenstreifen zu. Den so eingefangenen Hund schleppte dann die ganze Mannschaft keuchend in die mit einem rutschfesten Brett ausgestattete Badewanne, auf den Schurtisch oder in den Käfig zurück. Irgendwelche Spuren der kurzen Kampfhandlung konnte man nachträglich niemals entdecken. Der Besitzer nahm wie immer einen überglücklichen Hund in Empfang, Tante Mano streichelte das Tier flüchtig und sagte mit einem bescheidenen Lächeln:

„Heute war er wirklich sehr brav."

„Heute war er wirklich sehr brav", sagte Tante Mano, während sie den letzten Hund des Tages, einen blutrünstigen schwarzen Dobermann, den Frau Krikowa und Frau Kovács in der Badewanne viribus unitis beinahe ertränkt hatten, seinem Besitzer übergab. Der Herr zahlte und ging. Tante Mano konnte endlich ihre Aufmerksamheit den im Warteraum aufgestapelten vier Kisten schenken. Mein Vater, vom nächtlichen Ausflug nach Paks noch sichtlich mitgenommen, schlief stehend an die Falltür gelehnt. Ab und zu betrachtete er, wahrscheinlich schon das tausendste Mal, das große Foto, das als einziger Wandschmuck über der Polstergarnitur hing. Auf einem sich sanft gegen den Himmel hebenden Hügel stand Tante Mano neben der Königin von England. Beide hielten irische Jagdhunde an der Leine. Im Hintergrund sah man den Erzbischof von Canterbury im vollen Ornat mit zwei Zwergpudeln. Eine großartige Montage des ehrgeizigen Bezirksfotografen Horvath & Horvath.

„Feri!" sagte Tante Mano, „bist du da?"

Mein Vater wachte auf. Er sah dem Hundebesitzer, der sich wie von einem unsichtbaren Magnet gezogen mit übernatürlich großen Schritten soeben entfernte, versonnen nach:

„Ich sagte schon immer, Dackel sind wirklich liebe Hunde."

„Es war ein Dobermann", wies Tante Mano meinen Vater zurecht.

Mein Vater schüttelte teilnahmsvoll den Kopf:

„Schrecklich. Ich fürchte, liebe Mano, dein Beruf ist lebensgefährlich."

„Es ist nicht mein Beruf. Es ist meine Berufung. Gott hat mich dazu auserkoren."

„Gott hat Hunde nicht gern", sagte mein Vater.

„Woher weißt du das?"

„Aus der Bibel. In der Bibel kommt nirgends ein Hund vor. Weder bei den Königen noch bei den Propheten."

Tante Mano wandte sich beleidigt von meinem Vater ab. Sie beugte sich über die Kisten:

„Es sind schöne Kisten. Ich meine, sie sind groß genug. Nur diese Farbflecken an der Innenseite muß man abkratzen."

„Warum?" fragte mein Vater. Erst in diesem Augenblick wachte er richtig auf. „Warum?" fragte er noch einmal. „Diese Farben sind schöne Farben."

Tante Mano, durch das blutige Gefecht mit dem Dobermann erschüttert, versuchte sanfte Töne:

„Hör zu, mein lieber Feri. In diesen Kisten werden junge, unschuldige Hunde die ersten Tage ihres Lebens verbringen. Sie werden alles haben, was sie brauchen, Liebe, Wärme, die Umsorgung ihrer Mutter, die gewissenhafte Betreuung durch ihre menschliche Umgebung. Aber wenn sie dauernd diese Farbflecken anschauen müssen, werden sie melancholisch."

„Kleine Hunde sind blind", sagte mein Vater.

„Die Augen werden eines Tages geöffnet", erwiderte Tante Mano salbungsvoll. Sie zeigte auf das Luftfeuchtigkeitsbild mit dem Titel „Selbstportrait Nr. 7":

„Ein gräßlicher Anblick. Glaubst du, daß man es mit warmem Seifenwasser wegwaschen kann?"

„Man darf es nicht wegwaschen, meine liebe Mano. Das sind nämlich Kunstwerke", sagte mein Vater.

„Wo sind Kunstwerke?"

„Diese Kisten sind mit Mikroinnenfresken ausgestattet. Das sind Arbeiten des akademischen Malers Istvan Tibor Boborkövi. Er entwickelte eine neue Maltechnik, die auch mir beachtenswert erscheint. Er malt mittels Luftfeuchtigkeit."

Tante Mano war verblüfft.

„Feuchte Kisten kommen für eine Hundegebäranstalt überhaupt nicht in Frage."

„Du hast mich leider mißverstanden. Die Kisten sind strohtrocken und sehr gesund. Die Luftfeuchtigkeit betrifft nur das Innenleben der Farben. Die Bilder werden die kleinen Hunde sicherlich nicht stören, du wirst schon sehen, sie werden diese fröhlichen Farben gerne anschauen."

„Sie werden diese fröhlichen Farben abschlekken!"

„Es besteht nicht die geringste Gefahr. Denn, greif nur ruhig hin, meine liebe Mano, du wirst merken, daß Boborkövi alle seine Bilder mit einer farblosen Lackschicht überzieht. Man kann schlecken, so oft man will, es kommt nichts herunter."

Tante Mano betastete vorsichtig die Innenseite der Kisten.

„Interessant. Aber ich kann diese Bilder gar nicht schön finden."

„Man muß sich zuerst in die Sache ein bißchen einleben", erklärte mein Vater. „Es ist einfach eine Frage des seelischen Trainings. Wenn man schon ein wenig Übung hat, kann man eines Tages bis zur verborgenen Quelle der inneren Schönheit vordringen."

Tante Mano betrachtete die Kisten nachdenklich, lächelte schamhaft:

„Du weißt, Feri, ich suche nach einem ungewöhnlichen Lebensinhalt. Nach einem Lebensinhalt, der mich über den Alltag erhebt."

„Der Maler kommt morgen her", sagte mein Vater. „Boborkövi behauptete, seine Bilder hätten Einzelschicksale. Er muß sich jedesmal vergewissern, ob seine Werke in den Besitz feinfühliger Menschen übergegangen sind. In Museen läßt er seine Bilder niemals zur Schau stellen, denn er sagt: Museen sind Friedhöfe. Die Gemälde werden ab und zu feierlich besucht, wie die Toten. In den Sälen herrscht die niederschmetternde Atmosphäre des Allerseelen-Tages. Man muß mit den Bildern zusammenleben, sagt Boborkövi. Er verkauft seine Bilder nicht, er gibt sie nur als Leihgabe und auch das nur unter einer Bedingung her: er darf seine Arbeiten jederzeit besuchen und mit ihnen unter vier Augen bleiben."

„Er soll nicht herkommen", sagte Tante Mano.

„Ich finde es vernünftig", erwiderte mein Vater, „daß du mit ihm ein bißchen plauderst. Dann läßt er die Kisten gewiß da."

Frau Krikowa und Frau Kovács erschienen hintereinander in der Falltür. Frau Krikowa trug einen flohbraunen, Frau Kovács einen geranienroten Wintermantel, Kleidungsstücke, die sogar in dem nicht besonders anspruchsvollen Bezirksversatzamt „Wasserstadt" unter tief reduziertem Ausrufungspreis und mit dem dienstlichen Vermerk des zuständigen Beamten „Zerschetzflenichtge" (das heißt: zerschlissen, abgewetzt, fleckig und nicht gefüttert) angeboten würden. Beide Hundewäscherinnen hielten geflickte Strohtaschen in der Hand, darin wurden Zeitungspapier, Blechgeschirr und Seifenreste einem unbekannten nächtlichen Ziel entgegen transportiert.

Die zerbrechliche, vollkommen farblose Frau Krikowa stützte sich beim Gehen auf einen Spazierstock. Frau Kovács trug breite, schwarze Männerschuhe. Die Gehilfinnen nickten Tante Mano stumm zu und verließen den kahlen Warteraum.

„Nein", murmelte Tante Mano unschlüssig, „der Maler soll nicht herkommen."

Hilflos strich sie über ihr dünnes, rötliches Haar, dann von oben nach unten über das längliche Gesicht und betastete mit unsichtbaren Fingern ihre blutleeren, trockenen Lippen:

„Vielleicht später einmal. Ich werde es dir sagen."

Mein Vater schüttelte den Kopf:

„Du mußt zugreifen, Mano. Seit einiger Zeit macht sich in der Stadt eine drohende Kistenknappheit bemerkbar. Auch in der Provinz ist es bereits fast unmöglich, anständige Kisten aufzutreiben. Baron Wussinsky, der, wie du weißt, Tag und Nacht inmitten des Wirtschaftslebens steht, kann meine bitteren Erfahrungen jederzeit bezeugen. Wir werden die Kisten hier im Warteraum geschmackvoll verteilen. Am besten kommt Boborkövi abends nach Geschäftsschluß her. Er wird dich nicht lange behelligen, er fährt bald nach Törökbálint zurück und dann verläßt er sein Tuskulum mindestens fünfzehn Jahre lang wieder nicht."

„Hat er dort ein Tuskulum?" fragte Tante Mano zaghaft. Man konnte ihr ansehen, daß sie dessen nicht ganz sicher war, ob unter einem Tuskulum eine elegante Wohnmöglichkeit oder eine subtile Beschäftigung zu verstehen sei.

„Ja", sagte mein Vater. „Es ist ein in jeder Hinsicht vollkommenes Tuskulum. Boborkövi braucht gar nicht in die Stadt zu gehen, er tuskuliert in Törökbálint autark."

„Ach so?", sagte Tante Mano.

Sie begann die Lichter im Waschraum zu löschen. Schurtisch und Badewanne versanken in der nach feuchtem Hundehaar riechenden Finsternis.

„Wenn du meinst, Feri", rief Tante Mano aus der hallenden Dunkelheit, „werde ich diesen Maler morgen Abend nach Geschäftsschluß empfangen. Hoffentlich ist er nicht zudringlich."

„Boborkövi ist der sanftmütigste Mensch, den ich jemals gekannt habe", sagte mein Vater. „Er wandert durch das Leben wie ein verkleideter Himmelsbote."

Tante Mano zeigte sich beruhigt. Sie konnte nicht wissen, daß der akademische Maler Istvan Tibor Boborkövi sein geheimes Himmelsboten-Dasein des öfteren zu vergessen pflegte. Zuletzt geschah es in der Kneipe der Fischereigenossenschaft in Paks, im weißgetünchten Extrazimmer, welches der Meister, von einem plötzlichen Rausch gepackt, mittels der sagenhaften blutroten Fischsuppe ausmalen wollte. Nachdem er einige Gläser Sandwein getrunken hatte, verlangte er von der Köchin Aranka freien Zugang zum Suppenkessel.

Aranka, ein lebhaftes Gerippe mit mongolengelber Haut und schwarzem Haar bespannt, war vom Besuch der Herren aus Budapest und vom stürmischen Erfolg der brennenden Fischsuppe derart entzückt, daß sie Anstalten traf, Boborkövi mit einem großen, hellbraunen Schöpflöffel auszustatten und ihn in die Küche zum Suppenkessel zu führen. Die Herren spendeten Beifall. Aranka kicherte, nahm Boborkövi bei der Hand und zog ihn hinter sich her. An der Schwelle der Küche drehte sich der Maler um, knöpfte unerwartet sein Hemd auf und kramte aus der Bauchgegend drei makellos gereinigte Pinsel hervor. Jenö Havas, der unermüdliche Hemdenmacher, der bereits während der ungemütlichen Bahnfahrt nach Paks einiges über sich hatte ergehen lassen müssen, fuhr erschrocken zusammen. Auch Wachsmann-Bácsi ahnte Böses, er ergriff sprungbereit den in seiner Rocktasche schlummernden Kanarienvogel.

„Ich werde jetzt", sagte Boborkövi, indem er mit den drei Pinseln in der Luft einen unsichtbaren Triumphbogen zeichnete, „aus dieser köstlichen Fischsuppe ein Bild von ergreifender Größe an die Wand malen. Ich werde die unglückliche Schlacht von Mohács in Luftfeuchtigkeitsschichten auflösen und bis zum letzten, blutigen Detail durchtransponieren. Ich will dabei nicht gestört werden."

Wie in Trance durchmaß er die Küche und tauchte, um die Dichte der Farbe zu prüfen, die drei Pinsel mit einem Satz in die brodelnde Fischsuppe. Die Genossenschaftsköchin Aranka stieß vor Entsetzen kleine, abgehackte Schreie aus, sodaß die Herren im Extrazimmer, die den Suppenkessel von ihrem Tisch aus nicht sehen konnten, zunächst ein rasch fortschreitendes Sittlichkeitsattentat befürchteten. Bevor aber der Kapitän, der sich als erster erhob, um in die Küche zu stürzen, einige Stühle aus dem Weg räumen konnte, erschien Boborkövi in der Tür.

„Sie ist zu dünn", sagte er enttäuscht, welche Feststellung die Möglichkeit eines versuchten Sittlichkeitsattentates noch immer nicht ausschloß. Die Ungewißheit klärte sich jedoch augenblicklich, als auch die Köchin hinter Boborkövis breiten Schultern auftauchte.

„Die Suppe!" rief sie, „meine Suppe ist hin! Ich hole die Polizei!"

Dem Schrei der Köchin folgte ein betretenes Schweigen. Dann vernahm man die sanfte Stimme des Dichterfürsten Bodrogi:

„Polizei ist schlecht. Polizei ist immer schlecht, liebe Frau."

Jenö Havas wurde kreideweiß, wischte die Stirne mit seinem verwelkten Stecktuch ab und flüsterte:

„Nur keinen Skandal."

Er wandte sich an die Köchin:

„Ich kaufe Ihre Suppe. Den ganzen Kessel."

„Vierzig Portionen? Was machen Sie damit?" fragte Aranka und brach in Tränen aus.

„Er wird sie schon aufessen", beruhigte Wachsmann-Bácsi die Köchin.

Indessen näherte sich Boborkövi langsam, ein wenig nach vorne geneigt, als wollte er einen unsichtbaren Feind angreifen, der weißgetünchten Wand.

„Dreieckkomposition", murmelte er. „Das Zelt des Sultans in der Mitte. Bewußter Verzicht auf den goldenen Schnitt."

Der pensionierte Kinobilleteur streichelte das fette Haar der Genossenschaftsköchin, dann drehte er sie mit leichten, freundlichen Stößen um, führte sie sachte in die Küche und ließ sie sich neben dem geschändeten Suppenkessel niedersetzen.

„Sie haben Unvergeßliches erlebt, mein Kind", sagte er. „Sie müssen es bloß begreifen können. Denn der Mann, der von Ihrer göttlichen Suppe zu einem großen Kunstwerk inspiriert wurde, ist ein für die Unsterblichkeit vorgemerkter Maler. Ein furioso geniale. Einige seiner Bilder, wie die „Nachtwache" und die „Madonna mit Kind" sind weltberühmt und unbezahlbar. Gewiß, in der qualvollen Stunde der Inspiration gebärdet er sich seltsam, aber wir, die Nachwelt, haben die Pflicht, ihn zu verstehen. Das können Sie mir alles glauben. Ich bin ein alter Mann, ich habe Zeit meines langen Lebens so manches gesehen. Mehr als zweitausend Spielfilme zum Beispiel, teils mit, teils ohne Wochenschau. Wischen Sie doch Ihre Tränen ab."

Die Genossenschaftsköchin schluchzte:

„Verzeihen Sie mir, gnädiger Herr, ich bin ein ungebildetes Mädchen. Ich ging barfuß in die Volksschule und habe dort nichts gelernt."

„Schon gut", sagte der pensionierte Kinobilleteur und kehrte zu der Gesellschaft zurück.

Boborkövi saß in der Mitte des Extrazimmers und starrte die Wand an.

„Sie weint", sagte ihm Wachsmann-Bácsi.

„Es tut mir aufrichtig leid", beteuerte der Maler. „Rechts oben möchte ich die Schatten der Himmelscharen projezieren, Philister, Moabiten, Juden und Erzengel. Auch in Suppenrot, natürlich. Was halten Sie davon, Wechsinger?"

„Ich heiße Wachsmann", sagte der pensionierte Kinobilleteur barsch.

Mein Vater stand auf, stellte sich hinter den Maler und betrachtete mit zusammengekniffenen Augen die weißgetünchte Wand.

„Eine schöne Fläche", sagte er. „Schade drum."

„Was meinen Sie damit?" fragte Boborkövi abwesend.

„Die Kneipe wird im Frühjahr abgerissen."

„Dann male ich nicht", sagte Boborkövi. „Gehen wir."

*Suche nach der Donau in der Nacht * Begräbnis ? Ja ! * Die Heimkehr auf dem Gemüsedampfer * Untreue, dein Name ist Lajos * Ivanics im Bade * Das Volk singt mich * Ein Maler liebt * Beschwörende Aufzucht * Bellen am Grab des Hundes **

Die Heimreise des gentlemännerischen Privatgerichtes von der kleinen Stadt Paks an der Donau erwies sich als ein mühsames und zeitraubendes Unternehmen. Die sieben Männer verließen die Kneipe der Fischereigenossenschaft etwa um halb fünf Uhr in der Früh, um das Gemüseschiff nach Budapest zu erreichen. Nachdem die Köchin Aranka ein bescheidenes Trinkgeld verschämt entgegengenommen und den Herren den Weg in den Hafen umständlich erklärt hatte, marschierten sie los. Der Kapitän stimmte das bekannte Volkslied „Die Leiche wurde im Hof aufgebahrt" an, verstummte jedoch bald, als er mit einer versehentlich offen gelassenen Stalltür zusammenstieß.

Die Straßenbeleuchtung der Stadt Paks wies einige Mängel auf; es herrschte biblische Finsternis. Man fand zunächst den von der Genossenschaftsköchin Aranka als markanten Punkt bezeichneten einäugigen Heiligen Antonius nicht, geriet vorübergehend in einen übel riechenden Gemüsegarten, unternahm einen unfreiwilligen Hindernislauf zwischen dem Geländer des verödeten Rindermarktes, klopfte, bereits unter argem Zeitdruck, wahllos an verschiedenen Fenstern an, die nicht geöffnet wurden und blieb zuletzt unschlüssig auf dem kleinen Platz vor der Kirche stehen.

„Die Donau liegt links von uns", sagte Wachsmann-Bácsi. „Ich rieche Wasser."

„Sie haben eine gottbegnadete Nase", bemerkte Bodrogi, der Dichterfürst, der sich nach einem geeigneten Torbogen umsah, um dort ein Viertelstündchen stehend und möglichst ungestört zu schlafen.

„Gehen wir nach links", schlug Wachsmann-Bácsi vor, „ich rieche Wasser."

Sie gingen nach links und erreichten bereits nach einigen Schritten Wasser. Es war aber nicht die Donau, es war eine beispielhaft angelegte kommunale Einrichtung der Stadt Paks, der öffentliche Ententeich.

„Sie haben schön danebengerochen", sagte Baron Wussinsky.

„Was ist denn das hier?" fragte der unermüdliche Hemdenmacher argwöhnisch. Er war erschöpft und verzweifelt, er sehnte sich schmerzhaft nach seinem Bett, besonders nach dem kleinen Kissen, das er in seinem Schlaf sanft zu umarmen pflegte. „Um Gottes Willen, was ist denn das?"

„Ein Ententeich", erklärte Bodrogi, der Dichterfürst. „Fröhlicher Tummelplatz des einheimischen Geflügels. Es ist leider kaum anzunehmen, daß da ein Linienschiff verkehrt. Wachsmann hat danebengerochen."

Der pensionierte Kinobilleteur war zutiefst beleidigt:

„Ich roch bloß Wasser. Ob fließendes oder stehendes, darauf ging ich nicht ein."

„Ich hätte Sie gleich aufklären können, daß Sie sich irren, mein lieber Freund", sagte der Kapitän bescheiden. „Den Geruch eines fließenden Wassers von dem eines stehenden zu unterscheiden, ist ein Kinderspiel. Schiffskommandanten wird diese Frage anläßlich einer behördlichen Schiffskommandantenprüfung auch niemals gestellt. Die Aufgabe, fließendes Wasser von stehendem Wasser mittels Geruchssinn zu unterscheiden, gehört zum Lehrstoff der Hilfsmatrosen."

„Ich war ein erfolgreicher Kinobilleteur", murmelte Wachsmann-Bácsi. „Schinakelfachsimpelei hat mich niemals interessiert."

„Im Falle absoluter Dunkelheit verlassen sich erfahrene Schiffsleute auf den Wind", fuhr der Kapitän fort. „Die Donau liegt hinter uns."

„Ich wollte immer schon einmal in absoluter Dunkelheit malen", sagte Boborkövi. „Ein Ententeich wäre ein schönes Motiv. Nur die Luft ist hier nicht feucht genug."

Havas stöhnte:

„Meine Herren, wir versäumen das Schiff."

Der Kapitän hob seine umfangreiche Nase und schnupperte laut in die Luft:

„Die Donau liegt hinter uns."

„Man könnte von den lieben Leuten hier einen Leiterwagen mieten", sagte Bodrogi, der Dichterfürst, verträumt. „In drei Tagen würden wir bequem in Budapest ankommen. Es wäre eine unvergeßliche Reise."

Der unermüdliche Hemdenmacher stöhnte abermals, tastete sich bis zum Kapitän vor, nahm ihn beim Arm und fragte mit weinerlicher Stimme:

„Sie sind ein Befugter. Wo ist der Hafen?"

„Es tut mir sehr leid, lieber Freund", sagte der Kapitän, „aber ich muß Sie darauf aufmerksam machen, daß es in Paks überhaupt keinen Hafen gibt. Es gibt hier laut Schiffahrtsbestimmungen Donau-Süd nur einen Anlegeplatz Kategorie drei."

„Aber wo ist er?"

„Das weiß ich nicht. Ich bin in Paks noch niemals vor Anker gegangen. Da jedoch die Donau hinter uns liegt, muß sich auch der Anlegeplatz in derselben Richtung befinden. Gehen wir."

„Hinter uns befindet sich ein Bretterzaun von scheinbar unendlicher Länge", meldete mein Vater. „Das Überklettern würde ich aus verschiedenen Gründen nicht empfehlen."

„Auch ein Kuhstall muß in der Nähe sein", stellte Baron Wussinsky fest. Ich höre Wiederkäuen."

„Es wäre schön, einmal in einem Kuhstall zu schlafen", sagte Bodrogi, der Dichterfürst. „Man versinkt langsam in einen Traum, der nach Stroh und frischer Milch schmeckt. Dumpf stampfen die Tiere, das für immer verschwundene Glück unserer Urväter offenbart sich in diesem längst vergessenen Rhythmus und die Seele wird von der erschütternden Größe der biblischen Nächte erfaßt. Die klaren Sterne Kanaans leuchten auf, um den Weg zu wundersamen Stätten zu zeigen. Überlegen Sie, meine Herren, ich glaube, man könnte in den Kuhställen von Paks unter günstigen Bedingungen Quartier beziehen. Es ist, wie man hört, eine sehr billige Stadt."

„Eine schöne Idee", sagte mein Vater. „Ich bin auch sehr schläfrig."

Der Kapitän äußerte Bedenken. Er schätze zwar die überwältigende Stimmung des Alten Testaments, ziehe aber ein Schiff einem Kuhstall jederzeit vor. Havas meinte, er sei in einen gefährlichen Kreis von Geisteskranken geraten, sprach über seine Pflichten und zählte die Kunden, die er im Laufe des Tages unbedingt besuchen müsse, namentlich auf. Daraufhin erwähnte Bodrogi die altmodischen, zu kurzen Manschetten der Firma „Havas und Mattanich". Die angeregte Unterhaltung wurde durch heisere Pfeifsignale unterbrochen. Sie kamen von rechts.

„Mir scheint", sagte Wachsmann-Bácsi, „unser sehr verehrter Herr Kapitän hat sich geirrt. Die Donau liegt nicht hinter uns. Oder kommt das Schiff heute ausnahmsweise zu Fuß durch die Maisfelder?"

Für eine kleine, genußreiche Diskussion über die unberechenbaren Windungen der Donau und über die möglichen Toleranzgrenzen der Irrtümer eines Fachmannes mit gültigem Querpatent war leider keine Zeit mehr. Atemlos rannte die Gesellschaft durch dunkle, schmale Gassen und erreichte im letzten Augenblick den schmalen Holzsteg, vor dem der Dampfer „Tahi" lag. Das Schiff war überfüllt. Im kalten Licht der schmutzigen Bordlaternen konnte man vom Holzsteg aus keinen Fußbreit Platz ausfindig machen. Zwischen Bergen von Kraut, Kohl und Kürbis, auf Kisten, Käfigen und Bündeln hockten Gestalten; Gärtner, Topfenverkäufer, Butterfrauen und Bohnenzüchter, sie sahen alle wie übergroße, sterbende Krähen aus. Der Kapitän schlug vor, auf jeden Fall bis zum Schornstein vorzudringen, dort sei es wärmer und da die Passagiere Angst hätten, daß der verrostete, dünne Schornstein eines Morgens durchbrennen und funkensprühend auf das Deck stürzen würde, wäre also rund um den Schornstein noch Hoffnung auf einige Plätze.

Mein Vater, sowie Wachsmann-Bácsi, der sauer riechende Baron, der Hemdenmacher Jenö Havas, István Tibor Boborkövi, akademischer Maler, der Dichterfürst Bodrogi und Kapitän Elemer Balogh, alle übernächtig, mit roten Augen und dunkel gekleidet, kletterten eine steile Eisentreppe hinauf. Sie durchwateten Hühnergegacker, warmen Dampfgeruch und staunende Blicke, suchten nach den zerrissenen Klappstühlen, fanden welche unter dem morschen Rettungsboot, schleppten sie zum Schornstein und ließen sich erschöpft nieder. Eine Marktfrau mit schmalem, grünen Gesicht wachte auf, musterte die Gesellschaft, gähnte laut und fragte Jenö Havas:

„Begräbnis?"

Der unermüdliche Hemdenmacher überlegte eine Weile und sagte dann: „Ja."

An diesem Morgen wollte der Tag scheinbar gar nicht anbrechen. Die „Tahi" fuhr qualvoll langsam im seichten, schwarzen Wasser, dessen eiskalte Ausdünstung das Deck mit einer schlüpfrigen Schicht von schmutzigem Tau belegte. Von der Kommandobrükke aus tastete hin und wieder ein flatterndes, gelbliches Licht die toten Ufer ab. Schlammgraue Trauerweiden wachten erschrocken auf, wurden entblößt und in die unheimliche Finsternis zurückgeworfen. Es fiel manchmal Schnee, es waren große, farblose Flocken, sie schmeckten nach Staub. Der unsichtbare Steuermann, der hinter einem gewöhnlichen Küchenfenster stand, verfehlte jedesmal die dicken Pontons, an denen die „Tahi" zwischen Paks und Budapest anlegen sollte. Es krachte und donnerte, auf der knatternden Landungsbrücke schaukelten schemenhafte Gestalten, sie wurden in ausströmenden Dampf eingehüllt, es waren neue Passagiere, die dann mit schweren Füßen über Eisenplatten polterten. Es gab rundherum keine Hoffnung, es gab nur die rauhe, teilnahmslose Nacht, die schon längst zu Ende gegangen war und sich doch nicht aufhellen konnte. Man hockte hilflos in einem unauslotbaren Zwischenbereich von Zeit und Raum, der mit lähmender Sinnlosigkeit ausgefüllt war. Die Knochen schmerzten.

Später hat man noch oft im Café „Savoy" über den fröhlichen Ausflug nach Paks und besonders über die stimmungsvolle Heimfahrt mittels des Gemüsedampfers als von einer formvollendeten Episode des launenhaft-schönen Lebens auserwählter Männer erzählt. Es ging in die Chroniken ein, die niemals geschrieben wurden.

Als die „Tahi" mit der letzten Landungsbrücke unweit der Großmarkthalle von Budapest kreischend zusammenstieß, nahmen die Männer voneinander Abschied. Baron Wussinsky, Wachsmann-Bácsi und Kapitän Balogh begaben sich in den Essig-Keller, um die Produktion des flüssigen Würzmittels wieder aufzunehmen, beziehungsweise diesem Prozeß mit Rat und Tat beizustehen. Boborkövi wollte sich, wie er sagte, durch das Unvermögen und Nichtskönnen seiner nur zufällig namhaft gewordenen Kollegen müde geworden, erfrischen und verschwand in Richtung Nationalgalerie. Mein Vater begleitete den Dichterfürsten in das Dampfbad.

Die ersten lauwarmen Pfützen, vertraute Vorboten des ersehnten heißen Wassers, kaum überschritten, bemerkten sie den Feind. Ivanics, der Emporkömmling, der rücksichtslose Scharlatan, der Bodrogis Fürstentitel streitig machen wollte, ging, scheinbar in Gedanken vertieft, die Arme auf der riesigen Brust verschränkt, vor der ehemaligen Schlummernische des türkischen Paschas Köprülü gemächlich auf und ab. Mein Vater und Bodrogi setzten sich auf die Steinstufe des kreisförmigen Beckens und ließen sich, wie immer, mit geschlossenen Augen langsam in das Wasser gleiten. Sie hörten, daß Ivanics eine kleine Melodie vor sich hin pfiff und von Zeit zu Zeit laut Worte sprach:

„Garten. Tanzen. Rote Rosen pflanzen."

Mein Vater drehte sich um.

„Verrat", flüsterte er.

In der einstigen Schlummernische des türkischen Paschas Köprülü, zwischen vorgewärmten Tüchern, Strohpantoffeln, Scheuerbürsten und Schrubbesen verschiedenster Größe saß der Bademeister Lajos und schrieb. Nach Diktat. Schwerfällig beugte er sich über das Papier, spitzte den Mund und schien sogar die Melodie mitzusummen.

„Schwachheit, dein Name ist Bademeister", sagte mein Vater erbittert.

Bodrogi schlug die Augen auf. Er betrachtete das schimmelige Gewölbe über sich, auf dem große, traurige Wassertropfen hingen. Seine Stimme klang versöhnlich:

„Was treibt unser lieber Lajos?"

„Er hat seine ausgelaugte Seele verkauft."

„Urteile nicht hart, Feri. Jeder soll froh sein, der noch einen ehrlichen Käufer findet. Das Überangebot an Seelen ist beängstigend geworden. Die klassischen Interessenten, Gott und der Teufel, haben sich längst und wie mir scheint auch endgültig zurückgezogen. Die Politiker gehen mit der Zeit, sie kaufen nicht, sie mieten bloß kurzfristig. Von Frauen, die unbedingt in den Besitz einer Seele kommen wollen, hört man auch nicht mehr. In dieser Stadt sind jederzeit zwei Millionen Seelen zu haben, eine Okkassion und niemand greift zu. Die Lage ist trostlos. Was macht Ivanics?"

„Er hat aufgehört zu pfeifen und schaut müde in die Luft", berichtete mein Vater.

„Ein Zwischenstadium", stellte der Dichterfürst fest. „Wir wollen abwarten."

Das Zwischenstadium währte nicht lange. Ivanics stapfte energisch auf die Schlummer-Nische zu.

„Wo sind wir stehen geblieben?" rief er.

Der Bademeister steckte seinen vom ewigen Dampf geschwollenen, fahlen Kopf aus der Nische:

„In deinem Garten tanzen und rote Rosen pflanzen, das wäre, wäre wunderschön."

„Genug für heute", sagte Ivanics, „ich danke Ihnen, Herr Lajos."

Er ließ sich geräuschvoll in das Wasser des kreisförmigen Beckens fallen und tauchte in unmittelbarer Nähe von Bodrogi auf. Der Dichterfürst wurde von den mächtigen Bugwellen seines Widersachers beinahe weggespült, klammerte sich jedoch unauffällig an die untersten Stufen der ramponierten Steintreppe, wobei er die tiefen Risse und Einbrüche aus der Türkenzeit geschickt auszunützen verstand. Es gelang ihm, die lockere Haltung seiner Glieder und damit die sprichwörtliche Gelassenheit eines Dampfbadbesuchers zu bewahren. Er stöhnte genußvoll, wie es die ungeschriebenen Gesetze dieses altehrwürdigen Institutes seit jeher vorgeschrieben hatten. Auch mein Vater verhielt sich so, indem er sich auf die Ellbogen stützte und auf der Wasseroberfläche langsam nach links und nach rechts schwebte, als wäre vorhin kein Mensch, geschweige ein gewisser Ivanics, brutal wie ein Nilpferd in das Becken gestürzt.

Der Emporkömmling spritzte und spuckte herum, schlug auf seine fleischigen, rötlichen Schultern und warf sich mit einem Satz auf die unterste Stufe neben Bodrogi:

„Das Volk singt mich!" sagte er.

Es wurde still im Becken. Mein Vater hielt den Atem an. Ivanics saß aufrecht, kraftstrotzend; ein Mann der Zukunft. Bodrogi öffnete die Augen, die rötlich umrandeten, hellen Augen eines verträumten, durch pausenloses Meditieren früh gealterten Ferkels, und sah seinen Widersacher mitleidig an:

„Im Winter schon", sagte er leise.

„Was soll das heißen?" fragte Ivanics mit einem abfälligen Unterton in der Stimme.

Bodrogi senkte den Kopf, er schien zu überlegen, ob er die unangenehme Wahrheit aussprechen sollte. Nach einer Weile sah er den Emporkömmling erneut an, verzeihend, ja ermutigend sogar, als sehe er nach langer, langer Zeit einen verlorenen Sohn wieder.

„Nun, mein lieber Ivanics", sagte er zögernd, „das Volk ist im Winter und das besonders in unserem

Land, anspruchslos. Wie es alles ißt, was es auf dem Markt gerade vorfindet, so singt es auch alles. Während eine dünne Schicht von Schnee Felder, Dächer und Herzen bedeckt, ist zähes, mageres Rindfleisch genauso leicht anzubringen wie oft dagewesene Stimmungsfetzen undiskutabler Qualität. Wenn die Seele friert, und sie friert im Winter, dann greift sie auch dankbar nach einer grob und dilettantisch entworfenen Anspielung auf Frühling und Sommer. Ausrangierte Symbole finden vorübergehend Anklang und werden in manchen Fällen überbewertet. Rote Rosen, zum Beispiel."

„Sie haben mir vorhin zugehört, Meister?" fragte Ivanics höhnisch.

Bodrogi nickte:

„Mit Bangen."

Ivanics zog die Augenbrauen hoch und lächelte den Dichterfürsten herausfordernd an.

Bodrogi rutschte tiefer ins Wasser, sein weicher, weißer Körper schien unter der Schulterlinie gebrochen, verschoben, einer baldigen Auflösung preisgegeben, auf seiner Glatze tanzten kleine, zarte Lichtflecken, Reste eines zerfallenen Heiligenscheines. Er sah demütig zu dem Emporkömmling hinauf:

„Man darf sich niemals dem Nachwuchs verschließen", sagte er. „Manche glauben, und dies ist das Grundübel unserer Zeit, die Propheten seien wichtiger als die Lehre, die sie verkünden. Ich habe längst aufgehört, Sklave der Eitelkeit zu sein. Ich will einzig und allein der Lehre dienen. Ich horte mein Wissen nicht mehr, ich verteile es. Auch Sie, Ivanics, der Sie über mich in der Stadt beschämende Lügenmärchen verbreiten, können aus dem Brunnen meiner Erkenntnisse nach Belieben schöpfen; ich habe nichts dagegen, es erfüllt mich mit wehmütiger Freude."

„Ich pflege keine Lügenmärchen zu verbreiten", sagte Ivanics kühl.

„Sie pflegen", erwiderte der Dichterfürst. „So erzählten Sie auf dem Trabrennplatz, daß ich die Frau des bekannten Hemdenmachers Jenö Havas im Essigkeller des Barons Wussinsky nach Absingen einiger meiner wirkungsvollen Lieder mit Erfolg zum Ehebruch überredet hätte. Sie wäre dann verstört nach Hause gelaufen, eine Musterhausfrau und Mustermutter von zwei unschuldigen Kindern obendrein, und sie hätte so stark nach Essig gerochen, daß die Sache unverzüglich aufflog. Sie hätte heulend ein Geständnis abgelegt und ihren Mann ins tiefste Unglück gestürzt. Jenö Havas, unfähig sich zu konzentrieren, vergesse, verwechsle und verpatze; die Hemden der Firma 'Havas und Mattanich' seien nicht mehr anzuziehen, denn entweder sei der linke oder der rechte Ärmel drei bis fünf Zentimeter länger, und oft fehlten die Knöpfe zur Gänze."

„Die Geschichte stammt vom Kellner Jozsi", murmelte Ivanics.

„Ich möchte mich mit dieser Angelegenheit nicht weiter befassen", sagte der Dichterfürst. „Die Richtigstellung überlasse ich meinem Freund Feri. Ich unterhalte mich mit Ihnen, Ivanics, um Sie selbstlos in die Lehre einzuführen. Schreiben Sie keinen Schlager im Winter. Schreiben Sie erst im Sommer, wenn die Menschen, von den warmen Kräften der Sonne, von der süßen Fülle der Natur empfänglich geworden, nach neuen Liedern lechzen. Führen Sie Ihre Bestrebungen auf die chemischen Vorgänge, die unsere Welt bewegen, zurück. Lassen Sie Ihre Einfälle langsam heranreifen. Lesen Sie inzwischen Standardwerke, die für die Arbeit eines gewissenhaften Textdichters so gut wie unerläßlich sind. Sie beleben damit das Unterbewußtsein. Ihnen, Ivanics, würde ich zunächst das 'Buch der Könige' aus der Bibel, Shakespeares 'Coriolan' und die einst äußerst beliebte, heute leider in Vergessenheit geratene Sammlung ungarischer Ammenmärchen 'Kököjsi und Bobojsa' empfehlen."

Bodrogi stieg aus dem Wasser, winkte den Bademeister herbei und ließ sich ein vorgewärmtes Leintuch über die Schultern werfen. Er sah dabei Lajos nur flüchtig an, strafte ihn mit einem gleichgültigen Blick, seufzte und zog, um einschlägige Assoziationen zu wecken, das weiße Leintuch wie dereinst der bedrängte Caesar auf dem Kapitol kurz über den Kopf, dann, als der beschämte Bademeister in seine Nische zurücktrottete, wandte er sich wieder an Ivanics:

„Sie müssen sich im Sommer behaupten, junger Mann. Die richtigen Schlager, die das dankbare Volk jahrelang nicht vergißt, können die Herzen nur im Sommer erobern, wenn über das vollbesetzte Schwimmbecken die Lautsprecher pausenlos neue Melodien schmettern und auch die Selbstmörder mit dem großen Lied der Saison auf den Lippen in den Freitod gehen. Schreiben Sie einen Bademarsch."

„In diesem Jahr", sagte mein Vater, „werden neue Badeanstalten eröffnet. Es wird ungemein viel geplätschert, geblubbert, gespritzt und getaucht. Man braucht einen guten Bademarsch wie einen Bissen Brot."

Ivanics wurde allmählich unsicher. Er zog die Schultern in die Höhe und streichelte zaghaft über die Arme, als hätte er sich durch das Betasten der Muskeln von seinen Kräften überzeugen wollen. Er starrte auf das grünliche Wasser, über dem niedrige, kaum wahrnehmbare Dampfstreifen schwebten.

„Einen Bademarsch?" fragte er unschlüssig.

„Die große Chance", sagte Bodrogi.

Ivanics beugte sich vor und schaufelte mit beiden Händen Wasser auf seinen Bauch:

„Einen Bademarsch? Ich werde mir die Sache durch den Kopf gehen lassen. Meine Herren, bleiben Sie gesund."

Er hob beschwingt den linken Arm, zeichnete ein großes Adieu in die Luft und marschierte ab.

Bodrogi warf das weiße Leintuch auf eine niedrige Steinbank und kroch fröstelnd ins Wasser zurück.

„Hast du noch welche Sorgen, Feri?" fragte er, als Ivanics hinter der verrosteten Tür des Ankleideraumes verschwand.

„Ich muß eine Hundegebäranstalt einrichten."

Bodrogi nickte verständnisvoll:

„Das ist schwer."

Er legte den Kopf auf die oberste Steinstufe und schlief augenblicklich ein.

Schüchtern und argwöhnisch zugleich stieg der akademische Maler Istvan Tibor Boborkövi in das Halbdunkel der Hundewasch- und Schuranstalt „Zum gepflegten Freund" hinab. Ein Mann, der mit der Umwelt unablässig im geheimen Krieg stand, dessen Aussichtslosigkeit er längst erkannt hatte. Seine Einsamkeit, in der er lebte und jeden Tag neue unsichtbare Wunden erlitt, war die eines Toten, dessen Verwandte die Grabpflege verweigerten. Er war kräftig gebaut, ging aber immer ein wenig gebückt, als schleppe er schwere Lasten. Alles an ihm war alt, verbraucht und bruchreif, nur das Licht seiner großen, braunen Augen leuchtete jung. (Brunnen sehen im Herbst so aus, wenn verwelktes Laub in sie gefallen ist). Seine prüfenden Blicke suchten überall einen Feind, eine Falle oder einen Hinterhalt, Zeichen einer weitverzweigten Verschwörung.

Die Kisten standen im Warteraum, mit sichtlicher Sorgfalt in gleichmäßigen Abständen von der Wand und von einander verteilt. Sie wirkten so wie kleine exotische Särge im Depot eines Museums.

„Ungünstiges Licht", murmelte Boborkövi. „Schade".

Tante Mano eilte durch die Falltür. Sie trug ein schwarzes Spitzenkleid, ein Glanzstück Budapester Geschmacklosigkeit. Dreihundertvierzig schwarze Glasperlen raschelten leise, als sie ihre knochige Hand ausstreckte. Boborkövi verneigte sich. Der flaschenförmige Kopf meiner Tante Mano zitterte leicht.

„Sie sind die Dame des Hauses?"

„Ich wohne nicht hier", flüsterte Mano aufgeregt. Sie räusperte sich und sagte lauter:

„Nehmen Sie bitte Platz. Ich bin von Ihren Bildern tief beeindruckt."

Boborkövis braune Samtaugen kollerten unruhig hin und her.

„Ich glaube Ihnen kein Wort, gnädige Frau", sagte er hastig. „Ich bin kein Idiot, obwohl ich wie ein Idiot aussehe. Aber ich lebe allein und Törökbálint ist ein dreckiges Dorf. Was wollen Sie mit den Kisten anfangen?"

Tante Mano seufzte erleichtert und ergriff die breite Hand des Malers:

„Wissen Sie, was Leben ist? Wissen Sie, was es heißt, nicht aufgeben und immer weiter? Wissen Sie, was es heißt, die endlose Reihe demütig fortzusetzen, die mit den kleinen Krebsen, die aus dem Meer gekrochen waren, ihren Anfang hatte? Und dann kamen die Reptilien und die Schakale! Millionen und Millionen Jahre fortzusetzen, wissen Sie, was das heißt?"

Boborkövi starrte Tante Mano gebannt an, Wortfetzen und Gedankenfragmente schossen durch seinen Kopf. 'Glut' und 'das Kleid ist fürchterlich, aber nur das Kleid' und 'Sieg, unglaublich, Sieg!' und 'gewartet und auserwählt.'

„Was wollen Sie mit den Kisten?" fragte er.

„Das Leben. Geburt. Schmerz und Blut."

„Apotheose", stammelte der Maler.

„Ungefähr", erwiderte Tante Mano.

„Ich weiß", nickte der Maler.

„Sie sind einverstanden?"

„Gewiß, gewiß."

Boborkövi rannte im Warteraum auf und ab. Plötzlich blieb er vor dem Meisterfoto des Fotografen Horvath & Horvath stehen.

„Ihre Schwester?"

„Nein. Die Königin von England."

„Ach so."

Der Maler warf sich auf den nächstbesten Sessel: „Ich liebe Sie!"

Tante Mano senkte den Kopf: „Sie müssen jetzt gehen."

Boborkövi erhob sich:

„Ja. Ich gehe jetzt. Ich muß die ELAN erreichen."

„Lassen Sie die Kisten da?" fragte Tante Mano.

„Selbstverständlich. Soll ich sie signieren?"

Boborkövi ging finster in der Station der ELAN auf meinen Vater zu.

„Ich heirate sie", sagte er.

„Gut", sagte mein Vater. „Wann?"

Der Sommer kam; die Stadt zog sich begeistert aus; Gassen und Plätze lungerten in Hemdsärmeln und Ruderleibchen herum. In den Hinterhöfen sonnte sich weggeworfenes Gerümpel. Auf den Bänken der verstaubten Alleen klebte Bierschaum und geschmolzenes Pech. In den finsteren, nach fauler Kartoffelschale riechenden Stiegenhäusern vermehrten sich die mit Taschenmesser und Tintenstift verfaßten Inschriften: „Ich war hier!", „Ich war wieder hier!", „Julika ist blöd!", „Schlagt den Hausmeister tot!" und „Der ganze dritte Stock ist geschlechtskrank." Das erste schwangere Dienstmädchen der Saison fand man wie gewöhnlich im muffigen Gebüsch des Stadtwäldchens tot auf; sie hatte traditionsgemäß Luminal-Tabletten genommen.

Die Berge rund um Buda hockten hinter einem blechernen Dunstschleier, sie winkten stumm mit den Freuden stimmungsvoller Familienausflüge, mit Kratzwunden und Brennesselbissen, mit zerquetschten harten Eiern, zerbrochenen grünen Wasserflaschen und weißen Blasen an den Füßen. Die meisten Kinder der Stadt jagten Eidechsen an den warmen Feuermauern, um sie in Schachteln zu stekken und zu zähmen, oder brachten mittels Brennglas alte Filmrollen öffentlich zur Explosion.

An diesen genauso wichtigen wie erlesenen Vergnügen konnte ich nur selten teilnehmen. Ich war, kaum den letzten, unsagbar langweiligen Schultag hinter mir, mit Angelegenheiten meiner erwachsenen Umwelt nahezu vollauf beschäftigt. Die Reisezeit brach aus. Man hörte, daß ein wohlhabender Arzt, Spezialist für Hals-, Nasen- und Ohrenkrankheiten, wohnhaft im ersten Budapester Gemeindebezirk, mit seiner ganzen Familie nach Venedig fuhr, nach einer Stadt in Italien, deren Häuser angeblich auf dem Wasser des Meeres schwimmen, eine Behauptung, der natürlich kein gebildetes Kind, das jemals in der Badewanne physikalische Experimente durchgeführt hat, Glauben schenken konnte. Da wir in den Kreisen der Hundebesitzer in zunehmendem Maß den bescheidenen Ruf eines gutbürgerlich geführten Hauses genossen, landeten in unserer Wohnung gleich nach Beginn der Schulferien neue Hunde. Auch trächtige. In der Küche wurde bereits vor der offiziellen Eröffnung der Hundegebäranstalt „Zum neuen Freund" versuchsweise geboren. Es piepste, winselte, schmatzte und stöhnte in Boborkövis Luftfeuchtigkeitsbildern. Meine Tante Mano kam jeden Tag von der Wasch- und Schuranstalt „Zum gepflegten Freund" zu uns herüber, um den Daseinskampf der Neugeborenen mit Rat und Tat zu unterstützen.

Es ist ein Wunder der Natur, daß sich die Spezies Hund über Jahrmillionen erhalten hat. Die Gefahren, die auf die Jungtiere lauern, belehrte uns Tante Mano unermüdlich, seien ebenso tückisch wie zahlreich. Der Tod eines kleinen Hundes, dessen Augen sich noch nicht geöffnet haben, kann schon durch ein versehentlich offen gelassenes Fenster, durch das ein Raubvogel, namentlich ein Rabe, ein Abendfalke oder ein Hühnerhabicht in die Küche fliegt, unverzüglich eintreten. Sperrt man alle Fenster sorgfältig zu, erstickt das noch kaum lebensfähige Tier an Sauerstoffmangel. Läßt man ein Fenster aber nur einen Spalt breit offen, ist tödliche Zugluft so gut wie sicher. Bleibt ein Hund im Säuglingsalter von den oben geschilderten Gefahren glücklicherweise verschont, kann er immer noch aus der Kiste stürzen, indem er seine Brüder und Schwestern als Stufe oder Leiter benützt; er kann aber auch unter denselben zu Tode gedrückt oder einfach am regelmäßigen Atmen mit tödlichem Ausgang gehindert werden. Er kann zuviel oder zuwenig Nahrung zu sich nehmen, demzufolge sein Bauch platzt, beziehungsweise eintrocknet; er kann sich verschlucken, ins Jenseits hinüberniesen oder hinüberhusten, einen Zitterkrampf, den sogenannten galoppierenden Pokelefraß, aber auch den Veitstanz bekommen oder vom Briefträger gestohlen werden.

Tante Mano gab uns nützliche Hinweise, wie man mit all den Gefahren fertig werden kann. Neben steter Wachsamkeit wende man in den meisten Fällen gesiebte Milch und lauwarmen Kamillentee an, die man in die Ohren, in die Nase und in den Mund der kleinen Tiere tröpfelt. Den Bauch massiere man ausschließlich mit leicht nach innen gekrümmtem Zeigefinger.

Die Hunde erhielten gleich nach ihrer Geburt Namen, die jedoch als Provisorium gedacht und auf die ersten, soeben merkbaren Eigenschaften der Jungtiere bezogen waren, wie „Der Laute", „Der Schmatzende", „Der Flinke", „Der Kriechende". Denn Hunde, die bereits einen richtigen Hundenamen haben, fallen dem Tod, der sich Tag und Nacht um die Kisten herumtreibt, sofort auf. Man darf im Treppenhaus die Stiegen nur knapp der Wand entlang hinaufgehen, aber die Wand mit der Schulter niemals berühren. Jede siebente Stufe muß man auslassen, aber so, als hätte man das unabsichtlich getan. Auf der vorletzten Stufe vor der Wohnungstür muß man abrupt stehen bleiben und leise vor sich hin murmeln: „Kirelejsom". Schwebt einer der neugeborenen Hunde unmittelbar in Gefahr, legt man einen Kieselstein in seinen rechten Schuh, um das Leiden des kleinen Tieres auf sich herüberzuziehen. Die Blasen, die dadurch entstehen, darf man nicht behandeln und besonders nicht mit Stecknadeln aufstechen. Ein Gebot, das meine Schwester mir eines Morgens mit tonloser Stimme im Badezimmer mitgeteilt hat.

Im allgemeinen darf man während der ersten vierzehn Tage nach der Geburt keine Süßspeise essen, mit Ausnahme, daß man auf Süßspeisen überhaupt keinen Appetit hat. Schwindelt einer, dann stirbt ein Hund, bevor man die geringsten Anzeichen der Gefahr wahrnehmen kann. Gegen Ersticken riecht man jeden Abend, am besten vor dem Schlafengehen, dreimal hintereinander Rizinusöl, das den Magen richtig umdreht. Schwindelt einer und atmet den widerlichen Geruch nicht richtig ein, so findet er am nächsten Morgen in der Kiste einen toten Hund. Fragt der Hausmeister: „Wie viele junge Hunde gibt es eigentlich bei euch", muß die Antwort lauten: „keine mehr, sie sind alle eingegangen." Fragt der Hausmeister: „Wo habt ihr die Hundeleichen hingeschafft, hoffentlich nicht auf den Gemeinschaftsmüll", so lautet die Antwort: „Wir haben sie alle in die Donau geworfen." Tote Hunde darf man niemals in die Donau werfen.

Trotz Wachsamkeit, trotz gesiebter Milch und lauwarmen Kamillentees, trotz des schier unentwirrbaren Schutznetzes unseres Aberglaubens verendeten in den Kisten einige Hunde. Tante Mano las bereits in der Wohnungstür in unserem Gesicht.

„Welcher?" fragte sie mit Grabesstimme und wir führten sie wortlos zur offenen Zigarrenschachtel, zum Leichenhaus der offiziell noch nicht eröffneten Hundegebäranstalt.

„Der Flinke", flüsterte Mano unter Tränen. „Ich falle in Ohnmacht."

„Nein", sagte meine Schwester. „Der Flinke lebt. Es ist der Kratzende."

„Der Kratzende, aaah!"

Tante Mano warf sich auf einen Küchensessel und verdeckte ihr Gesicht mit den Händen. „Der war der Schönste. Der war auch der Wertvollste. Ein echter Jagdhund."

Wir standen mit tief hängendem Kopf vor dem offenen Leichenhaus, in dem der kleine Tote in Watte gebettet lag. Meine Schwester begann zu weinen. Ich benahm mich wie ein Mann. Ich verlieh meinem Gesicht den harten, finsteren Trauerausdruck, den ich nach dem ersten Todesfall lange vor dem Spiegel geprobt hatte.

„Der Kratzende", lamentierte Tante Mano und suchte umständlich nach einem Taschentuch. „Meine ganze Hoffnung. Der teuerste Hund. Er war für einen Generaldirektor vorgemerkt. Ihr habt nicht aufgepaßt."

„Er hat um zehn Uhr abends einen Schluckauf bekommen", berichtete ich gefaßt, als wäre ich ein abgebrühter Rettungsarzt. „Wir haben ihn sofort abgesondert."

„Abgesondert? Wo hast du solche Ausdrücke gelernt?"

Tante Mano sah mich an:

„Und du weinst nicht. Das finde ich auch seltsam. Deine Schwester kann weinen und du nicht?"

„Ich habe schon am Nachmittag geweint."

Tante Mano fand ihr Taschentuch, breitete es aus und begann leise zu schluchzen. Ich fuhr mit meinem Bericht fort:

„Als der Schluckauf nicht aufhören wollte, haben wir ihn mit Essig abgerieben."

„Mit Essig? Seid ihr verrückt geworden?! Mit Essig?! Wer hat euch das gesagt?"

„Sie, Tante Mano, Sie!" schrie meine Schwester empört und verzweifelt zugleich.

„Blödsinn", murmelte Tante Mano. „Schafft ihn doch weg", deutete sie mit dem Kopf auf die Zigarrenschachtel. „Ich kann ihn nicht ansehen."

Ich klappte die Zigarrenschachtel zu und versteckte sie in der engen, finsteren Nische neben dem weißen Küchenschrank. Damit war die Trauerfeier für einen toten Hund gewöhnlich zu Ende.

Das Begräbnis wurde dann denkbar schlicht gestaltet, in einem kleinen ausgedörrten Akazienwald am Rosenhügel, da wir in unmittelbarer Nähe unserer Wohnung, in der Wasserstadt, keinen Fußbreit Erde für tote Hunde ausfindig machen konnten. Eine höfliche Anfrage beim Mesner in der Kirche „Maria Dolorosa von der Donau" betreffs des schmalen Vorgartens zwischen Sakristei und Seitenschiff führte zu keinem befriedigenden Ergebnis. Dort durften Kinder nur Tauben begraben. Lieblingsvögel des Herrn Pfarrers und des Heiligen Geistes. Also trabte ich mit der in weißes Packpapier eingewickelten Leiche in meinem Rucksack durch gewundene Gassen auf die stille, verlassene Kuppe des Rosenhügels. Der winzige, leblose Hund mit seinen noch niemals geöffneten Augen sah unsagbar traurig aus. Im Wald, in dem Spinnen-Netze glänzten, schaufelte ich mit einer kurzen Kohlenschaufel eine ziegelförmige Grube, legte den toten Hund hinein, hockte neben dem Grab nieder, bellte kurz, drehte mich um und schaufelte die Erde nach hinten in das Grab. Dann türmte ich einen einfachen Grabhügel auf und beschwerte ihn mit ausgesuchten weißen Steinen.

*Lilos nasser Kuß * Schön durch Bärenzucker * Zu viele Männer * Sonne auf „Maria Dolorosa" * Einkunft und Niederkunft * Der Zwergrattler im Schmetterlingsnetz * Madonna Mano * Ein unheimlicher Vorgang * Ozean-Papier aus Österreich * Der mathematische Text * Ein Lied, größer als der „Traurige Sonntag" **

Das Begräbnis nach Hunderitus fand die uneingeschränkte Zustimmung meines Vaters.

„Ich hätte einen Hund genauso begraben", sagte er.

„Und wie begräbt man ein Pferd?" fragte meine Schwester, die in der letzten Zeit, sicherlich unter dem Einfluß der Tante Mano an der Unfehlbarkeit meines Vaters zu zweifeln begann. Aber mein Vater war, wie immer, auf der Hut:

„Das ist eine sehr schwierige Angelegenheit", sagte er. „Ich bin derzeit nicht richtig informiert. Ich müßte mich am Trabrennplatz erkundigen."

„Dann tun Sie das", sagte meine Schwester.

„Aber ich weiß, wie man ein Nilpferd begräbt", fiel meinem Vater plötzlich ein.

Da klopfte es an der Tür (Die Klingel haben wir, um die neugeborenen Hunde vor Schockwirkungen zu bewahren, auf Anraten Tante Manos ausgeschaltet.).

Ich öffnete und bekam sogleich einen überdimensionierten Kuß, der mein ganzes Gesicht wie ein feuchtwarmer Waschlappen bedeckte. Ich torkelte zurück. Vor mir stand eine hochgeschossene, magere Frau. Sie trug ein himbeereisfarbenes Sommerkleid und riesige, moosgrüne Spangenschuhe. Ihr rötliches Haar erinnerte an dünn aufgeschmierte Hagebuttenmarmelade auf einem Butterbrot, ihre großen, starren Augen an zu Glaskugeln gewordene Veilchen. Der feuchtwarme Waschlappen schlug mir noch einmal ins Gesicht, aus dem himbeereisfarbenen Kleid schossen mir weiße, ungemein kräftige Schlingpflanzen entgegen und schüttelten mich durch.

„Du bist der Sohn des Wunderbaren, nicht wahr?" fragte die Erscheinung.

„Hat die gnädige Frau einen Hund bei uns?" fragte ich.

Sie lachte:

„Ich habe ein großes Herz. Führe mich zu deinem Vater."

Das Begräbnis des Nilpferdes fiel an diesem Abend endgültig ins Wasser. Lilo, die Frau des Kapitäns Elemer Balogh schüttete ihr großes Herz aus, dessen Inhalt, eine Hochwasser führende Seele, sich über meinen Vater ergoß. Meine Schwester und ich wollten taktvoll in die Küche verschwinden, um dem Gespräch von dort in aller Ruhe lauschen zu können, aber Lilo bestand darauf, daß wir blieben.

„Ich habe nichts zu verbergen", sagte sie. „Meine Geschichte ist lehrreich."

Die Uhr der Wasserstädtischen Pfarrkirche „Maria Dolorosa von der Donau" schlug neun, als Lilos Mutter starb und Lilo mit siebzehn in das Leben trat.

Auf ihre ersten, zaghaften Schritte wurde bald Kovách Ur, ein Gemischtwarenhändler in Orosháza aufmerksam und stellte sie in seinem Geschäft auf dem Hauptplatz als Ladenmädchen ein. Orosháza ist eine kleine Stadt in der Großen Ungarischen Tiefebene, Eisenbahnknotenpunkt mit Dampfmühle, Bezirksgericht, Pfandleihanstalt und Freiheitsdenkmal. Dort begann Lilos Martyrium.

„Die Männer, natürlich", sagte mein Vater finster, finsterer, als er wollte und so hob er spielerisch die

Hand und fuhr mit einem geringschätzigen Lächeln fort: „Orosháza. Kenn ich gut. Ein Sünden-Babel."

„Sie sind wahnsinnig intuitiv", sagte Lilo.

Kovách Ur, der Gemischtwarenhändler, war ein hochanständiger Krämer, Taubenzüchter und Schachspieler, der Lilos Rechenfehler und ihre verhängnisvolle Sucht nach Bärenzucker langmütig übersah. Lilo ernährte sich vornehmlich vom Bärenzucker, dessen dünne, schwarze, pickige Streifen alten Überlieferungen nach die Schönheit der unschuldigen Mädchen auf wunderbare Weise fördern. Sie stahl täglich mehrere Meter Bärenzucker und wurde schön. Mein Vater zweifelte nicht daran.

Lilo verbeugte sich sitzend gegen meinen Vater: „Ich danke Ihnen."

„Nichts zu danken", sagte mein Vater. „Ich habe mich bemüht, Zeit meines Lebens objektiv zu sein."

Die Uhr der Wasserstädtischen Pfarrkirche „Maria Dolorosa von der Donau" schlug elf. Lilo fiel dem Notar, dem Hilfsnotar, dem Cafetiér, dem Präsidenten des Getreideausschusses des Gemeinderates, dem Vize-Präsidenten des Getreideausschusses des Gemeinderates, dem Museums-Direktor und dem Stellvertreter des Bahnhofsvorstandes angenehm auf. Ihre Schönheit verwirrte nach und nach Verkehrsbedienstete und Männer aus der privaten Wirtschaft, darunter den reichsten Gansleber-Exporteur Moritz Grün, weiterhin den Auxiliarbischof, dessen Name augenblicklich nicht auf die Zunge wollte, jedenfalls ein historischer Name, den man im ganzen Lande kennt.

Das Martyrium war bereits in vollem Gange. Der Apotheker nahm sich das Leben, wurde jedoch bald darauf gerettet. Lilo aß keinen Bärenzucker mehr, sie konnte das böse Zeug nicht mehr anschauen. Und eines Abends, es war ein ungemein stimmungsvoller

Frühsommerabend mit Hundegebell und Glockengeläut, betrat das Verhängnis in Gestalt eines jungen Oberleutnants, dessen Name aus Rücksicht auf seine Mutter, eine unglückliche Dame, niemals genannt werden darf, die Gemischtwarenhandlung. Er war frech, selbstsicher und hintergründig und er war sehr schön. Schönheit traf Schönheit und das ist allein schon verhängnisvoll genug.

Der Oberleutnant bot Lilo Bärenzucker an. Lilo lachte aber nur kurz und kalt auf und sagte: „Sie sind falsch verbunden, Herr Offizier. Wenn Sie mit mir ins Gespräch kommen wollen, dann müssen Sie mir Blumen bringen." „Blumen", sagte der Oberleutnant. „Schon gut." Er salutierte und ging.

Der Hauptplatz von Orosháza ist breit wie eine Wiese. In der Mitte steht das Freiheitsdenkmal, dahinter das gotische Rathaus aus dem neunzehnten Jahrhundert. Vor dem Rathaus und rund um das Freiheitsdenkmal hatten die Taglöhner der Städtischen Gärtnerei gleich nach dem Ersten Weltkrieg vorbildliche Blumenbeete angelegt. An diesem denkwürdigen Frühsommerabend standen Hunderte wenn auch nicht Tausende gelbe, rote und schwarze Tulpen, blaue Narzissen und weiße Nelken in Blüte. Man konnte die Landkarte Ungarns, das Wappen der Stadt Orosháza und einen Torontaler Bauernteppich aus lebenden Blumen bewundern. Mein Vater bestätigte die flüchtige Beschreibung des Weihbildes von Orosháza mit einem Kopfnicken. Der Oberleutnant kehrte in das „Grand Café Tiefebene" ein, trank sieben Gläser Barack-Schnaps, ging dann in die Kossuth-Gasse, holte den Eisenwarenhändler, einen gewissen Berkovitsch aus dem Bett, ließ sein Geschäft öffnen und kaufte eine Sense. Er bestand darauf, daß Berkovitsch, der ihn, auf seine offene Pistolentasche schielend, flink und wortlos bediente, dem Preis einen Zuschlag zurechnete, wie eine Apotheke nach acht Uhr abends, wenn sie Nachtdienst hat. Mit der funkelnagelneuen Sense bewaffnet ging der Oberleutnant in die Kaserne, weckte seinen Offiziersburschen, trug ihm auf, die Uniform A, die „Extra" anzuziehen und dazu die blankpolierten Sonntagsstiefel, ließ ihn die Sense schultern und kommandierte ihn auf den Hauptplatz. Dort befahl er ihm, all die Blumenbeete, die Tulpen, die Narzissen, die Nelken, die Landkarte Ungarns, das Wappen der Stadt Orosháza und den bunten Torontaler Teppich der Reihe nach abzumähen. Der Offiziersbursch, ein kräftiger Bauernjunge, war mit der Arbeit in einer Stunde fertig. Der Oberleutnant sah ihm dabei zu, sprach kein Wort, rauchte Zigarre. Als keine einzige Blume mehr aufrecht stand, ließ er die Ernte vor der Gemischtwarenhandlung des Kovách Ur auftürmen, steckte seine Visitenkarte in die Türspalte und befestigte sie mit einem Streifen schwarzen Bärenzuckers.

Am nächsten Tag, es war ein Freitag, katholisch Klothilde, protestantisch Agular, stand ganz Orosháza Kopf. Kovách Ur, der einen Anschlag der patriotischen Jugend befürchtete, sperrte sein Geschäft bereits vor der Mittagspause zu. In der Lokalzeitung „Orosháza und Umgebung" erschien ein zündender Leitartikel, es war eine Glanzleistung verantwortungsbewußten ungarischen Provinzjournalismus:

„Blumenmord in unserer Stadt!".

Der Gemeinderat ließ das Blumenmeer demonstrativ vom Schinder wegschaffen, der aber auch selber keine Hand anlegte, sondern seine zwei Knechte dazu anhielt; sie schaufelten die abgemähten Tulpen, Nelken und Narzissen in die stinkenden Käfige des rostroten Schinderwagens. Der Auxiliarbischof griff den Fall gleich am nächsten Sonntag, von der Kanzel der Basilika aus, auf. Er bediente sich dabei jedoch nicht der Bibel wie sonst, wenn er seine Herde einer frommen Geißelung unterzog. Um die Verwerflichkeit der unsittlichen Angelegenheit den Gläubigen mittels eines Knalleffektes klarzumachen, begann er seine Predigt mit einem heidnischen Zitat: „Quo usque tandem Populus Orosháza", rief er wie einst Cicero vor dem Römischen Senat. „Wie lange duldet ihr noch die Sünde unter euch?"

Seine Sprache war nicht zu mißverstehen. In Windeseile schenkte Kovách Ur Lilo einen braunen Koffer aus Vulkanfiber und kaufte ihr eine Fahrkarte Personenzug dritter Klasse via Mezötur-Szolnok nach Budapest. Fünf nach halb zwölf verließ Lilo Orosháza, verzweifelt und verachtet, den kommenden Schlägen des Schicksals hilflos preisgegeben. Von nun an irrte sie in Budapest umher.

Die Uhr der Wasserstädtischen Pfarrkirche „Maria Dolorosa von der Donau" schlug wieder elf, obwohl es bereits Mitternacht war, denn sie schlug infolge eines kleinen Gebrechens, eines ausgeleierten Zahnrades auch um zwölf Uhr immer nur elf. Kapitän Elemer Balogh erschien. Er trug einen weißen Smoking und tischte Lilo ein Glas Vermouth, gleich darauf eine Tasse Kaffee und eine Cremeschnitte auf, denn er war vorübergehend in einem Gartenrestaurant im Budapester Stadtwäldchen als Kellner tätig. Die Ehe schien anfangs ungetrübt zu sein, ja, man könnte sagen, sie war sonnenüberflutet. Lilo lernte Bootfahren, las täglich den Wasserstandsbericht Abschnitt Regensburg-Apatin und konnte mit Hilfe einer Taschenuhr, eines Toilettenspiegels und einer Besenstange die Himmelsrichtungen und ihren eigenen Standort jederzeit feststellen.

Kapitän Elemer Balogh erzählte Lilo an langen Winterabenden von der abenteuerlichen Reise des Kapitäns Christoph Columbus, der, obwohl er sich ebenfalls in steten Geldnöten befand, die Vereinigten Staaten von Amerika entdeckt hatte.

Zu dieser Zeit kämpfte Kapitän Elemer Balogh bereits verbissen um die Erweiterung, beziehungsweise Umlizenzierung seines Kapitäns-Patentes. Das zähe Ringen, das endlos zu werden schien, nahm ihn immer mehr in Anspruch und griff sein vegetatives Nervensystem an. Sein Gemüt verfinsterte sich zusehends. Halluzinationen fielen über ihn her. Eines Morgens betrachtete er Lilo mit glasigen Augen und rief: „Ich kann dich nicht mehr ansehen! Du bist häßlich!"

Der unliebsame Vorfall wiederholte sich in immer kürzeren Abständen. Schließlich begann auch Lilo an ihrer Schönheit zu zweifeln. Sie, die gerade ihrer verhängnisvollen Schönheit wegen zur Blumenmörderin gestempelt, von einem hohen kirchlichen Würdenträger in aller Öffentlichkeit verdammt und von ihrem väterlichen Brotgeber verjagt worden war.

„Ein starker Konflikt", bemerkte mein Vater.

Lilo litt. Aber eine innere Stimme kam ihr zu Hilfe. Die innere Stimme machte ihr klar, daß ihre Schönheit, um ihr einen Halt zu geben, sie vor dem totalen Zusammenbruch zu retten, aber auch im Interesse der leck gewordenen Ehegemeinschaft unbedingt bestätigt werden müßte. Lilo suchte nach Bestätigung. Bald meldeten sich Männer, ausschließlich Herren von Format, die bereit waren, ihr mittels kleiner Aufmerksamkeiten und schmeichelnder Worte Beistand zu leisten. Und so sah sich Lilo bald in einem unentwirrbaren Netz von heimlichen Rendezvous, flink gekritzelten Zetteln, ellenlangen Liebesbriefen, Beschwörungen und Drohungen verstrickt. Sie wußte, daß es nur eine Frage der Zeit war, wo, wann und mit wem sie erwischt werden würde. In der Früh in der Konditorei „Rußwurm" auf der Burg von Buda, mit einem leicht hinkenden Bäckermeister, der sie in seinen kindischen Briefen „Fenomäna" nannte; gegen Mittag mit dem unermüdlichen Hemdenmacher Jenö Havas im Wald der Kamarilla oder mit dem nach Essig riechenden Baron Wussinsky, mit dem sie das Nachmittagstraining der Fußballmannschaft „Hungaria FC" in der Vorstadt Kispest regelmäßig besuchte.

„Wussinsky auch?" fragte mein Vater.

„Ich weiß", sagte Lilo, „die schiefe Bahn. Ich bin verloren. Helfen Sie mir."

Mein Vater zündete sich geräuschvoll eine Zigarette an und schaute intensiv in die Luft. Er schwieg lange. Lilo wurde ungeduldig. Sie kramte in ihrer Handtasche herum, entnahm daraus einen kleinen, viereckigen Spiegel, betrachtete sich und sagte:

„Ich bin häßlich. Ich kann mich nicht mehr anschauen."

Mein Vater schwieg noch immer.

„Also", sagte Lilo, „ich muß jetzt gehen. Mein Mann wartet auf mich."

„Wo?" fragte mein Vater.

„Hier unten. Vor dem Haustor. Er geht auf und ab."

„Das auch noch", sagte mein Vater mißmutig. Er schien ratlos zu sein. Er stellte, wie immer, wenn er ein Thema vorsichtig umkreiste, um die Grenzen abzutasten, Anhaltspunkte zu finden, Oberschichten abzuräumen, eine tiefsinnige Überbrückungsfrage:

„Haben Sie als Kind die Masern gehabt?"

„Ja", sagte Lilo. „Warum?"

„Das ist wichtig."

„Ich hatte auch Scharlach. Mit dreizehn."

„Na also. Es lichtet sich."

„Auf was wollen Sie hinaus?" fragt Lilo.

„Liebste Frau Balogh", sagte mein Vater beinahe feierlich, „ich habe meine Methode. Ich gebe zu, sie ist verblüffend. Aber die Entscheidung liegt bei Ihnen."

Lilo sah ihn verlegen an:

„Ich weiß nicht", sagt sie zögernd. „Vielleicht ein andermal."

„Nein", sagte mein Vater und stand auf. „Jetzt."

Er schloß das Fenster, als hätte Kapitän Elemer Balogh ihn von der nächtlichen Straße her belauschen können. Er ging auch auf die Tür zu, horchte kurz, dann kehrte er zum Fenster zurück, drehte sich um, verschränkte die Arme vor der Brust und sprach:

„Ich kann Ihnen nicht helfen. Ich mag übrigens das Wort 'Helfen' nicht, denn es schmeckt nach Umschlag und Salbe, es riecht nach kleinen, ungern geborgten Geldbeträgen. Ich werden Ihnen also bloß Ihre mißliche Lage vor Augen führen und wir werden daraus gemeinsam die Schlüsse ziehen. Sind Sie damit einverstanden?"

Lilo nickte. Bevor mein Vater dazu überging, ihr ihre mißliche Lage vor Augen zu führen, schenkte sie uns Kindern noch schnell ein verschämtes Lächeln. Wir starrten sie an. Eine kurze Pause trat ein. Dann sprach mein Vater:

„Frau Lilo, Sie haben sich verzettelt. In Zukunft müssen Sie sich auf das Wesentliche konzentrieren. Treffen Sie daher Baron Wussinsky nicht mehr und meiden Sie auch die Gesellschaft des Jenö Havas. Die Bestätigung ihrer Schönheit, ay, there's the rub!"

„Vielleicht sollte ich doch lieber gehen", sagte Lilo.

„Da liegt's!" fuhr mein Vater unbeirrt fort. „Das ist ein klassisches Zitat, für uns ganz und gar einleuchtend, wenn auch völlig falsch übersetzt. Denn 'rub' bedeutet so viel wie Knarren im Holz, ein Knubben in einem sonst gesunden Baum, im übertragenen Sinne ein Kampf, ein Kampf der Seele, dessen Auswirkungen unter Umständen verheerend sein könnten, wie sie in Ihrem Fall, liebe Frau Balogh, auch verheerend geworden sind. Die Bestätigung Ihrer Schönheit, die Sie so unglücklich gesucht haben, das ist unser allerbösester 'rub'. Sie haben es ja selbst erkannt, intelligent wie Sie sind und auch vielgeprüft, denken wir nur an die widerliche Stadt Orosháza. Sie haben es ja selbst erkannt, daß eine geteilte Bestätigung, einmal von da und einmal von dort nur in den Abgrund führen kann. Sie brauchen eine allumfassende Bestätigung, eine ungeteilte, eine universelle. Mit einem Wort, eine Bestätigung in der Öffentlichkeit und durch die Öffentlichkeit. Ich werde Sie Ihnen verschaffen. Gehen Sie nun und sagen Sie Ihrem Mann, ich lasse ihn auf das innigste grüßen."

Der erste Sonnenstrahl aus dem Osten, aus der Pußta hinter Pest senkte sich auf das nur unzureichend vergoldete Kreuz der Wasserstädtischen Pfarrkirche „Maria Dolorosa von der Donau". Der Tag brach an. Lilo kochte uns Kaffee. Sie verließ unser Haus erst am späten Vormittag, in bester Laune.

Mein Vater begab sich in die Hundewasch- und Schuranstalt „Zum gepflegten Freund." Die Abrechnung für drei erfolgreiche Niederkünfte war fällig. Er spielte unterwegs mit den Worten Einkunft und Niederkunft, variierte und multiplizierte sie, verschob sie und zog sie zusammen. In seinem Kopf entstand allmählich ein reizvoller Text, in dem auch die Worte Ankunft und Zukunft eine rhythmische Aufgabe zu erfüllen hatten. Er dachte daran, das muntere aber noch nicht ganz abgerundete und aufpolierte Gehirnprodukt gegen ein bescheidenes Entgelt Bodrogi, dem Dichterfürst, anzubieten, der, letzten Nachrichten zufolge, nach einer Kartenspiel-Rundreise um den Plattensee, braungebrannt und kapitalkräftig in das Café „Savoy" heimgekehrt war.

Mein Vater stieg in das nach feuchtem Hundehaar und scharfer Kernseife riechende Dämmerlicht des Kellers hinab, durchschritt das beispielhaft ausgeklügelte Falltürsystem und landete wohlgelaunt neben der Wanne, vor der meine Tante Mano sich gerade anschickte, einen Zwergrattler zu baden. Einen Zwergrattler, einen Hund mikroskopischer Größe zu baden, ist ein äußerst schwieriges Unterfangen, das besondere Vorkehrungen erfordert. Die besonderen Vorkehrungen ersann die einfallsreiche Frau Krikowa, mit einer mehr als dreißigjährigen Dienstzeit zweifellos die älteste Hundewäscherin der ungarischen Hauptstadt. Als eines Tages ein Zwergrattler aus Tante Manos Händen glitt und in der mit Seifenlauge gefüllten Badewanne für lange und bange Minuten verschwand (man stürzte schließlich die Wanne um und schüttete von rasendem Plätschern und gellenden Hilferufen begleitet Seifenwasser und Hund auf den Boden), schlug Frau Krikowa eine wahrhaftig revolutionäre Lösung vor. Alle Zwergrattler sollten, in ein Schmetterlingsnetz gesteckt, in die Wanne getaucht werden. Die engen, grünen Maschen des Netzes verhindern, daß der Hund in der Seifenlauge verlorengeht. Mit dem Stab, der auch als einarmiger Hebel dient, läßt sich der Tauchvorgang spielerisch leicht regulieren.

„Du kommst gerade zurecht", sagte Tante Mano, als sie meinen Vater erblickte.

„Das freut mich aber", antwortete mein Vater.

Er dachte, Tante Mano hätte von den Besitzern der vormals trächtigen, derzeit glücklich niedergekommenen Hunde die Geburtsgebühr und alle Nebenkosten bereits kassiert, und so stünde eigentlich nichts mehr im Wege, seinen Anteil ohne weitere Formalitäten in Empfang zu nehmen.

„Man würde hier tausend Hände brauchen", sagte Tante Mano. „Halte den Stab bitte. Ich muß mit dir reden."

'Keine glatte Auszahlung also', dachte mein Vater und nahm den Stab mit dem Schmetterlingsnetz, in dem der gründlich eingeseifte Zwergrattler saß, in die Hand. Er seufzte leise, sein leiser Seufzer ging im Rauschen des Badewassers unter. Hätte man das Hundegeld schon in der Tasche, dachte er, so könnte man bald in das Café Savoy einkehren, Kaffee, Toast und weiche Eier bestellen und mit Bodrogi schöne und lange, und vor allem trostreiche Gespräche führen, über Dichter und Philosophen, vielleicht auch über Maler oder über ein Begräbnis und über das Heitere im Tod. Mein Vater hatte Sehnsucht nach Bodrogi.

„Du ertränkst ihn", sagte Tante Mano und rüttelte heftig an dem Stab.

Mein Vater hob den Hund aus dem Wasser.

Hinter der Wanne knatterten die flachen, schweren Scheren. Frau Krikowa und Frau Kovács scherten einen Königspudel.

„Als ich ein kleines Mädchen war, habe ich ein silbernes Kreuz geschluckt. Es hing um meinen Hals und ich habe es geschluckt. Es ist noch in mir", sagte Frau Kovács.

„Ach nein", sagte Frau Krikowa. „Das hat sich in Ihrem Magen längst aufgelöst."

„Silber löst sich im Magen nicht auf."

„Woher wollen Sie das wissen?"

„Das Röntgen hat's herausgezeigt."

„Na und?"

„Nichts. Nur das es noch in mir ist."

„Spüren Sie es?"

„Nein. Aber es ist in mir. Eine Operation würde sich nicht lohnen. Das hat der Arzt auch gesagt. Das Kreuz liegt günstig."

Tante Mano beugte sich über den Zwergrattler und deutete meinem Vater durch Mienenspiel an, sie wolle ihm etwas sehr Wichtiges mitteilen.

Mein Vater beugte sich auch über den Zwergrattler.

„Dein Freund, dieser Maler", sagte Tante Mano leise, „schreibt mir Briefe. Was soll ich tun?"

„Du mußt zurückschreiben."

Tante Mano schüttelte den Kopf:

„Ich kann nicht. Du solltest diese Briefe sehen."

„Nun, zeig' sie mir", sagte mein Vater nicht besonders interessiert.

„Unmöglich. Kein Mensch darf sie sehen. Ich würde sterben ..."

„Dann stehen wir vor einem unlösbaren Problem", stellte mein Vater fest. „Der Hund friert. Trockne ihn ab."

Tante Mano wickelte den Zwergrattler in ein grobes Frottiertuch. Mein Vater tauchte das Schmetterlingsnetz einige Male ins Wasser, beobachtete aufmerksam das grazil schwimmende grüne Geflecht.

„Fischer haben ein leichtes Leben", sagte er. „Sie sitzen im Boot und lassen das Netz langsam in die Tiefe gleiten. Tag für Tag. Schöneres könnte man sich kaum wünschen."

„Es sind skandalöse Briefe", sagte Tante Mano.

„Beschimpft er dich etwa?" fragte mein Vater hinterlistig.

„Im Gegenteil. Er schreibt, er wälze sich nächtelang auf seinem Lager schlaflos herum; er leide Schmerzen, weil meine Seele die seine befruchtet habe und er sei mit einer dritten Seele, die der glücklichen Vereinigung unserer Seelen entspringen wolle, trächtig. Was sagst du dazu, Feri?"

„Ich halte es für durchaus möglich."

„Was?"

„Daß er mit einer dritten Seele schwanger ist. Die Geisteswissenschaft kennt solche Fälle. Eine Seelenbefruchtung zwischen hochentwickelten Persönlichkeiten ist keine seltene Erscheinung. Sie ist, und das ist so wahr wie ich hier stehe, ein absolut legitimer und anständiger Vorgang."

„Aber ich wollte seine Seele nicht befruchten. Ich habe nicht einmal im Traum daran gedacht!"

„Trotzdem, es ist geschehen. Die Prädestination war stärker als die Absicht."

„Ich bin sehr beunruhigt", sagte Tante Mano, nachdem sie den flaumig und duftig gewordenen Zwergrattler in einen der sauberen Käfige für abgefertigte Hunde schob und den Riegel schloß. „Ich befürchte ein großes Unheil. Er schrieb, er habe einen Auftrag bekommen. Die Kirchengemeinde von Biatorbágy möchte das Madonnenbild in der Gedächtniskapelle auf dem Friedhof restaurieren lassen. Er habe den Auftrag hüpfenden Herzens angenommen. Er wolle, und das hat er mir wortwörtlich geschrieben, der Madonna, die von einem Pfuscher stammt, von einem Donauschwaben, von einem zukkerblauen und himbeerroten Sonntagsmaler, meine Gesichtszüge leihen. Er wolle mich ganz düster herausarbeiten, leidend und mahnend zugleich. Er wolle meine Augen vergrößern, meine Nase verkürzen und mein Haar mit einem rötlichen Licht durchtränken, daß es als raffinierter Heiligenschein wirke. Und zu meinen Füßen wolle er zwei Hunde hinmalen, auf die ich gütig herabblicken soll. Dein Freund ist verrückt."

Mein Vater schien von dem malerischen Plan,

Tante Mano zu einer Madonna durchzutransponieren, tief beeindruckt.

„Biatorbágy", sagte er, „ein höchst verhängnisvoller Ort. Dort jagte der berühmte Sylvester Matuschka den Schnellzug Budapest-Wien in die Luft."

„Mir wird übel", sagte Tante Mano.

„Ich sehe", sagte mein Vater, „daß ich doch eingreifen muß. Wir werden Boborkövi einen Brief schreiben. Beziehungsweise, ich begebe mich sogleich in das Café „Savoy" und werde dort in aller Ruhe den Brief konzipieren. Ich muß dabei aber reichlich rauchen und auch eine Menge Koffein zu mir nehmen. Gib mir Geld für Zigaretten und Kaffee."

„Du wirst im Kaffeehaus die Zeit mit deinen Freunden verplaudern. Das kenne ich schon. Schreibe den Brief hier."

„Unmöglich", erwiderte mein Vater. „Die Hunde stören mich."

„Dann schreibe keinen Brief!" sagte Tante Mano zornig.

Mein Vater zuckte mit der Achsel:

„Wie du willst. Lassen wir dem Verhängnis von Biatorbágy freien Lauf. Es soll kommen, was kommen soll. Das mußt du aber wissen, liebe Mano, daß die Bahndirektion von Budapest, die zuständige Kopfbahnhofbehörde des verunglückten Schnellzuges jedes Jahr einen Kranz in der Gedächtniskapelle von Biatorbágy niederlegt. Vor dem Bild der Madonna, die fortan deine Gesichtszüge tragen wird. Die Herren der Bahndirektion erscheinen vollzählig und auch die Wochenschau ist jedesmal dabei. Ein Staatsakt."

Tante Mano suchte nervös nach ihrer Handtasche, in der Handtasche nach der kleinen, runzeligen Geldbörse. Mit zitternden Fingern entnahm sie daraus einige Geldscheine, entfaltete sie, sah sie von beiden Seiten an und überreichte sie zaghaft meinem Vater.

„Gehe und konzipiere", sagte sie leise.

Mein Vater legte die Geldscheine auf den Tisch. Er trennte sich freiwillig von dem Geld, das er bereits in der Hand gehalten hatte; eine in der ungarischen Hauptstadt ganz und gar ungewöhnliche Erscheinung, ein unheimlicher Vorgang, den man auch in sublimierter und abstrahierter Form des Budapester Alltags, etwa auf der Bühne oder in einer gedruckten Erzählung niemals sehen und niemals lesen konnte. Ein Vorfall, der sogar aus Stücken und Romanen aus dem Ausland vom Regisseur und Übersetzer behutsam gestrichen wurde, um keine unfreiwillige Komik aufkommen zu lassen. Eine Ausnahme bildeten bloß die barocken Mysteriendramen spanischer Jesuiten und einige Heldensagen aus dem hohen Norden; in diesen Werken, die, wie bekannt, dramaturgisch unzulänglich gebaut sind, ließ man solche absolut unglaubwürdigen Vorkommnisse zu, aber nur, um Besessenheit oder Seelengröße eines tragischen Helden mittels eines groben Effektes zu demonstrieren.

Mein Vater legte das Geld auf den Tisch. Frau Krikowa und Frau Kovács ließen vom halbgeschorenen Königspudel ab und starrten meinen Vater entsetzt an.

„Es ist zuwenig", sagte mein Vater mit fester Stimme. „Du bist mir noch für die Niederkunft dreier Rassehunde schuldig."

„Ich habe das Geld für deine Kinder aufgehoben", sagte Tante Mano mit ebenso fester Stimme. „Ein Glück, daß wenigstens ich an ihre Zukunft denke. Du verpulverst jede Summe, die deine Finger auch nur vorübergehend berühren können."

Mein Vater steckte das Geld ein. Frau Krikowa und Frau Kovács wandten sich erleichtert dem Königspudel zu. Die Scheren knatterten wieder. Der Hund knurrte.

„Eine gemeine Verleumdung, gegen die ich Zeit meines Lebens ankämpfen muß", sagte mein Vater. „Lebt alle wohl. Adieu!"

„Der Meister?" fragte mein Vater im Café „Savoy" den Kellner Jozsi.

„Anwesend."

„Laune?"

„Elegisch. Hat warme Milch verlangt. Gesiebt."

„Mit oder ohne Rum?"

„Ohne. Das ist es ja eben", sagte der Kellner Jozsi sichtlich besorgt. Die zierliche Figur Wachsmann-Bácsis tauchte aus der blaugrauen Dämmerung des Kaffeehauses auf.

„Ich gehe aufs Klo", sagte er. „Wir haben heute einen schlechten Tag. Gut, daß Sie da sind, Feri."

Mein Vater bestellte beim Kellner Jozsi einen doppelten Kaffee, zwanzig „Symphonia"-Zigaretten und Briefpapier, Sorte „Ozean", welches die Gäste des Café „Savoy" ausschließlich für Abschieds- und Liebesbriefe, weiterhin für Ansuchen um ein Mittellosigkeitszeugnis an den Bürgermeister der Stadt Budapest zu verwenden pflegten. Es war ein elfenbeinfarbiges Büttenpapier, das die Geschäftsführung des Kaffeehauses direkt aus Österreich bezog.

„Herr Bodrogi", meldete der Kellner Jozsi „hat heute auch schon Ozean-Papier verlangt."

„Ich muß einen Brief schreiben", sagte mein Vater. „Einen langen Brief."

„Die zweite Loge links ist frei. Ich werde gleich hinservieren."

„Bloß das Papier. Den Kaffee möchte ich in Gesellschaft des Herrn Dichterfürsten einnehmen."

Vom engen, dunklen Korridor, der zu den

Waschräumen des Kaffeehauses führte, segelte Wachsmann-Bácsi herbei.

„Schließen Sie sich mir an", sagte er meinem Vater.

Bodrogi, der Dichterfürst, beugte sich über die im verrosteten Eisenrahmen gefaßte schwere Tischplatte, er studierte eine auf braunem Millimeterpapier gezeichnete Cosinus-Linie, die von verschiedenen mathematischen Formeln und Zahlenkolonnen umgeben war. Auf dem schwarz gestrichenen, vermorschten Fensterbrett lag eine Logarithmentafel, ein schönes, wenig gebrauchtes Exemplar.

„Ich habe einen Gast mitgebracht", sagte Wachsmann-Bácsi.

Der Dichterfürst nickte zufrieden:

„Wachsmann, Sie sind unentbehrlich. Nimm Platz, Feri."

Mein Vater setzte sich.

„Ein Verehrer von mir, ein junger Ingenieur der Städtischen Elektrizitätswerke," sagte Bodrogi, „ein Lichtmensch also, der, wie er mir erzählt hat, in seinen freien Stunden gerne Flöte spielt, hat für mich ein mathematisch-geometrisches System ausgearbeitet. Er hat mich heute am frühen Vormittag hier im Kaffeehaus aufgesucht, diese Formel mitgebracht und auch die Logarithmentafel und einige vorausberechnete Beispiele. Ich finde es rührend. Anfangs war er ziemlich verlegen, er hat mehrere Gläser gewöhnlichen Leitungswassers getrunken und seine Zigaretten verkehrt angezündet, den Filter in Brand gesteckt. Er hat aber nach und nach an Überzeugungskraft gewonnen, er hat kein Wasser mehr verlangt und seine Zigaretten überhaupt nicht mehr angezündet. Er kaute bloß an dem Filter. Eine schmale, weiße Säule tanzte unablässig vor meinem Gesicht und hat meine Augen gebannt. Eine nicht angezündete Zigarette bringt einen denkenden Menschen völlig aus dem Konzept. Ein Funktions-Symbol, das nicht zum Funktionieren gebracht wird, eröffnet ein neurasthenisches Labyrinth, in dem man sich hoffnungslos verirrt. Ich meine damit die von mir erzeugten Liedertexte."

„Ich verstehe dich", sagte mein Vater, „ich begreife bloß nicht, was der junge Mann von dir wollte."

Bodrogi blätterte gelassen in der Logarithmentafel.

„Der Lichtmensch hat mir Licht gebracht. Leider vergeblich. Ich bin anscheinend schon zu alt. Es ist meine Katharsis, Feri."

Bodrogi ließ seinen Zeigefinger der scharf gezeichneten Cosinus-Linie englang wandern.

„Jahraus, jahrein hat dieser junge Mann meine Texte gesungen, sie gerne angehört und mit deren Hilfe seine Gefühle und Stimmungen orientiert. Aber eines Tages, als er im riesigen Schaltraum des Umspannwerkes Kelenföld einsam auf und ab ging, nichts, als Summton, nichts, als kurzes Aufleuchten, nichts als Metallgeruch, da fiel ihm mein Text von der kleinen Hausmeistertochter ein, von der Mancika, und er fand ihn, und er hat es mir ohne Umschweife gesagt, nicht nur dünn und platt, nicht nur altmodisch, sondern auch völlig falsch gestuft und mangelhaft variiert."

Wachsmann-Bácsi, der die Geschichte bereits kannte, blinzelte gereizt hinter seinen dicken Augengläsern.

„Unsinn", sagte er, „Sie haben es nicht notwendig, sich mit solchen höchst fragwürdigen Dingen abzugeben, Bodrogi. Sie sind der Meistgesungene!"

„Der Meistgesungene", murmelte Bodrogi verächtlich. Er blätterte erneut in der Logarithmentafel, als hätte er hinter den sauber gedruckten Zahlenkolonnen den unwiderlegbaren Beweis seines mathematisch richtig vorausberechneten Unterganges gesucht.

„Der junge Mann hat meine Augen geöffnet."

„Der junge Mann wurde von Ivanics bezahlt", sagte Wachsmann-Bácsi. „Er hat ihn gedungen und mit diesem Klimbim hergeschickt. So wahr wie ich hier sitze!"

„Sie sitzen erst dann hier, Wachsmann, wenn ich Ihre Position mathematisch und geometrisch feststellen kann. Das ist der erste Schritt. Dann kann ich Sie nach allen Richtungen stufen und variieren. Mit Hilfe einer Sinus- oder einer Cosinus-Linie. Je nachdem."

Wachsmann-Bácsi blickte meinen Vater empört an:

„Sehen Sie, Ivanics hat erreicht, was er wollte! Herr Bodrogi ist vollkommen verwirrt, er will nicht mehr dichten, er will mathematisch-geometrische Texte herstellen. Was halten Sie davon?"

„Urteilen wir vorsichtig", sagte mein Vater. Er nahm die Logarithmen-Tafel in die Hand, schlug sie auf und begann angestrengt in ihr zu lesen.

„Für die Unterbringung des Adjektivs 'Honigblond' zum Beispiel," sagte Bodrogi, „gibt es über vierundfünfzigtausend Stufungs- und Variationsmöglichkeiten. Alles, was wir bisher gemacht haben, ist Schall und Rauch. Ich habe blinde Kuh gespielt."

Wachsmann-Bácsi tobte. Er rüttelte an der schweren Tischplatte, riß seine Krawatte beiseite, drehte sich nach dem Inneren des Kaffeehauses, dann nach der Straße und wieder zurück.

„Haushoher Blödsinn!" rief er. „Denken Sie doch an Goethe!"

„Den mag ich nicht", sagte Bodrogi. „Er war Staatsbeamter. Keine Plattform für eine ernsthafte Diskussion."

Mein Vater nahm einen Bleistift in die Hand, breitete die Logarithmentafel vor sich aus und schrieb auf die Tischplatte fünfstellige Zahlen. Er nahm die Ziffern teils aus seinem Gedächtnis, teils aus der Logarithmentafel, unterstrich sie einige Male, schrieb griechische Buchstaben dazu und begann zu rechnen. Er rechnete lange. Dann hob er den Kopf, lehnte sich zurück, dachte nach und murmelte: „Nehmen wir zum Beispiel das Wort 'Kettenbrücke'. Das würde hier für plus und minus stehen. Jetzt dreimal hintereinander Kubikwurzel ziehen, das ist hundertvierundvierzig weniger, und das steht für Alpha." Er warf einen flüchtigen Blick auf das Millimeterpapier.

„Ja, richtig. Bleiben wir bei der Cosinus-Lösung. Dann ergibt 'Kettenbrücke' in der neunundzwanzigsten Alpha-Variation das Hauptwort 'Madrigal' oder die Farbe Grün."

„Ein Schwindel", sagte Wachsmann-Bácsi. „Sie haben geschwindelt."

Mein Vater lächelte milde.

„Ich traue Ivanics alles zu. Aber das nicht. Das ist für ihn zu hoch. Übrigens auch für Sie, Wachsmann. Eine phantastische Methode. Man müßte sich näher damit befassen."

Wachsmann-Bácsi wurde blaß. Seine beachtenswerten Nasenflügel bebten:

„Ein Schwindel", sagte er. „Ich gehe nach Hause."

Bodrogi, der Dichterfürst, hörte dem Streit nicht mehr zu. Er beugte sich über das Millimeterpapier und schrieb. Sein gequältes, von Zweifeln gezeichnetes Ferkelgesicht erhellte sich, es wurde glatt und jung und gläubig. Er spitzte den Mund, er liebkoste Worte, er flüsterte sie und flüsterte ihnen zu; er kostete sie; er streichelte sie mit weicher Zunge, um sie dann im nächsten Augenblick mit harter Zunge umzustoßen; er verschlang sie gierig und spuckte sie enttäuscht wieder aus; er bettete sie sanft und schleuderte sie erzürnt hoch; er füllte die zwischen ihnen klaffenden Abgründe mit minderwertigem, provisorischen Material, mit einigen geschmack- und geruchlosen „Pa-la-lam" und „Pi-li-lim" und er hängte ihnen, um sie im Wirbelsturm des Werdens vor dem jähen Absturz zu schützen, langgezogene „Taralam" und „Tirilim" an. Er dichtete.

Gegen Mitternacht fand der Kellner Jozsi auf dem Fensterbrett der verlassenen Kaffeehaus-Loge eine aufgeschlagene Logarithmentafel. Er lieferte sie ordnungsgemäß im Büro ab, wo sie im sogenannten kleinen Aktenschrank unter den von den Gästen liegengelassenen Lottoscheinen, Schuhlöffeln, Lebensläufen und Schmähbriefen aufbewahrt wurde.

Bodrogi, der Dichterfürst, und seine Freunde waren zu dieser Zeit bereits unterwegs. Sie absolvierten nach getaner Arbeit einen kurzen, genußreichen Spaziergang durch die Stadt. Nach einer frisch aus Italien importierten, sonnig-leichtfüßigen Melodie sangen sie das neue, auf Millimeterpapier geborene Lied:

„Abends schmeckt die Kettenbrücke bitter
Fische singen grün das Madrigal
Einsam geh' ich unter im Gewitter,
Wer die Qual hat, der hat keine Wahl,
Wer die Qual hat, der hat keine Wahl,
Oooh, Aaah, Oooh, Aaah,
Denn abends schmeckt die Kettenbrücke bitter."

Das Lied wurde, durch Verkettung merkwürdiger Umstände und Begleiterscheinungen zum größten Schlager der Saison. Es wurde, nicht nur wie der bis dahin berühmte „Traurige Sonntag" beim Begräbnis und beim Scheidungsprozeß gespielt, sondern auch als Wiegenlied und als Hochzeitsmarsch, als musikalische Einlage politischer Versammlungen, zur Priesterweihe und zur Eröffnung neuer Bade- und

Pfandleihanstalten. Es wurde gesungen, gepfiffen, gesummt, getrommelt und gegeigt, aus seinen Motiven hat man auch die pompöse ungarische Ausstattungsoper „Die Löwen der Kettenbrücke" komponiert, es wurde viermal verfilmt und fungierte als Kennmelodie der beliebten Fernsehsendung „Was gibt es Neues in unserer Heimat?".

In dieser Nacht wußten jedoch die drei Männer noch nicht, was sie aus der Taufe gehoben hatten. Bloß Wachsmann-Bácsi sagte zum Abschied: „Das Lied ist hübsch", und mein Vater eröffnete dem Dichterfürsten, während sie im scharfen, grüngelben Licht einer Acetylenlampe eines Kürbisverkäufers auf der nächtlichen Straße gebratenen Kürbis aßen, daß dieses Lied, dessen Stil man am besten „logarithmisch-rhythmisch" bezeichnen könnte, höchstwahrscheinlich die Einleitung einer neuen Schaffungsperiode im Leben Bodrogis markiert. Bodrogi bedankte sich für die aufrichtigen Meinungsäußerungen, zahlte für die drei Portionen gebratenen Kürbis und kehrte in das Café „Savoy" zurück.

Wachsmann-Bácsi begleitete meinen Vater bis zur Donau.

„Ich nehme ein Fußbad", sagte er. „Heute Nacht ist das Wasser angenehm warm. Zweiundzwanzig Grad, schätze ich. Eine Temperatur, die meine große Zehe besonders liebt. Sie blüht in einem Flußwasser von zweiundzwanzig Grad wie eine Lilie auf."

Wachsmann-Bácsi verschwand hinter dem Parlament. Bereits barfuß stieg er auf den breiten, grob behauenen Stufen, seine schwarzen Schuhe in der Hand, zur Donau hinab.

Mein Vater nahm seinen Weg nach dem hügeligen Stadtteil Buda über die Kettenbrücke. Zur Stunde, als er die Donau überquerte, war die Kettenbrükke ausgestorben. Sie spannte sich, mit Steinbrocken und Eisentrümmern geharnischt, mächtig zwischen den unzulänglich beleuchteten Kais von Buda und Pest, ihr gedrungener Schatten lag schwer im Fluß.

*Die Kettenbrücke * Leben und Tod, wortwörtlich * In meinem Selbstporträt sitzt ein Hund * Die umfangreiche Witwe Gisella Feneki * Der Pachtvertrag * Das lebendige Wasser * Sonderabonnement für ein Pferd * Was meinen Sie, Feri ? * Die Schönheitskonkurrenz von Rakosliget **

Nachtschwärmer meiden die Kettenbrücke gewöhnlich, denn sie erscheint ihnen wie ein riesiges, unter und über dem Nichts hängendes Labyrinth, das sich mit jedem Schritt selber verlängert und dabei mit einem einzigen, schauderhaft schönen Ausweg lockt, mit der trotzigen Unterbrechung des Geradeausgehens, des Eingesperrtseins in einer unabänderlichen Richtung, mit der bis zur Extase gesteigerten Verdichtung der Einsamkeit: keine Verantwortung mehr; sich auflehnen, sich weigern, sich befreien, indem man sich leicht über das Geländer schwingt und in die dunkle, samtweiche Tiefe fliegt.

Wer aber weitergeht, von den Schatten des Gerüstes gezeichnet, vom Widerhall seiner Schritte verfolgt, wird von seiner eigenen Feigheit wie ein Ekel befallen, wird die Sinnlosigkeit seines verpfuschten Lebens urplötzlich gewahr; er schreitet hilflos vorwärts. Auch mein Vater schritt hilflos vorwärts, floh, von sich selbst gejagt und bedrängt beinahe atemlos über die Kettenbrücke, wollte immer wieder seitlich ausbrechen und gab immer wieder auf. Als er dann die beschämende Gefahr endlich hinter sich hatte und noch immer keuchend und in Schweiß gebadet den heiteren, stillen Trost der alten, winkeligen Gassen des Burgviertels empfing, die beglückende Harmonie der schiefen Dächer, der verbogenen Gaslaternen und der flachen Nischen, aus denen die Heiligenfiguren längst gestohlen worden waren, fiel ihm der Brief ein, den er an den akademischen Maler Boborkövi hätte schreiben sollen, aber nicht geschrieben hatte. Er machte einen kleinen Umweg, er ging auf die Hauptpost von Buda, auf den ehemaligen Heumarkt und gab ein Telegramm nach Törökbálint auf:

„Komme sofort. Leben und Tod. Feri."

Die diensthabende Beamtin, eine verwelkte Wachspuppe mittleren Alters mit hochgestülptem, rabenschwarz gefärbten Haar, Hauptwerk eines vermutlich erblindeten Friseurmeisters, langweilte sich in der trockenheißen Nacht von Buda, die meilenweit nach Armut roch. Sie hätte gern ein Gespräch begonnen, strich mit einem blauen Stift über den Text und fragte:

„Leben und Tod. Wie soll man das verstehen?"

„Wortwörtlich", sagte mein Vater.

Der akademische Maler Istvan Tibor Boborkövi reiste mit dem ersten „direkten" ELAN, der als Schnellzug deklariert drei Stationen, ein Lagerhaus für verdorbene Weine, ein im Ersten Weltkrieg evakuiertes Altersheim und ein stillgelegtes Kalkwerk mit dem duftigen Namen „Rosenhain nach Bedarf" sirenenheulend durchraste, nach Budapest. Er erschien am frühen Vormittag vor unserer Wohnungstür und pumperte energisch. Er trug den vom Volksschullehrer von Törökbálint ausgeborgten dunklen Anzug und eine höchst beachtliche Krawatte, einen Schmetterling aus hellgrüner Seide mit gelben Tupfen. In der Hand hielt er einen steifen, weitverzweigten Strauß, einen Strauß aus willkürlich abgeschnittenen roten Geranien, den verstaubten Zierblumen ungarischer Bauernhöfe. Die Begrüßung war stürmisch, wir alle schrien, die Hunde bellten.

„Wo ist meine Braut?" fragte Boborkövi. Seine großen, dunklen Augen glänzten überirdisch.

Meine Schwester wurde in die Hundewasch- und Schuranstalt „Zum gepflegten Freund" geschickt, um Tante Mano zu holen. Tante Mano kam in Begleitung ihrer Angestellten, Frau Krikowa und Frau Kovács. Beide trugen mit weißen Tischtüchern zugedeckte Einkaufskörbe, die aus der Nähe eine fette Wärme ausstrahlten, sie bargen Teile einer frisch gebratenen Gans, weiterhin Krautsalat in Töpfen, je ein geräuchertes Schweineohr für alle Anwesenden und gezuckerte Kürbisscheiben. An der Eingangstür der Hundewasch- und Schuranstalt blieb ein provisorisches Schild zurück:

WEGEN EINES UNVORGESEHENEN EREIGNISSES HEUTE VORMITTAG GESCHLOSSEN.

Tante Mano trug das schwarze Perlenkleid. Sie rasselte, klirrte und klapperte. Boborkövi starrte sie entzückt an. Frau Kovács verteilte die geräucherten Schweineohren. Eine Flasche giftgrüner Nußschnaps kam auf den Tisch, und wir alle tranken auf Glück, Gesundheit und auf ein langes Leben. Allmählich stellte sich die unverkennbare Stimmung einer Verlobung ein, ohne daß man darüber sprach.

Da geschah das Unvermutete.

Boborkövis festliche Erregung steigerte sich und er begann an der Schwelle der wahrscheinlich folgenschwersten Stunde seines Lebens, wie er sagte, ein Bekenntnis abzulegen, ein selbstkritisches und mannhaft aufrichtiges; er erläuterte die Grundprinzipien seines Seins, seine Verbindungen mit der Umwelt und mit dem Transzendentalen, er lief dabei im Zimmer auf und ab, zog immer größere Kreise; er war ein Raumfanatiker, ein Raumbrecher, ein Raumerweiterer; er mußte alle vorhandenen Räume mit sich selbst, mit seiner Stimme, mit seinen Gedanken füllen; er mußte Grenzen überschreiten und neue Räume erschließen, ihre Fremdheit durch seine Anwesenheit, durch seine forschenden Blicke zersplittern, erobern und unterwerfen. Er rannte in das Nebenzimmer, kehrte den Wänden entlang zurück, schob Möbelstücke aus dem Weg, zog einen noch weiteren Kreis, öffnete die Tür zum Badezimmer, sprang in das Badezimmer, drehte das Licht auf, sah sich im Spiegel an und rief: „Nur keine falschen Illusionen, nur keine Fata Morgana!"

Er löschte das Licht, durchmaß das Vorzimmer, nahm das Klosett im Sturm, sagte „Aha", ließ die Tür wieder in das Schloß fallen und wandte sich der Küche zu. Vergeblich versuchte ihn meine Schwester, die um das Wohl einer trächtigen Foxterrier-Hündin bangte, deren Niederkunft wir für die Abendstunden erwarteten, abzudrängen. Boborkövi, einen tiefsinnigen Satz über die verderbliche Eitelkeit der Mächtigen hinter sich schleudernd, brach in die Küche ein. Mein Vater griff hastig nach dem Glas mit dem giftgrünen Nußschnaps. Tante Mano, sich bereits vor einem blumengeschmückten Altar wähnend, lehnte sich zurück, in ihrem Gesicht leuchtete ein verklärtes Lächeln. Frau Krikowa und Frau Kovács, der feierlichen Stunde voll bewußt, kauten höflich und bescheiden an den geräucherten Schweineohren. Boborkövi erschien in der Tür. Seine Mundwinkel zuckten. Seine Augen drohten aus ihrer Höhle zu springen. Auch in der Mitte seiner Stirn zuckte eine Ader.

„In meinem Bild sitzt ein Hund", sagte er.

Mein Vater zündete sich umständlich eine Zigarette an, suchte nach einem Aschenbecher und sprach betont nebensächlich:

„Irgendwie hineingeraten. Wird gleich entfernt."

Boborkövi verschwand wieder in der Küche. Wir hörten ihn rumoren.

„Unfaßbar", murmelte er.

Dann betrat er das Zimmer, müde, gebückt, gealtert. Er riß sich die Schmetterling-Krawatte ab, fingerte hilflos an seinem Hals herum. „In meinem Selbstportrait sind auch Hunde. Ein großer und vier kleine. Die Kleinen schlecken die Farben ab."

Er stand in der Mitte des Zimmers, ließ seinen Kopf und seine Arme hängen und blickte auf einen unsichtbaren Punkt auf dem Fußboden.

„Kunst, mißbraucht und geschändet", sagte er.

Mein Vater sah Tante Mano an:

„Wir sind hier wohl eine Erklärung schuldig."

Boborkövi schüttelte den Kopf.

„Dem Jüngsten Gericht. Nur dem Jüngsten Gericht", flüsterte er. Dann wandte er sich an meine Schwester und sagte sanft:

„Reiche mir meinen Hut, mein Kind."

Meine Schwester, die für dramatische Momente wenig Fingerspitzengefühl hatte, erwiderte mit heller Stimme:

„Sie hatten keinen Hut, Herr Boborkövi."

„In der Tat", sagte Boborkövi. „Nun, ich gehe Ich werde Törökbálint nie mehr verlassen."

Mein Vater unternahm noch einen schwacnen Rettungsversuch:

„Und die Gedächtniskapelle? Die Madonna von Biatorbágy? Die Nachwelt wartet auf das Werk."

Boborkövi ging wortlos auf die Vorzimmertür zu. Er drehte sich um:

„Ich male sie nicht. Ich mache keinen Pinselstrich mehr. Ich werde Bienen züchten. Meine ungeheure Begabung soll in sinnlosem Summen untergehen. Bewahret mein Andenken."

„Ein komischer Mann", sagte Frau Kovács nach einer Weile. „Ein sehr nervöser Mensch."

Am ersten Sonntag im Juli übernahm Kapitän Elemer Balogh das von der umfangreichen Witwe Gisella Feneki für drei Jahre gepachtete Strandbad von Rakosliget mit hundertsiebzig Kabinen, zweihundertfünfzig Kästchen, drei Trampolinen und einer großen Zukunft. Die Unterschriften waren bereits Mitte Juni vor einem Notar geleistet worden, die Dokumente ausgetauscht, die Zeugen vereidigt und die Ergänzungen des Pachtvertrages im Sinne des Ergänzungsparagraphen für Pachtverträge in den Pachtvertrag eingefügt. Elemer Balogh wurde das in der Medardus-Klausel verankerte Recht schriftlich zugesichert, demzufolge er, sollte es im Sommer über vierzig Tage regnen, ab dem einundvierzigsten Regentag auf eine Entschädigung in der Höhe der Durchschnittseinnahme von sieben Sonnentagen Anspruch erheben konnte. Als Sonnentag gilt ein Tag, an dem die Sonne scheint, als Regentag ein Tag, an dem vor zwölf Uhr mittags (Ortszeit) ein Dauerregen einsetzt.

Als Dauerregen sieht das Gesetz einen Regen an, der ab zwölf Uhr mittags bis sieben Uhr abends ohne Unterlaß fällt und in seiner Beschaffenheit keine charakteristischen Merkmale eines Platzregens aufweist. Die charakteristischen Merkmale eines Platzregens finden sich im juridischen Fachwerk von Köpeki-Boocz „Wetterbedingte Ausnahmefälle in der Rechtssprechung für Gartenschenken, Strandbäder und gebührenpflichtige Reitturniere."

Kapitän Elemer Balogh wurde von einer ansehnlichen Schar von Freunden nach Rakosliget begleitet. Bademeister Lajos aus dem türkischen Dampfbad „Rudas" reiste als Sachverständiger mit. Bodrogi, der Dichterfürst, war als Ehrengast eingeladen. Baron Wussinsky und Wachsmann-Bácsi hatten den Auftrag, uns in den ersten Stunden der Übernahme des Strandbades nicht zu kennen, sich als Badegäste unauffällig unter die Badegäste zu mischen, ihre Stimmung zu beobachten und ihre Gespräche zu belauschen. Mein Vater fungierte als erster Sekretär des Kapitäns, meine Schwester und ich als Kinder unseres Vaters.

Die umfangreiche Witwe Gisella Feneki erwartete uns, flankiert von den zwei jüngsten Kabinenwärtern des Bades auf dem Bahnsteig. Hinter ihr, im Schatten des mit Glas durchbrochenen Fachwerkes nahm die Zigeunerkapelle von Rakosliget Aufstellung. Als der Personenzug Budapest-Rakosliget-Gödöllö in die kleine Station einfuhr, intonierte der Primas Rudi Roka mit feuriger Hingabe den Rákoczi-Marsch. Als erster stieg Kapitän Elemer Balogh aus dem Waggon und ging mit steinerner Miene, von der festlichen Stimmung der Stunde jedoch sichtlich ergriffen, auf die umfangreiche Witwe zu, streckte ihr seine trockene Hand entgegen und sagte laut:

„Ich begrüße Sie. Wie geht es Ihnen?"

Dann stellte mein Vater die angekommenen Gäste vor, an der Spitze Lilo, die Frau des Kapitäns. Baron Wussinsky und Wachsmann-Bácsi studierten währenddessen ein wenig abseits die an einer Säule angeschlagenen Frachttarifbestimmungen für landwirtschaftliches Schnellgut.

„Wollen wir vielleicht gehen?" schlug Gisella Feneki vor, nachdem sie jedem einzelnen ihr überschäumend freundliches Lächeln geschenkt hatte. Es war ein umfangreiches Lächeln, so umfangreich, wie die umfangreiche Witwe selbst, von Keuchen, Busenheben und schlüpfrigen Augenlichtern durchsetzt, mit einer honigfarbenen Glasperlenkette geziert, sulzig, tropfend und dennoch eine dichte Masse, kolloid und beständig zugleich, in dem die ganze Umgebung aufzugehen schien.

Wir machten uns auf den Weg zum Strandbad. Gisella Feneki setzte sich auf ein Fahrrad, das von den zwei Kabinenwärtern im Gleichgewicht gehalten und im Schritt geschoben wurde. Der Kapitän und mein Vater schritten an der linken, beziehungsweise an der rechten Seite der umfangreichen Witwe einher. In loser Gruppierung folgten ihnen die übrigen Gäste. Die Zigeuner marschierten am Ende des improvisierten Festzuges, der Primas Rudi Roka spielte das gefühlvolle Lied: „Ich hatte einmal eine kleine Taube."

Die Landstraße, von knorrigen Kirschbäumen gesäumt, mit dem weißen Staub der großen ungarischen Tiefebene knöcheltief bedeckt, führte schnurgerade in das gleißende Nichts. Rundherum, so weit man nur sehen konnte breiteten sich fahlgelbe, von der Sonne versengte Stoppelfelder aus. Mein Vater lobte die bestechende Schönheit der Gegend. Der Kapitän richtete seinen seemännischen Blick stumm in die Ferne. Gisella Feneki lächelte unablässig, vertikal und horizontal, feuchtwarm und zähflüssig, von Osten nach Westen und von Westen nach Osten und in die bleierne Stratosphäre hinauf.

„Sie ist schön, unsere süße Heimat", sagte sie, und ihre dicke Stimme klang wie ein im Honig blubberndes Flötenspiel.

Bodrogi, der Dichterfürst, schlenderte scheinbar heiter und versonnen neben der Kapitänsfrau Lilo.

„Folkloristische Rührseligkeit ging mir immer schon auf die Nerven", sagte er. „Ich bin ein Kaffeehausmensch."

Lilo sah den Dichterfürsten mit einem unendlich weichen Blick an:

„Sie haben ein interessantes Gesicht. Ein aufregendes. Ich würde gerne Ihre Stirne streicheln."

Bodrogi wandte sich rasch meiner Schwester zu:

„Hier könnte man Hirschkäfer fangen."

„Wozu?" fragte meine Schwester.

„Fingerübung", sagte Bodrogi und sah dabei Lilo mit dem Ausdruck taufrischer Unschuld an.

„Sie sind boshaft, Bodrogi", hauchte sie dem Dichterfürsten ins Gesicht. „Aber dennoch. Sie gefallen mir."

„Ich bin Gemeingut, Gnädigste", sagte Bodrogi würdevoll.

„Korb?" fragte Lilo und zwinkerte schelmisch.

„Korb", antwortete Bodrogi mit unpersönlich sachlicher Stimme, wandte sich von Lilo ab und gesellte sich zu Bademeister Lajos, der, Tageslicht und offenes Gelände vollkommen ungewohnt, sich verzweifelt anstrengen mußte, mit der Gesellschaft Schritt zu halten.

„Eine Landschaft zum Niederknien", sagte Bodrogi.

Bademeister Lajos hob seine schweren, vom heißen Dunst von mehr als zwanzig Dampfbad-Dienstjahren geschwollenen Lider.

„Das Bad liegt sehr ungünstig", röchelte er und zeichnete mit zitternder Hand eine imaginäre Linie von der Bahnstation ausgehend der Landstraße entlang, über die ausgedörrten Misthaufen der trostlosen Stoppelfelder bis zum Rande des aufgelösten Horizonts. „Es ist keine Verbindung mit Verlauf. Es ist ein Attentat."

Nach einer halben Stunde tauchte der niedere, mit Blechplatten beschlagene Kirchturm von Rákosliget auf.

„Fünf Minuten noch", sagte die umfangreiche Witwe, rollte ihr rundes Lächeln gegen den Kirchturm, schlug das Kreuz und gurgelte:

„Gottes Kleinod. Sind die Herren auch religiös?"

„Tief", sagte mein Vater.

Das Dorf lag, von der kalkweißen Hitze erschlagen, in einer flachen Mulde und offerierte eine für die Menschen aus der Großstadt anziehende ländliche Stimmung: in schwerstem Jauchengeruch eingebettet lagen verfaulte Krautköpfe, verrostete Hundeketten, gestrandete Schubkarren, umgekippte Holzwannen und weggeworfene Mistgabeln herum. Die Fliegen waren zahm, sie setzten sich auf die Schulter und auf den Kopf der Reisenden und ließen sich durch die menschenleere Dorfstraße tragen. Gänse badeten im Staub, sie schrien uns schrill nach. Hinter dem Friedhof, der auf einer kleinen Anhöhe hockte, führte ein breiter Weg aus Sand und Kieselsteinen zu einer Umfriedung aus mannshohem Türkenflieder. Wir sahen ein geteertes Holztor, das offen stand und den Blick auf eine hellblau angestrichene Kabinenreihe freigab. Auf dem Dach der Kabinenreihe schwitzte ein riesiges Blechschild gelbe, grüne und braune Farbenreste aus:

STRANDBAD QUELLENPERLE.

„Es liegt wirklich hübsch", sagte die umfangreiche Witwe.

„Im Schoße der Natur", sagte mein Vater.

Der Kapitän nickte. Aber sein Gesicht war verschlossen, als plagten ihn finstere Gedanken und dies entging Gisella Fenekis Aufmerksamkeit nicht. Sie ließ das Fahrrad anhalten, legte ihren schweren, fleischigen Arm auf die Schulter des Kapitäns.

„Glauben Sie mir, Sie werden sich in dieses Bad verlieben."

„Gewiß", sagte der Kapitän.

Im Büro des Strandbades, in einem schmucklosen Raum, der nach Schlamm und verfaultem Regenwasser roch, wurde heller Sandwein kredenzt. Die umfangreiche Witwe stellte dem neuen Pächter das restliche Personal vor. Der Nachtwächter, gleichzeitig der

„Kanász", der Schweinehirt des Dorfes, pflanzte sich in strammer Haltung vor dem Kapitän auf und rief:

„Ich begrüße die hier Eingefundenen mit echt ungarischer Zuneigung!"

„Haben Sie einen Hund?" fragte der Kapitän sachlich.

„Habe keinen, Herr Doktor", schmetterte der Schweinehirt. „Ich belle selber, falls notwendig."

„Es ist ein armes Dorf", sagte Gisella Feneki schnell und lächelte fett.

„Also dann", sagte der Schweinehirt und ergriff die Hand des Kapitäns. „Gott soll über uns alle wachen. Ich wünsch' Gesundheit!"

Er ging. Wir hörten draußen seine lange Peitsche knallen und die Schweine aufjaulen und herumlaufen.

„Er ist ein Schatz", sagte die umfangreiche Witwe. „Der alte, listige Husar. Gyula Bácsi heißt er. Er wacht wie ein Stern. Hier wird in der Nacht nichts abhanden kommen."

„Was sollte hier schon abhanden kommen?" fragte Bodrogi und musterte durch die offen gelassene Tür des Büros eine im Sand windschief stehende, verrostete Personenwaage, deren Ziffernblatt unter dem zerbrochenen Glas längst abhanden gekommen war.

„Das Wasser", sagte Gisella Feneki und in diesem Augenblick lächelte sie nicht. „Es ist nämlich so: In der Tiefebene ist Wasser bekanntlich knapp. Kaum eröffnet, haben die Bäuerinnen vom Dorf das Bad entdeckt. Sie gingen nachts zum Bassin wie zu einem Brunnen. Sie kamen mit Eimern und Waschtrögen und sogar mit Fässern, die sie auf Schubkarren vor sich herschoben. Abends reichte das Wasser wie vorgeschrieben bis zur Nasenhöhe eines gut gewachsenen Mannes. In der Früh war es seicht, wie in einem Ententeich. Alles gestohlen. Da habe ich mich entschlossen, einen Nachtwächter anzustellen. Seitdem ist der Wasserstand unverändert und absolut normal."

„Bis zur Nasenhöhe eines gut gewachsenen Mannes?" fragte Bademeister Lajos mit unverkennbar feindseligem Unterton in der Stimme.

„Ja", sagte Gisella Feneki und spritzte ihr Lächeln tief in die entzündeten Augen des Bademeisters.

„Die gesetzlich vorgeschriebene Höhe für 'Nur für Schwimmer' liegt aber ziemlich darüber", sagte Bademeister Lajos.

„Sind Sie Hydrologe?" fragte Gisella Feneki, aber sie bekam keine Antwort. Bademeister Lajos sah die Zeit für ein sachkundiges Eingreifen noch nicht reif.

Die zwei Kabinenwärterinnen, zwei ältere Bäuerinnen, die lange, gestreifte Schürzen und auf Bindfaden umgehängte Schlüsselbünde trugen, standen teilnahmslos neben der Tür. Der Kapitän trat auf sie zu und schüttelte ihnen die Hand.

„Es freut mich", sagte er. Die Bäuerinnen sagten nichts.

„Sie können gehen", wandte sich Gisella Feneki an die Kabinenwärterinnen. „Sperren Sie für die Herrschaften die Ärztekabinen und die Kabine des Herrn Pfarrers auf."

Ihr mildes, mütterliches Lächeln schob die Bäuerinnen lautlos aus dem Büro. Dann lächelte die umfangreiche Witwe eine volle Runde:

„Wir haben heuer eine starke Saison."

Sie erblickte Wachsmann-Bácsi und den sauer riechenden Baron Wussinsky, die, soeben angekommen, staubbedeckt, nach Atem ringend, rot und gelb im Gesicht, vor der ramponierten Personenwaage standen.

Mein Vater hatte Wachsmann-Bácsi noch im Café „Savoy" versichert, daß das Strandbad von Rakosliget über einen reichlich ausgestatteten Badehosen-Verleih verfüge. Wachsmann-Bácsi besaß keine Badehose. Er äugte ungeduldig in das Büro.

„Badegäste aus der Hauptstadt", sagte Gisella Feneki nicht ohne Stolz.

Kapitän Elemer Balogh sah meinen Vater hilfesuchend an.

„Ich glaube", sagte mein Vater „es wäre an der Zeit, das Schwimmbecken zu besichtigen. Bloß eine Formalität."

Er hatte, gewissenhaft wie er war, bereits am Tag, an dem der Kapitän den Pachtvertrag unterschrieben hatte, von Bademeister Lajos im Dampfbad „Rudas" Strandbaderecht- und Strandbadarchitektur-Unterricht genommen. So wußte er nun, daß das Kernstück einer nicht überdachten Badeanstalt, meist in der freien Natur errichtet, das Schwimmbecken ist.

„Die Maße habe ich Ihnen schon schriftlich mitgeteilt", sagte Gisella Feneki. „Vierundfünfzig mal achtzehn. Man könnte sagen, enorm. War als olympisches Schwimmbecken gedacht. Nur hat Ungarn die Olympiade nicht bekommen. Wir Ungarn werden ja immer benachteiligt."

„Eines Tages wird es anders werden", sagte mein Vater.

„Ja. Wir Patrioten müssen nur zusammenhalten", meinte Gisella Feneki.

Wir gingen über heißen, körnigen Sand und über dürre Grasflächen auf das Bassin zu. Es lag inmitten einer mit Zigarettenstummeln, grünen, dicken Glasscherben und Zeitungspapier übersäten Wiese. Auch verdächtige Stoffreste waren zu sehen, ein abgerissenes Hosenbein, das Rückenteil eines mit Öl durchtränkten Sakkos und dergleichen.

Am Rande des Bassins saßen Angler. Als sie uns erblickten, lüfteten sie höflich den Hut, dann starrten sie wieder die Oberfläche des Wassers an. Es waren Bauern von Rakosliget, die schwarze Stoffhüte und die weißen Unterhosen und Hemden ihres Sonntagsstaates trugen, weiters ein Eisenbahner, der als Amtsperson seine Hose nicht ausgezogen und seinen staatlich-ungarischen Eisenbahnerrock nur aufgeknöpft hatte. Er lüftete seine Kappe nicht, er salutierte. Neben ihm stand ein mit Wasser gefüllter Waschbottich, im Waschbottich schwamm, scheinbar fröhlich, in der Tat aber von unseren Schatten aufgescheucht, ein kleiner Weißfisch. Einer der Bauern, ein alter Mann mit einem zerfurchten, weisen Gesicht, hatte in einem mit einem Ping-Pong-Netz bespannten Kochtopf einen Flußkrebs, groß wie ein Handteller.

Das Wasser des Schwimmbeckens war grünbraun; zerfetzte Schlingpflanzen, schwarz glänzendes Treibholz, flache, ausgefranste Blätter eines unbestimmbaren Seeunkrautes schwammen darin. Den Grund des Beckens konnte man nicht sehen.

Bademeister Lajos, der in seiner rechten Hand ein Einsiedeglas hielt, da er sich bereits vor der Abreise vorgenommen hatte, eine Wasserprobe mitzunehmen, trat an meinen Vater heran. Er sprach erregt, doch sehr leise, er flüsterte beinahe und zitterte am ganzen Leib.

„Ich glaube", sagte er, „ich bin hier vollkommen überflüssig. Wenn Sie mir erlauben, fahre ich heim. Ich hoffe, daß Sie mich und meine Gründe verstehen."

Bademeister Lajos entfernte sich. Unterwegs warf er das Einsiedeglas demonstrativ weg.

Der Kapitän bemerkte den Zwischenfall.

„Er verträgt die Sonne nicht", sagte mein Vater. „Sie wissen doch, ein ganzes Leben lang im Dampfbad. Er geht in den Schatten."

„Natürlich", murmelte der Kapitän. Er schien auffallend geistesabwesend zu sein, als hätte er sein glühendes Interesse an dem Strandbad von Rakosliget plötzlich verloren. Man Vater wußte, daß er unverzüglich eingreifen, den abrupten Abgang des Bademeisters Lajos vergessen machen, den Kapitän aus seiner Apathie wachrütteln, auf Gisella Feneki einen autoritären Druck ausüben und auch Kapitänsfrau Lilo von seinen überragenden Fachkenntnissen in Staunen versetzen, mit einem Wort, die Initiative an sich reißen und damit den Pachtvertrag retten mußte. Er wandte sich an die umfangreiche Witwe:

„Könnte ich von Ihnen zusätzlich noch einige Auskünfte haben, gnädige Frau?"

„Gerne", sagte Gisella Feneki. Sie lächelte dabei, ihr Lächeln war diesmal jedoch ein Brennessel-Lächeln, von dem man leicht Ausschläge hätte bekommen können. „Gerne, mein lieber Herr."

„Liter-Kubik-Kapazität des Schwimmbeckens?" fragte mein Vater trocken.

„Da bin ich überfragt", sagte die umfangreiche Witwe. „Aber wir können es aus den Unterlagen heraussuchen."

„Schon gut. Spann- und Federkraft des Trampolins im leeren und im bemannten Zustand?"

„Wie gesagt", lächelte Gisella Feneki. „Das sind Einzelheiten. Ich bin kein Ingenieur."

„Bitte, denken Sie doch nach, gnädige Frau", sagte mein Vater grimmig. „Wir müssen über diese Daten Bescheid wissen. Wir haben hier eine ungeheure Verantwortung übernommen. Wasserdruck auf Grundquadratmeter und atü bei normaler Füllmenge?"

Gisella Feneki lächelte gereizt und zuckte mit ihrer riesigen Achsel:

„Wie gesagt, lieber Herr, ich weiß es nicht auswendig. Ich weiß nicht einmal, was Sie fragen."

Der Kapitän schien sich jetzt für das Gespräch zu interessieren. Er sah meinen Vater neugierig an, in seinem Blick konnte man auch Anerkennung und Bewunderung entdecken. Die schmale Gestalt des Bademeisters Lajos verschwand im glühheißen Hintergrund. Mein Vater steuerte tollkühn auf die wesentlichste Frage zu. Er wußte, was er tat.

„Wie oft wird das Wasser abgelassen, gnädige Frau? Ich meine, wie oft wird es gewechselt?"

Die umfangreiche Witwe sah das Wasser an, sie schenkte ihm ein wehmütiges Lächeln, als wäre ihr erst durch das Gespräch über das Schwimmbecken bewußt geworden, daß sie von ihm, im Sinne des Pachtvertrages, für lange Zeit Abschied nehmen mußte, denn dieses Wasser gehörte bereits dem auffallend schweigsamen Kapitän Elemer Balogh, einem gutaussehenden aber im Grunde recht unheimlichen Mann und wer weiß, was Gott schon für den nächsten Morgen in seinem allmächtigen Schilde führt. Ihr Gatte, der ebenfals umfangreiche Eduard Feneki, ein Grundstücksmakler von Format, starb infolge eines zur Gänze unerwarteten Schlaganfalles im gutbürgerlichen Restaurant „Zum weißen Ochs" in der Budapester Schwalbe-Gasse, bevor er noch die Suppe angerührt hatte. Und er hatte dabei, wie alle Anwesenden auch später einstimmig behaupteten, nicht einmal geröchelt. Die umfangreiche Witwe suchte nach ihrem Taschentuch.

„Das Wasser wird überhaupt nicht abgelassen", sagte sie leise. „Es ist ein Wasser aus dem Jahre des Eucharistischen Kongresses. Damals war der Papst noch Nuntius."

Mein Vater nickte. Er war auch in der Kirchengeschichte ziemlich bewandert.

„Meine Badegäste", fuhr die umfangreiche Witwe fort, „lieben das lebende Wasser. Ein Wasser, das durch Sonne und Wind, durch Staubkörner und kleine Pflanzen und durch Fische, die, wie Sie sehen, hier auch gedeihen, ein natürliches geworden ist. Und dabei war dieses Wasser ursprünglich ein gewöhnliches Leitungswasser, ein totes Wasser ohne Inhalt, dünn und durchsichtig, das nach nichts schmeckt. Wer badet schon gern in einem toten Wasser?"

Der Kapitän sah meinen Vater betroffen an. Mein Vater trat vor, kniete sich am Rande des Bassins nieder, ließ seine Hand in den lauwarmen, grünbraunen Saft gleiten, holte einen Handteller voll Flüssigkeit aus der Tiefe, zerspritzte sie auf dem Beton, musterte die zerronnenen Tropfen, dann schleckte er seine Finger ab, schmeckte die Wasserreste laut, schien angestrengt nachzudenken, tauchte seine Hand noch einmal in das Becken, hob beide Hände zur Nase, roch lange daran, stand auf und blickte den Kapitän heiter und zuversichtlich an.

„In der Tat ein lebendiges Wasser", sagte er. „Sie brauchen sich keine Sorgen machen. Man spürt deutlich alkalische Kristall-Elemente, die wahrscheinlich durch die starke und ständige Sonnenbestrahlung entstanden sind."

„Wenn Sie meinen, Feri", sagte der Kapitän zaghaft.

„Ich bin absolut sicher."

Wir hörten Pferdegetrappel, den dumpfen Aufschlag schneller Hufe im weichen Staub; ein Reiter flog über die weiße Dornbusch- und Türkenfliederhecke und jagte in gestrecktem Galopp auf das Schwimmbecken zu. Er trug eine weiße Uniform, schwarze Stiefel und schwarze Handschuhe, eine Pistolentasche und auch eine Patrouillentasche, die hinter ihm herflatterte. Die Angler am Rande des Bassins standen auf, ohne Hast, ohne jegliches Zeichen der Überraschung oder gar der Angst, legten das Angelgerät geruhsam nieder und zogen sich einige Schritte zurück.

Knapp vor dem Schwimmbecken sammelte der Reiter sein in Schweiß gebadetes Pferd, einen übermäßig großen, dunkelbraunen ungarischen Nonius, und gab ihm heftig die Sporen. Das Pferd wieherte, bäumte sich auf, dann sprang es in das Becken. Eine Wasserfontäne schlug hoch, das Pferd schwamm mit gestrecktem Hals, man sah deutlich, daß seine Augen größer geworden waren und daß es sich ehrlich Mühe gab, das gegenüberliegende Ufer, die breiten, schlüpfrigen Stufen im seichten Wasser schnellstens zu erreichen. Der Reiter schwamm neben dem Pferd, mit dem rechten Arm umklammerte er den Hals des Tieres, mit der linken Hand hielt er Pistolentasche und Patrouillentasche hoch, er schwamm nach traditioneller Husarenart, er überquerte das Schwimmbekken wie die leichte ungarische Kavallerie in sämtlichen Freiheitskriegen sämtliche Flüsse des Landes zu überqueren pflegte, die Theiss und die Vág, die Leitha und die Raab, den Bodrog, die Sajo und die Donau.

Das Pferd erreichte die Stufen unter dem auf einem Drahtseil hängenden Schild „Für Nichtschwimmer", es krümmte sich, rutschte, plätscherte und hob sich mächtig aus dem Wasser, und der Reiter warf sich nach traditioneller Husarenart quer über den Sattel, zog sich hoch, saß bereits nach hinten geneigt, riß das Pferd um, gab ihm erneut die Sporten, jagte aus dem Becken und galoppierte weiter, auf die Personenwaage und auf das Büro zu; die nasse Uniform spannte sich auf seinem Rücken und aus dem Stiefelschacht spritzte Wasser. Dann sprangen Roß und Reiter über die Dornbusch- und Türkenfliederhecke und verschwanden. Die Angler nahmen ihre Plätze am Rande des Schwimmbeckens wieder ein.

„Sonderabonnement", sagte die umfangreiche Witwe. „Er kommt jeden Nachmittag gegen fünf. Bleibt ganz kurz, wie Sie sehen. Das Pferd ist sehr gepflegt."

„Wer ist es denn?" fragte der Kapitän. Seine Nase zitterte.

„Polizeileutnant Hodossy vom Bezirkskommissariat. Leiter der Abteilung Blutverbrechen und Kleingewerbeaufsicht. Ein gutmütiger Kerl. Kann sehr nützlich sein. Sollte jemand, Gott behüte, im Bad unverhofft ertrinken, würde er schon sehr positiv eingreifen. Sie verstehen mich."

Der Kapitän wandte sich meinem Vater zu:

„Was meinen Sie, Feri?"

Mein Vater äußerte sich vorsichtig. Später, im Café „Savoy" bestritt er, daß er einen Schock erlitten und deshalb allzu leise und unentschlossen gesprochen hätte. Er behauptete vielmehr, Kapitän Elemer Balogh hätte einen Schock erlitten, den er aber mannhaft zu verbergen wußte.

„Die Angelegenheit ist zweifellos sehr delikat", sagte mein Vater. „Eine Reiterattacke in einem gewöhnlichen Schwimmbecken ist eine Seltenheit, die man ebensogut ablehnen wie auch akzeptieren kann. Nehmen wir jedoch an, daß wir sie aus gewissen Gründen, die uns die Besitzerin, Frau Gisella Feneki, freundlicherweise angedeutet hat, akzeptieren wollen. Es drängt sich sogleich die Frage auf, ob wir eine aktive Billigung einer passiven Duldung vorziehen oder nicht? Ziehen wir eine aktive Billigung vor, räumen wir uns dadurch das Recht ein, in das Geschehen gestalterisch einzugreifen. Man könnte zum Beispiel ein Trompetensignal komponieren lassen, das dem Ritt ins Wasser eine feierliche Note verleiht und zugleich den Badegästen, die sich im Schwimmbecken befinden, rechtzeitig eine Warnung übermittelt. Auf jeden Fall müßte man Bodrogi zu Rate ziehen."

Bodrogi war aber nirgends zu sehen. Er tauchte erst kurz vor Anbruch der Dunkelheit auf, sein schwarzer Anzug für Hochzeit, Begräbnis und andere Gelegenheiten war mit dem feinen weißen Staub der Landstraße bedeckt.

„Hier hat ein Pferd Sonderabonnement", sagte ihm der Kapitän zaghaft. „Was halten Sie davon, Herr Bodrogi?"

Bodrogi rieb nachdenklich seine Ferkelnase.

„Ich weiß es nicht, was ich davon halten soll. Verzeihen Sie mir, Herr Kapitän, aber ich kann zu einem Strandbad augenblicklich keine fruchtbare seelische Verbindung herstellen. Ich war im Dorf. Ich habe mich mit dem Pfarrer unterhalten. Ein hochinteressanter Mann. Er behauptet, Gott sei kein Gott, Gott sei eine chemisch-mathematische Grundbedingung und somit für die Religion ganz und gar unbrauchbar. Für mich hat sich der Ausflug gelohnt. Ich habe Stoff zum Meditieren."

„Das Pferd schwimmt im Bassin", sagte der Kapitän.

„Man müßte eine passende Stelle in der Bibel finden", sagte Bodrogi entrückt.

Er ging auf den Kapitän zu, ergriff seine beiden Hände und schüttelte sie:

„Ich bin Ihnen unendlich dankbar. Gefällt Ihnen das Strandbad?"

„Ja", sagte mein Vater. „Wir sind alle begeistert."

„Dann können wir gehen", sagte Bodrogi.

„Um neunzehn Uhr einundzwanzig haben wir einen Zug nach Budapest-Ost", meldete Baron Wussinsky, der, wie bereits erwähnt, die Fahrpläne aller ungarischen Personenzüge im Kopf hatte.

„Alora avanti alovanti", sagte Wachsmann-Bácsi.

Eine warme, weiche Dunkelheit senkte sich über uns. Der Himmel stieg langsam hoch und verschwand. Das Gebüsch lauerte. Im Dorf begannen lungenkranke Hunde zu bellen. Der Staub der Landstraße hatte noch Licht, ein dünnes, überirdisches und schmerzhaft weißes.

„Es ist ein gutes Strandbad", hörte ich die Stimme meines Vaters.

„Wir werden es zur Blüte bringen. Wöchentlich einmal werden wir einen Badeanzug auslosen. Den Kindern werden wir Luftballone und Papierfahnen schenken. Aber ich denke vor allem an eine Schönheitskonkurrenz. Eine Badenixenwahl, ganz groß."

„Eine fabelhafte Idee", jubelte Kapitänsfrau Lilo. „Ach, Feri, ein Glück, daß wir Sie haben. Dürfen auch Familienangehörige antreten?"

„Ich sehe dabei keine Schwierigkeiten", sagte mein Vater.

Die Wahl der Schönheitskönigin des Strandbades wurde mit beispielhafter Sorgfalt vorbereitet. Wir verteilten orangenfarbene Flugblätter in den umliegenden Dörfern, in Rakoscsaba, Rakoskeresztur, Rakoshegy und Rakoshalma, vor dem Bahnsteig 4 am Ostbahnhof (Abfahrt der Personenzüge Gödöllö über Rakosliget), und auf dem Viehmarkt von Gödöllö, der in der Sommersaison das meistbesuchte gesellschaftliche Ereignis der Umgebung war. Auch Kapitän Elemer Balogh verteilte Flugblätter vor dem Bahnsteig 4 des Ostbahnhofes und er verteilte sie mit scheinbar angegriffener und trotzdem gewahrter Würde, mit einem verkrampften, halb entschuldigenden, halb bittenden Lächeln. Große Politiker, Persönlichkeiten der Geschichte pflegen sich so zu verhalten, wenn sie im Interesse eines höheren Zieles, dessen ergebenste Diener sie sind, in aller Öffentlichkeit Blumen, Küsse oder orangenfarbene Flugblätter verteilen.

Mein Vater nahm sich den Viehmarkt von Gödöllö vor, da er sich, wie er behauptete, in den weitverzweigten Abgründen der Bauernseele bestens zurechtzufinden wußte. Der Kapitän finanzierte seine Reise großzügig; mein Vater fuhr Personenzug erste Klasse und schon dadurch wirkte er bereits beim Aussteigen im kleinen, anläßlich des Viehmarktes mit Nationalfarben geschmückten Bahnhof wie ein Abgeordneter oder ein öffentlicher Notar, der in einer höchstöffentlichen Angelegenheit unterwegs ist. Die Besucher des Viehmarktes hatten dies gleich gewürdigt und alles andere war dann nur mehr ein Kinderspiel. Behauptungen, wonach mein Vater sich gleich nach seiner Ankunft in Gödöllö in das Kaffeehaus „Zur Ungarischen Krone" begeben und angesichts der mörderischen Hitze der Tiefebene den ganzen Tag mit Zeitunglesen und Schachspiel verbracht hätte, wobei er die orangenfarbenen Flugblätter einem Kellner zum alsbaldigen Verbrennen überreichte, erwiesen sich als glatte Verleumdung.

Meine Schwester und ich schwärmten in die Dörfer aus. In Rakoshegy wurde meine Schwester von einem großen Hund unbestimmter Rasse von hinten angefallen und umgestoßen, ihre Flugblätter, zweihundert an der Zahl, blieben zerstreut in einem Gemüsegarten liegen. Wir wagten nicht, sie zu holen, da der große Hund ohne Unterlaß knurrte. Später trat ich in eine verrostete Sense und erlitt eine Schnittwunde am rechten Bein. Meine Schwester wurde rot im Gesicht, konnte ihre Tränen kaum unterdrücken und wusch die Wunde sehr lange bei einem Brunnen, wo uns Bauernkinder zusahen.

Wir verteilten ihnen meine Flugblätter. Sie wollten diese zunächst gar nicht nehmen, nahmen sie dann aber doch; sie wurden dabei auch rot im Gesicht und rannten mit den Flugblättern johlend und tanzend weg. Ich hatte ein schlechtes Gefühl, aber ich war verwundet und mußte hinken, um die Welt auf meine, während der Ausübung meiner Pflicht als Angehöriger eines großes Strandbades erlittene Verletzung aufmerksam zu machen. Wir trotteten nach Rakosliget zurück und meine Schwester sagte, falls ich von der verrosteten Sense eine Blutvergiftung bekommen hätte, wäre ich bereits beim Brunnen unter entsetzlichen Qualen gestorben. Dieser fürchterliche Gedanke, den meine Schwester immer wieder aufgriff, berauschte mich. Ich habe mich in einem seltsamen, für mich selber unwirklich erscheinenden Zustand verzweifacht, ich war beim Brunnen unter entsetzlichen Qualen an einer Blutvergiftung gestorben und war trotzdem am Leben geblieben und genoß, da ich bereits tot war, mein wiedergewonnenes Leben, die Welt, die zu dieser Stunde von einem scharfen, berauschenden Licht erhellt war. Ich war zu Tränen gerührt, während ein lautloser, langatmiger Jubel mich über mich hinaus hob und mich, obwohl ich stark hinken mußte, dem breiten offenen Holztor des Strandbades entgegenschweben ließ.

Über dem Tor des Strandbades hing ein auf Leinwand gemaltes Plakat, das anläßlich des Ersten Internationalen Schönheitswettbewerbes von Rakosliget die Mitwirkung einer internationalen Jury ankündigte. Die internationale Jury wurde wie bereits bei früheren, internationalen Veranstaltungen aus den Stammgästen des Café „Savoy" zusammengestellt. Allerdings hatte man diesmal auf die Teilnahme des akademischen Malers Istvan Tibor Boborkövi verzichtet. Zum Präsidenten der Jury wurde einstimmig der international bekannte Dichterfürst Bodrogi erkoren. Wachsmann-Bácsi wählte man zum Ersten Beisitzer mit unumschränktem Einspruchs- und Empfehlungsrecht, da er auf eine umfassende internationale Kinoerfahrung zurückblicken konnte und mehrere Filme, in denen zwischenstaatliche Schönheitskonkurrenzen gezeigt wurden, darunter die unvergeßlichen „Ziegfeld Girls", „Santa Fe" und „Alexanders Ragtime Band" mehrere hundert Male gesehen hatte.

*Zehn Punkte für Lilo, fünf für Ildiko * Wasser über der Stadt * Ein Kapitän wird besichtigt * Der Passagierdampfer Sankt Lilo * Streichen Sie die Rettungsringe * Der Kanal der Totengräber * Feri, wir sinken * Abends schmeckt die Kettenbrücke bitter * Bald, sehr bald, werden wir reich **

Zum Beisitzer des Ersten Beisitzers ernannte man im Café „Savoy" Jenö Havas, den unermüdlichen Hemdenmacher, in Anbetracht seines sprichwörtlichen Fleißes und seines seriös fundierten Interesses für das weibliche Geschlecht, weiterhin meinen Vater, in Hinblick auf seine umfassende Allgemeinbildung und ebenfalls sprichwörtliche Fähigkeit, in jeder Lage frei und unabhängig urteilen zu können.

Daß die Jury keinesfalls eine Verlegenheitslösung war oder willkürlich zusammengestellt wurde, sondern, daß hier ein spiritus rector, in der Person meines Vaters vermutet, überlegt und mit feinstem taktischen Sinn vorging, um ein bestimmtes Ziel zu verfolgen und auch erreichen zu können, erwies sich bereits während des ersten Ausscheidungskampfes der zur internationalen Schönheitskonkurrenz angetretenen Damen, um drei Uhr nachmittags, als das Schwimmbecken in der massiven, mit Händen tast- und mit Füßen tretbaren Hitze wie ein Sumpf dampfte.

Die Damen betraten hintereinander ein Podium, das unter der sachkundigen Anleitung des zum technischen Direktor des Ersten Internationalen Schönheitswettbewerbes von Rakosliget ernannten Baron Wussinsky aus Brettern einiger zu diesem Zweck eigens zerschlagener Kabinen und aus Essigfässern geschickt zusammengezimmert war. Der starke Essiggeruch, der sich über dem Austragungsort erfrischend ausbreitete, verlieh der Schönheitskonkurrenz eine besondere Note.

Die Damen durften sich für ihren Auftritt nach eigenem Gutdünken, Ermessen und Geschmack kleiden und sie durften auf dem Podium rund fünf Minuten lang verweilen, hin- und herspazieren, Turnübungen machen, ein Lied singen oder ein Gedicht vortragen, um, wie mein Vater sich auf einschlägige Beispiele aus Kalifornien berufend dem lebhaft interessierten Publikum mitteilte, nicht nur ihre passive, sondern auch ihre aktive Schönheit voll zur Geltung zu bringen.

Die Damen, achtundzwanzig an der Zahl, hielten gedruckte Nummern in der Hand und wurden von der Jury mit Punkten bedacht. Zur Teilnahme an dem zweiten Durchgang waren, auch streng nach kalifornischem Vorbild, zehn volle Punkte erforderlich. Lilo, die Frau des Kapitäns erzielte einstimmig zehn Punkte. Sie trug einen hellgrünen Strand-Pyjama mit rosaroten Streifen, große, silberne Sandalen und über dem linken Ohr einen schwere Margarite aus Porzellan, deren Stiel unter ihrem Haar mittels Leukoplaststreifen an ihrem Kopf befestigt war: eine atemberaubende technische Lösung des findigen Barons Wussinsky.

Lilo ging auf dem Podium rasch auf und ab, drehte sich mehrere Male um, winkte dem Publikum müde zu, dann blieb sie plötzlich stehen und blickte mit einem verklärten, wehmütigen Lächeln in die Ferne, in Richtung der Bahnstation von Rakosliget. Mein Vater konnte ein leises „Bravo" nicht unterdrükken. Jenö Havas starrte vor sich hin, auf das verkrümmte, mit Zigarettenstummeln und Bahnfahrkarten zweiter Klasse übersäte Gras unter dem wackeligen Tisch der Jury, er starrte auf einen Punkt, der unweit von seinem rechten Fuß lag, er starrte auf diesen Punkt, wie immer, wenn er von einer vernichtenden Verlegenheit befallen wurde, zum Beispiel, wenn einer seiner alten Kunden die fünfzehn glücklichen Hemdenjahre, die sie miteinander verbracht hatten, unverhofft erwähnte, um für die Hemden „Prince of Wales" Marke „Havas und Mattanich", Reservekragen mitgeliefert, einen empfindlichen Preisnachlaß zu erwirken.

„Zehn Punkte für die Dame mit der Nummer einundzwanzig", verkündete Wachsmann-Bácsi.

Lilo trat ab, von spärlichem Applaus begleitet, von der ungeheuren Konzentration ihrer Kräfte völlig erschöpft. Sie warf sich, mit ihrem Nummernschild in der Hand, in einen Liegestuhl und bat mit ersterbender Stimme Baron Wussinsky um eine Limonade. Baron Wussinsky entfernte sich besorgt.

Mit der Nummer zweiundzwanzig trat die Kellnerin aus der Schank der Bahnstation auf, ein junges, wohlbeleibtes Mädchen, das ich zuerst nicht wiedererkannte, da es frisiert und angemalt war und ihr weißes Firmlingskleid trug und ein mit Blumenmuster durchbrochenes hauchdünnes Netz über dem Haar. Sie blieb in der Mitte des Podiums stehen, machte einen Hofknicks und sagte die ersten drei Strophen eines patriotischen Gedichtes von Sándor Petőfi auf; sie feuerte im Namen Gottes mit errötetem Gesicht und halberstickter Stimme die Ungarn an, ihr Hab und Gut zu lassen, ihr Weib ein letztes Mal zu küssen und mit bebendem Herzen unter die Fahnen zu eilen. Der Applaus war stürmisch, da die Ungarn sich für Lyrik und für patriotische Worte, besonders aber für eine Lyrik, die aus patriotischen Worten besteht, jederzeit begeistern können, auch in einem Strandbad bei dreiunddreißig Grad Celsius im Schatten. Obendrein war Ildiko, die Kellnerin aus der Schank der Bahnstation als gutherziges Geschöpf in der Umgebung bekannt, das niemals verwehrte, einem einsamen Reisenden, der aus irgendeinem Grund Trost benötigte, diesen mit allen zu Gebote stehenden Mitteln eines einfachen, wohlbeleibten und nach Kernseife riechenden Mädchens ohne jegliche Gegengabe zu spenden. Daher war sie auch volkstümlich.

Die Jury bedachte Ildiko mit fünf Punkten. Die Zuschauer, teils im Badeanzug, teils im Sonntagsstaat, murrten. Am lautesten murrten die Zuschauer im Sonntagsstaat, ältere und jüngere Bauern, Bahnbedienstete, Briefträger, kaufmännische Angestellte der Dorf-Konsumgesellschaft, Leute von Rakosliget, Rakoscsaba, Rakoskeresztur und Rakoshalma, die Ildiko alle kannten und sie für schön hielten, besonders in ihrem ein wenig bereits zu eng gewordenen Firmlingskleid, das auch an die Seele rührte.

Ildiko brach in Tränen aus. Man hörte auch gellende Pfiffe. Auf dem Tisch der Jury landete ein zertretener Turnschuh. In diesem Augenblick stand mein Vater gelassen auf, er zündete sich eine Zigarette an und ging auf das Podium hinauf, streckte Ildiko seine Hand entgegen, beglückwünschte sie zu der hohen Punktezahl, bedankte sich für ihre Mitwirkung und fragte sie sogleich, ob sie jemals schon daran gedacht hatte, Schauspielerin zu werden. Dann sprang der äußerst feinfühlige Fotograf Rudi Adorjan, zeitweiliger Gast des Café „Savoy", den man für die Schönheitskonkurrenz direkt aus der Hauptstadt engagiert hatte auf das Podium und machte von Ildiko Künstlerfotos. Das Publikum applaudierte, aber man hörte noch immer beunruhigende Pfiffe und eine rauhe Männerstimme rief urplötzlich: „Tod den Schiedsrichtern!"

Daraufhin begab sich Wachsmann-Bácsi auf das Podium, hielt ein Blatt Papier in der Hand und bat durch eine unmißverständliche Geste um geschätzte Aufmerksamkeit. Er gab bekannt, daß der Jury ein Rechenfehler unterlaufen sei, den man jedoch rechtzeitig entdecken konnte und demzufolge Fräulein Ildiko mit der Nummer zweiundzwanzig rund zehn Punkte zustünden und sie daher für den zweiten Durchgang bereits einstimmig nominiert worden sei. Der Jubel kannte keine Grenzen. Dies veranlaßte Jenö Havas, den unermüdlichen Hemdenmacher, meinem Vater zuzuflüstern, daß er sein Amt als Beisitzer niederlegen und die Heimreise antreten wolle.

„Das können Sie nicht tun, Havas", sagte mein Vater.

„Warum nicht?"

Mein Vater deutete mit einer leichten, graziösen Handbewegung auf die Zuschauer, die noch immer brüllten, stampften und applaudierten.

„Man würde Sie im Nu in Stücke reißen."

„Sie sind wahnsinnig", stammelte Jenö Havas. „Sie sind alle wahnsinnig. Ich wußte es. Sie haben mich in eine Falle gelockt."

Der unermüdliche Hemdenmacher entschloß sich, einen schweren Sonnenstich vorzutäuschen, aber mein Vater konnte sich damit nicht mehr befassen. Um den aufgebrachten Zuschauern entgegenzukommen, ihr wallendes Blut abzukühlen, ließ Baron Wussinsky in der Pause vor dem zweiten, entscheidenden Durchgang lauwarmen sauren Sandwein verteilen. Aber die Menge wurde weder schläfrig noch nachsichtig, keine Verbrüderung bahnte sich an, keine versöhnliche Stimmung kam auf. Die Zuschauer umringten das Podium und forderten lautstark die sofortige Eröffnung des zweiten Durchganges. Gyula Bácsi, der Schweinehirt des Dorfes Rakosliget und treue Nachtwächter im Strandbad „Quellenperle" packte den Kapitän an seinem leichten marineblauen Sommerrock und schmetterte ihm ins Gesicht:

„Unsere Ildiko ist eine Blume! Die andere ein Birkenbesen! Schiebung!"

Der Kapitän bewahrte seine Würde. Er ließ die ungestüme Attacke des Nachtwächters des von ihm auf drei Jahre gepachteten Strandbades wort- und reglos über sich ergehen. Aber wer ihn gut kannte, mußte wohl sehen, daß er litt. Er blickte einem goldenen Knopf seines marineblauen Sommerrockes, der in der Hand des Schweinehirten geblieben war, mit schmerzhafter Verachtung nach.

Der zweite Durchgang begann. Angesichts der drohenden Haltung der Zuschauer geriet das leuchtende Beispiel Kaliforniens in Windeseile in Vergessenheit. Die Jury handelte rasch und entschlossen, sie schaffte das Punktesystem ab, kündigte einen einfachen Entscheidungskampf an, ließ die übrigen Bewerberinnen stehen und rief gleich die zwei großen Gegenspielerinnen, Lilo und Ildiko auf das Podium. Sie kamen und benahmen sich fabelhaft. Lilo umarmte Ildiko und küßte sie, als wäre die Kellnerin ihre verlorene Tochter. Ildiko machte vor Lilo einen Hofknicks und rief mit klarer Stimme: „Ich wünsche Ihnen viel Glück, gnädige Frau!" Die Zuschauer applaudierten. Wachsmann-Bácsi kletterte hurtig auf das Podium und verkündete die Entscheidung der Jury: Unentschieden!

Das war ein genialer Schachzug meines Vater, ein Bravourstück waghalsiger Massenpsychologie. Die Menge brüllte vor Überraschung und Empörung. Aber im nächsten Augenblick war sie bereits entzweit, durch wilde Strömungen verworrener Gefühle, Mitleid und Zuneigung, Ritterlichkeit und Gerechtigkeitssinn durcheinandergebracht. Im Nu bildeten sich zwei Parteien, die bereit waren, einander auf der Stelle totzuschlagen, ohne daran zu denken, aus welchem Grund sie die Feindseligkeit mit den wüstesten Schimpfworten eröffnet hatten. Es ist eine alte Tradition in Ungarn, und wer auf die baut, wird niemals enttäuscht. Die Jury nahm die zwei Siegerinnen in ihre Mitte. Lilo lachte hysterisch, Ildiko weinte. Die Liloisten, durchwegs Bauernburschen, von ihrem plötzlichen, für sie selber ganz und gar unbegreiflichen Gesinnungswechsel zugunsten der Frau des Kapitäns berauscht, gingen gegen die Ildikoisten, gegen die engstirnigen Lokalpatrioten von Rakosliget und Umgebung mit Fußtritten und Faustschlägen vor. Es wurde auf dem Podium, am Rande des Schwimmbeckens und auch im seichten Wasser des Bassins geprügelt. Die Jury zog sich indessen unbehelligt in das Büro des Strandbades zurück. Ildiko begann den Anwesenden die Geschichte ihres Lebens zu erzählen. Als der Schweinehirt und Nachtwächter Gyula Bácsi dem Kapitän in strammer Haltung meldete, daß die Sonderkabinen des Herrn Pfarrers, des Herrn Kreisarztes und des Herrn Apothekers bereits demoliert und in Stücke gehauen seien, verständigte man die Polizei. Die berittenen Abteilungen von Rakosliget, Rakoscsaba, Rakoskeresztur und Rakoshalma rückten aus und stellten die Ordnung bald wieder her. Die Diskussion über die Ereignisse dauerte dann bis spät in die Nacht an. Die Polizisten unterhielten sich in losen Gruppen mit den Zuschauern, das Gespräch zog immer weitere Kreise, es wurde vieles besprochen, die weibliche Schönheit im allgemeinen und im ungarischen Lande, die Stellung der Frau in der Familie, die Todesfälle und die Diebstähle der letzten Wochen, die verblüffende Wirkung eines Heilkrautes namens „Siebenfarbengras" und die willkürliche Einstellung des Arbeiterzuges fünf Uhr null sieben Gödöllö-Budapest. Kapitän Elemer Balogh, verantwortlicher Pächter des Strandbades wurde wegen Anstiftung zur öffentlichen Ruhestörung angezeigt. Auf freundliches Anraten des Kommandanten der ausgerückten Polizeitruppe beschloß die Jury, in absehbarer Zeit Nachwahlen zu veranstalten. Wachsmann-Bácsi brachte über dem Fenster der Kasse eine diesbezügliche handgeschriebene Mitteilung an. Aber sie wurde gegen vier Uhr früh durch einen lautlos aufkommenden Landregen unlesbar gemacht.

Es regnete pausenlos. Es gab keinen Himmel mehr, nur eine dichte, farblose Wasseroberfläche über der Stadt. Die Menschen schienen im Zwielicht eines riesigen Aquariums zu schweben, sie bekamen allmählich Fischgesichter, sie wurden nach und nach Karpfen, Zandern und Wallern aber auch Fröschen und Krebsen ähnlich. Zur bestimmten Stunde konnte man die Häuser mit versunkenen alten Schiffen oder kantigen Klippen verwechseln. Im finsteren Grund der Straße rollte der Verkehr langsam und schwerfällig, wie vom Fluß getriebenes Geröll. Frauen sahen manchmal in ihren grünen Regenmänteln und mit ihren ewig feuchten, zersausten Haaren plötzlich wie Schlingpflanzen aus, und man begegnete auch blassen aufgedunsenen Wasserleichen.

Es regnete pausenlos. Es hieß, ein indischer Monsun hätte sich nach Ungarn verirrt. Es hieß, daß Wissenschaftler aller Nationen auf dem Meeresgrund und in den höheren Luftschichten unterwegs seien, um die Ursache der einmaligen Naturkatastrophe zu erforschen. Es hieß, es wäre bereits festgestellt worden, daß das Zentrum des sintflutartigen Dauerregens über Ungarn, genauer gesagt, über dem Dorf Rakosliget in der ungarischen Tiefebene, östlich von Budapest liege.

Der Kapitän verbrachte die endlosen Regentage im Café „Savoy", wo er gelegentliche Beileidsbezeigungen entgegennahm und auf die neuesten Wetterberichte meines Vaters wartete. Der Kellner Jozsi zeigte ihn besonders vertrauenswürdigen Stammgästen mit der Bemerkung: „Dort sitzt der Mann, dem der Regen pro Tag mehr kostet als das Monatseinkommen eines höheren Staatsbeamten." Die besonders vertrauenswürdigen Stammgäste schauten den Kapitän sehr genau an und freuten sich, daß sie kein Strandbad gepachtet hatten. Auch von anderen Kaffeehäusern, vom Café „Abbazzia" und Café „Miami" kamen Stammgäste, um den Kapitän zu besichtigen.

Er saß, sichtlich gealtert und übernächtig, in sich gesunken, mit dem Rücken zum Fenster, seine müden Augen auf die Eingangstür geheftet, in der mein Vater auftauchen mußte. Mein Vater winkte ihm bereits von der Garderobe aus zu, im großen Spiegel, der zwischen den Telephonzellen der Garderobe gegenüber angebracht war. Er winkte lächelnd, frisch und fröhlich, als hätte er vor einer halben Stunde mit der Sonne telephoniert. Der Kapitän winkte auch meinem Vater zu und deutete ihm, er soll sich beeilen. Mein Vater eilte daraufhin unverzüglich an den Tisch des Kapitäns und verkündete:

„Ich habe gute Nachrichten!"

Es folgte ein ausführlicher Wetterbericht, den mein Vater, dank seiner Beziehungen eigens aus dem Zentralinstitut für Meteorologie und Geodynamik erhielt.

„Eine Luftsonde sondierte heute Nacht in elftausend Meter Höhe Wolkenzerfall. Das bedeutet zunehmenden Strömungswechsel von dichtfeucht auf dünnfeucht."

„Aber es regnet", sagte der Kapitän.

„Eine Frage von Stunden", sagte mein Vater und schielte nach einer Zeitung.

„Sie sind zu optimistisch."

„Ich habe die Luftsonde selber gesehen. Sie war trocken."

„Was ist mit der Südostströmung aus Bessarabien, über die Sie mir gestern berichtet haben?" fragte der Kapitän.

Mein Vater dachte kurz nach:

„Sie strömt."

„Anscheinend zu langsam."

„Mein Gott, Sie sind ungeduldig. Morgen ist Badewetter."

Es regnete pausenlos. Die Eröffnung der Schiffahrtslinie „Baloghdampf Donau-Auf- und Abwärts" wurde ernsthaft in Frage gestellt. Infolge des schlechten Wetters blieben die Einnahmen im Strandbad von Rakosliget zur Gänze aus. Die umfangreiche Witwe Gisella Feneki, die laut der im Pachtvertrag eingefügten Medardus-Klausel eine Entschädigung zahlen sollte, war seit dem ersten Regentag unauffindbar. Da der Kapitän kein Geld mehr besaß, wurde der Bau des Passagierdampfers „Sankt Lilo" am Römischen Ufer unterbrochen. Béla Eper, der berühmte Bootsbauer, schickte seinen halbwüchsigen Sohn in das Café „Savoy", um bei den zuständigen Herren anzufragen, was sie mit einem Zweidrittel-Passagierdampfer zu unternehmen gedachten. Der Kapitän teilte mit, daß er die Konsequenzen ziehen und sich in absehbarer Zeit erschießen werde. Daraufhin kündigte mein Vater seinen Besuch am Römischen Ufer an.

Schon die alten Römer hatten das Römische Ufer nördlich von Budapest, ein mit morschen Bootshäusern, heruntergekommenen Gartenschenken und verdächtigen Verkaufsbuden willkürlich übersätes Gestade an der nach Schlamm und Teer riechenden Donau sorgsam gemieden. Kein Wunder. Hinter den mageren Lattenzäunen lauerten große, unansprechbare Hunde, die den Fremden von hinten rasend und röchelnd anfielen, gerade dann, als dieser sich, durch den Zaun geschützt, in voller Sicherheit wähnte. Aber in den mageren Lattenzäunen des Römischen Ufers klafften, von dichtem Gebüsch getarnt, breite Lücken, oder, und dies war auch keine Seltenheit, der Zaun hörte jäh auf. In den Kneipen „Zur Tante Sonne", „Zum durstigen Krokodil", „Zum Onkel Dieb" und „Zum Selbstmörder" saßen arbeitslose Gelegenheitsarbeiter, Hilfsbootsbauer und Bootsträger, Männer des Muskels und des Zornes. Hier wurde der Fremde manchmal ohne ersichtlichen Grund niedergestochen. Und zwar durch einen so kunstvoll geführten Messerstich, daß er erst nach einer halben Stunde draufkam, daß er niedergestochen, und, da in der wüsten Umgebung weder ein Arzt, noch ein sauberes Taschentuch aufzutreiben war, zum alsbaldigen Verbluten verurteilt war. Jeder Wirt des Römischen Ufers hielt in seinem Schrank eine Rolle braunes Packpapier bereit, um die Leichen, die der Erstochenen ebenso wie der Ertrunkenen gleich nach ihrer Auffindung, wie es sich gehört, zuzudecken. Vor den Verkaufsbuden hielten sich flinke Taschenspieler auf, Zigeunerinnen boten Kupferringe als echten gestohlenen Goldschmuck an und hier konnte man auch jederzeit verdorbenes Speiseeis erstehen. Die Kleidungsstücke der in der Donau badenden Ausflügler verschwanden oft spurlos, aber sie wurden oft auch nicht mehr gesucht, denn auch die Ausflügler verschwanden gelegentlich spurlos unter den Pontonen der Schiffs-Station oder im tückischen Sog eines unterirdischen Kanals. Es war also immer etwas los am Römischen Ufer und die Budapester, dem kostenlosen Amüsement besonders zugetan, überschwemmten es am Wochenende gerade deshalb mit Kind und Kegel.

Mein Vater, der es auch während seiner vielseitigen Tätigkeiten niemals versäumt hatte, seinen Kindern, wann und wo er nur konnte, eine Freude zu bereiten, nahm mich zum Römischen Ufer mit. Wir fanden den berühmten Bootsbauer Béla Eper in der Gartenschenke „Mississippi", und er lud uns sogleich in seine Werkstätte ein. Er war ein kleiner, bedächtiger Mann mit der ein wenig altmodisch anmutenden Höflichkeit eines erfolgreichen, selbstbewußten Handwerkers. Er trug, obwohl es nach wie vor regnete, nur eine schwarze ölverschmierte Badehose und aus harten Riemen geflochtene Sandalen. Sein Kopf war übermäßig groß, gepflegt, kahl, einer schweren, gelben Billardkugel ähnlich.

Bereits unterwegs zu seiner Werkstätte, zu der man einige verdächtige Lattenzäune passieren mußte, sagte er meinem Vater, daß er das im Bau befindliche Schiff, den Passagierdampfer „Sankt Lilo" nicht zeigen könne, dann es stehe in der sogenannten Oberen Werft, die ziemlich weit entfernt liege, sodaß man mittels Fahrrad hinfahren müßte, aber er besitze nur ein Fahrrad und er wüßte auch nicht, von wem er noch zwei Fahrräder für meinen Vater und für mich an einem Werktag ausborgen könnte. Wir gingen also in sein Büro, in seinen Schuppen, der betörend nach frischem Holz, Bootslack und Leim roch. Er nahm eine dicke blaue Mappe hervor, säuberte sorgfältig den Tisch und breitete Entwürfe, Skizzen und Zeichnungen aus.

„Sind Sie ein Fachmann?" fragte er.

„Natürlich", sagte mein Vater.

„Schön", murmelte der Bootsbauer. Er zog seine Augenbrauen hoch und sah meinen Vater vergnügt an. „Denn der Herr Elemer Balogh glaubt bloß, ein Fachmann zu sein. Er hat von der Schiffahrt keine Ahnung." „Das würde ich aber nicht sagen", erwiderte mein Vater freundlich. „Er ist in manchen Fragen der Donauschiffahrt vielleicht nicht ganz auf dem Laufenden. Er ist nämlich, ich weiß nicht, ob Sie das wissen, ein Anhänger der levantinischen Schule."

Der Bootsbauer lächelte hintergründig:

„Mir ist es gleich."

Er blätterte in den Zeichnungen, ordnete sie und schob sie meinem Vater zu.

„Wollen wir die Sache mal durchsehen? Hier finden Sie die Abmessungen und die nautischen Daten, hier die jeweilige Kalkulation. Wollen Sie auch die Farbproben anschauen?"

„Später", sagte mein Vater. Er studierte eine Skizze mit mißtrauischem Blick.

„Die schwingungsfreie Aufhängung des Schaufelrades", sagte der Bootsbauer. „Backbord."

Mein Vater nickte:

„Eine recht originelle Lösung."

Der Bootsbauer zuckte mit der Achsel:

„Ich habe sie in einem alten Jahrbuch des 'Bayrischen Lloyd' gefunden."

„Haben Sie sonst welche Schwierigkeiten?" fragte daraufhin mein Vater.

„Na ja," sagte der Bootsbauer betont langsam. „Das Geld fließt zu spärlich. Wie denkt der Herr Balogh darüber?"

Nun eröffnete mein Vater Béla Eper den eigentlichen Zweck seines Kommens. Der Bau des Schiffes solle in Anbetracht späterer, recht interessanter Projekte geringfügig umdisponiert werden. Das heißt, dies sei aber derzeit noch streng vertraulich, daß in den kommenden Jahren für die Gesellschaft „Baloghdampf DAA" eine ganze Flottille von Vergnügungsdampfern gebaut werden soll. Daher müsse das Anfangskapital gestaffelt gehandhabt werden. Ein sehr großzügiger Staffelungsplan wurde von der Direktion bereits angenommen und paraphiert. Die Beschlüsse schreiben eine unwesentliche Kürzung des für den Bau der „Sankt Lilo" festgesetzten Betrages vor.

Der Bootsbauer hörte aufmerksam zu, schien aber von den Ausführungen meines Vaters überhaupt nicht beeindruckt zu sein. Er schob die Pläne hin und her, zuckte mit der Achsel und fragte:

„Sagen Sie mir bitte, was ich tun soll. Wo soll ich kürzen? Wieviel Geld könnten Sie noch flüssig machen?"

Mein Vater gab unumwunden zu, daß Geld nicht mehr, weder in flüssiger noch in fester Form, vorhanden sei.

Der Bootsbauer ließ sich auch von dieser Tatsache sichtlich nicht beeindrucken.

„Ich könnte die Reling weglassen. Messing ist teuer", sagte er.

„Lassen Sie die Reling weg", sagte mein Vater.

Der Bootsbauer sah meinen Vater herausfordernd an. Dann vertiefte er sich in seine Skizzen und Zeichnungen.

„Die Flottille der 'Baloghdampf DAA' wird zunächst aus sieben Schiffen bestehen", sagte mein Vater nebenbei.

Der Bootsbauer nahm diese erfreuliche und vor allem zukunftsträchtige Mitteilung überhaupt nicht zur Kenntnis.

„Ich kann, wenn Sie wollen, die Kreuzklinker lichter setzen", sagte er.

Mein Vater antwortete darauf mit einer Frage:

„Warum nicht?"

„Die Tragfähigkeit wird aber eine andere sein",

sagte der Bootsbauer mit einer unterschwelligen Warnung in der Stimme.

Mein Vater nickte wohlwollend:

„Stört uns keineswegs."

Er zog eine der Zeichnungen an sich und fuhr mit dem kleinen Finger flüchtig darüber.

„Den Kleinkram hier sollten Sie auch gleich streichen."

Der Bootsbauer staunte:

„Sie wollen keine Rettungsringe?"

Mein Vater konnte nicht mehr zurück, er stürmte entschlossen vorwärts:

„Nein. Rettungsringe, und das hat die Geschichte der Personenschiffahrt schon des öfteren bewiesen, sind ganz und gar nutzlos. Obendrein ruft der Anblick der Rettungsringe bei den meisten Passagieren eine latente, in das Unterbewußte verdrängte Panikstimmung hervor. Also weg damit."

Er klopfte sogleich auf eine fein ausgeführte Zeichnung, die den Mast und die Bordlaternen darstellte.

„Und das brauchen wir auch nicht."

Er zog ein drittes Blatt an sich, sah es kurz an und sagte:

„Diese Koje da scheint mir ebenfalls vollkommen überflüssig."

„Das ist der Maschinenraum", sagte der Bootsbauer.

„Das weiß ich doch. Ich meine, der Raum braucht nicht so viel Raum zu haben. Ich verstehe darunter eine einfache Ausführung. Wir würden eine schlichte Eleganz in allen Einzelheiten gerne begrüßen."

Béla Eper starrte lange auf die Skizzen, Zeichnungen und Pläne. Dann faltete er sie plötzlich hastig zusammen und legte sie in die blaue Mappe. Die Mappe verschwand in einem kleinen Wandschrank.

Es war ein qualvoller, in der beklemmenden Stille zu namenslosem Schrecken verdichteter Augenblick. Der Bootsbauer sperrte die helle, ungehobelte Tür des kleinen Wandschrankes zu.

„Ich werde mich bemühen, mein Herr", sagte er leise. „Stapellauf am 10. Oktober."

Mein Vater traf gegen Mittag im Café „Savoy" ein. Der Kapitän saß reglos an seinem Stammtisch, in der zweiten Loge links. Er trug einen dunklen Anzug, eine dunkle Krawatte und war sorgsam frisiert und rasiert. Er war gelb, er sah einer Wachsfigur des Panoptikums im Stadtwäldchen ähnlich, die in dieser altehrwürdigen Institution der ungarischen Hauptstadt mit dem Schild „Elemer Balogh, Kapitän, Donauschiffer" jedoch niemals aufgestellt worden war. Er sah ihr bloß sehr ähnlich. Auf der grauen Marmorplatte des Tisches lagen geschlossene Briefumschläge und mehrere, mit Stempelmarken versehene Akten.

Mein Vater nahm Platz und betrachtete die Schriftstücke.

„Mein Testament", sagte der Kapitän. „Die Anleitung zu meinem Begräbnis und Abschiedsbriefe. Ich werde Sie bitten, die Papiere zu sich zu nehmen."

„Nicht notwendig", sagte mein Vater. „Stapellauf am 10. Oktober." „Feri!" rief der Kapitän überglücklich. „Mein lieber, teurer Feri!" Er erhob sich, umging den Tisch. Mein Vater, der für feierliche Augenblicke ein besonders feines Gefühl hatte, erhob sich ebenfalls und beugte sich vor, um eventuelle Küsse zu empfangen.

„Ich bleibe am Leben", sagte der Kapitän und umarmte meinen Vater. Die Stammgäste legten ihre Zeitungen beiseite, sie sahen und hörten ergriffen zu.

„Baut er da draußen, der Großartige?" fragte der Kapitän.

„Er baut. Er baut, wie ein Gott."

„Haben Sie, mein lieber, teurer Feri, mein guter Engel, haben Sie das Schiff gesehen?”

„Es ist wie ein Traum.”

Daraufhin begab sich der Kellner Jozsi eiligst auf die Damentoilette, um Wachsmann-Bácsi, der sich dort in den frühen Morgenstunden hinter dem „Besetzt”-Zeichen opfermütig eingesperrt hatte, zu befreien. Einer alten ungarischen Tradition zufolge erschossen sich männliche Kaffeehausgäste ausschließlich auf der Damentoilette. Der pensionierte Kinobilleteur erschien mit dem achten Band des Meyers Konversationslexikons „Glashütte bis Hautflügler” unter dem Arm.

„Habemus Schinakel?” fragte er und blinzelte glücklich hinter seiner Brille.

Auf einen Stapellauf mit Sektflaschen, Hochruf und erhabenes Gleiten in atemberaubend schiefem Winkel zum Wasser mußte leider verzichtet werden. Am Römischen Ufer gab es nämlich keinen Stapel. Die flinken, schlanken Regatten, die federleichten Zweier und Vierer ohne und mit Steuermann, die Béla Eper ruhmreich gebaut hatte, gelangten nach ihrer Fertigstellung gewöhnlich auf seinen und auf den Schultern seines halbwüchsigen Sohnes im rhythmischen Gleichschritt zur Donau. Dort gab es dann ein einfaches „Heb' hoch!”, „Dreh' um” und „Los”; das Boot planschte kurz und war damit seiner Bestimmung übergeben.

Auch die sogenannte Obere Werft, die Béla Eper eigens für den Bau des Passagierdampfers „Sankt Lilo” gemietet hatte, besaß keine Stapelvorrichtung. Sie war ein mit dem üblichen Lattenzaun umfriedeter Obstgarten, dessen Marillenbäume eines langen Winters von unbekannten Tätern gefällt und als junge Buchen einem vorbestraften Holz- und Kohlenhändler verkauft wurden. Die „Sankt Lilo" lag majestätisch mitten im mannshohen Unkraut. Von Bienen, Libellen und Schmetterlingen umschwärmt, gebärdete sie sich recht idyllisch. Von der nahen Donau her einen Kanal auszuheben und so das Wasser zum Schiff zu bringen, schien zunächst die klügste Lösung zu sein, um den Dampfer von dem nicht vorhandenen Stapel zu lassen. Mátyás Kaba, der Obertotengräber vom Zentralfriedhof Obuda-West war bereit, mit seiner vierköpfigen, im Ausheben von Gruben bestens bewährten Mannschaft, mit den Totengräbern Pityi und Palko und mit den Hilfstotengräbern Lakos und Jedlacek, die Arbeit in seiner freien Zeit zu verrichten. Er prüfte Gelände und Entfernung, Wurzelbestand und Kiesdichte und nannte einundzwanzig Monate, die unbedingt notwendig seien, den Kanal von der Donau bis zum Schiff zu führen. Da das Angebot des Obertotengräbers aus den verschiedensten Gründen als ganz und gar unannehmbar zurückgewiesen werden mußte, konzentrierte sich der geplagte Bootsbauer auf die Lösung einer verkehrten Lösung. Er dachte nun daran, das Schiff zur Donau zu schaffen. Nach eingehenden Besprechungen mit anderen Bootsbauern und Bootsträgern des Römischen Ufers beschloß man, die „Sankt Lilo" unter Ausschluß der Öffentlichkeit, also nachts, zum Fluß zu zerren, genauer gesagt, gleichzeitig zu zerren und zu schieben. Und so geschah es auch, ohne daß ein Vertreter der „Baloghdampf DAA" dabei gewesen wäre. Nach Einbruch der Dunkelheit wurde der Lattenzaun des Obstgartens entfernt. In der Donau, im knietiefen Wasser, stellte Béla Eper eine Hebewinde auf und verband das Drahtseil mit dem Anker des Schiffes. Hinter dem Heck der „Sankt Lilo" versammelten sich die besten Kräfte des Römischen Ufers, die Bootsträger und Hilfsbootsträger, die Eisverkäufer, Schankwirte und Taschenspieler, die arbeitslosen Gelegenheitsarbeiter und auch einige fremde Gewalttäter, deren Herz vom Ruf der Solidarität nicht unberührt blieb.

Die Hebewinde wurde in Bewegung gesetzt und die erlesene Schar der Hilfsbereiten tauchte den Dampfer kräftig an. Gegen Mitternacht gab es auf Kosten Béla Epers eine scharfe Krautsuppe und Bier, um drei Uhr früh schwarzen Kaffee mit Rum. Als die Sonne sich anschickte, die Donau zu überqueren, erreichte die „Sankt Lilo" unter ohrenbetäubendem Gedröhne, Gerassel, Geklirr, Geknirsche und Gepolter den großen Strom. Sie war ein wenig ramponiert, aber die Bootsbauer, Hilfsbootsbauer, Gelegenheitsarbeiter und auch die fremden Gewalttäter griffen unverzüglich nach Hammer, Pinsel, Schleifpapier, nach Farbe, Lack und Teer und hatten die Spuren der nächtlichen Reise durch Unkraut, Gras, Lehm, Kies und Schlamm im Handumdrehen beseitigt. Von dem erfolgreich erfolgten Stapellauf wurde Kapitän Elemer Balogh noch im Laufe des Vormittags telephonisch unterrichtet. Der Jungfernfahrt der „Sankt Lilo" stand nichts mehr im Wege.

Mein Vater ließ Einladungen drucken. Zahlreiche namhafte Persönlichkeiten des öffentlichen Lebens von Budapest wurden höflich und herzlich aufgefordert, sich am Sonntag, am 18. Oktober um 14 Uhr (Ortszeit) vor der Werft des Schiffsbauers Herrn Béla Eper sen. einzufinden, darunter der Dichterfürst Bodrogi, der Essigfabrikant Baron Wussinsky, der Hemdenfabrikant Jenö Havas, der Filmkontrollor i. R. Janos Bela Wachsmann, Tante Mano, die Besitzerin der Hundewasch- und Schuranstalt „Zum gepflegten Freund", Ildiko, die Schönheitskönigin von Rakosliget und Umgebung, Rudi Adorjan, der feinfühlige Fotograf, weiterhin meine Schwester und ich und noch viele andere.

Auf der Rückseite der Einladung konnte man einen genauen Stundenplan der Jungfernfahrt des ersten Passagierdampfers der Reederei „Baloghdampf Donau-Auf- und Abwärts" lesen:

14 Uhr (Ortszeit): Die Gäste versammeln sich an Bord des Dampfers.

14.30: Abfahrt talwärts.

15.30: Donaustrecke Budapest. Die „Sankt Lilo" fährt am Parlament, der königlichen Burg, der Fischerbastei und dem Felsen des Gellértberges vorbei, passiert alle Donaubrücken.

18.20: Ankunft im romantischen Donaustädtchen Paks. Anschließend Fischessen in allen Räumen der Fischereigenossenschaft. Wein, Bier, Sodawasser.

22.30: Rückfahrt flußaufwärts. Anschließend am Römischen Ufer Feuerwerk. Tanz.

Der Kapitän empfing seine Gäste an Bord. Er trug eine wunderschöne weiße Uniform mit schwarz unterlegten goldenen Epauletten und eine ansehnliche Tellerkappe mit zwei goldenen Knöpfen, dem Wappen der Reederei und mit einem Anker aus blauem Stoff. An jeden der festlich gekleideten Passagiere richtete er einige persönliche Worte, bedankte sich charmant für Interesse und Teilnahme und empfahl gute Plätze, windgeschützte und schattige, für technisch begabte rund um den Maschinenraum, für Nichtschwimmer in der Nähe des Rettungsbootes, für Naturfreunde am hinteren Deck, von wo aus die Donaulandschaft bereits vor Abfahrt ein unvergeßliches Bild bot. Am Bug des Schiffes gruppierte sich eine fünfköpfige Musikkapelle, sie spielte mit äußerster Hingabe den bekannten Marsch der U.S. Navy. Lilo, die Frau des Kapitäns, verteilte aus einem mit Blumen geschmückten Bäckerkorb Erfrischungen: gekochte Maiskolben, fein gebratene Kürbiskerne, in Scheiben geschnittene Zuckermelonen, Kirschpaprika und einen kristallklaren Pflaumenschnaps. Die Gäste begaben sich in bester Laune an Bord, sie bewunderten, um sich für die Großzügigkeit des Kapitäns gebührend zu revanchieren, lautstark die Einrichtungen des Dampfers. Man hörte immer wieder begeisterte Rufe und gekonnt formulierte, einfältige Fragen. Der Kapitän gab Erklärungen ab und hob mit vor Rührung gedämpfter Stimme hervor, daß dieser Tag der glücklichste seines Lebens sei.

Mein Vater blieb indessen bescheiden im Hintergrund, er winkte den fröhlichen Passagieren nur flüchtig zu und betrachtete, scheinbar geistesabwesend, das friedlich dahinfließende, dunkelgraue Wasser der herbstlichen Donau. Er hatte große Arbeit geleistet, aber er sprach kein Wort davon, er überließ die Früchte der Freude seinem Freund, dem Kapitän.

Das Schiff wies tatsächlich eine schlichte Eleganz auf, es hatte eine merkwürdige, eigenwillige Form, es war mehr ein phantasievoll entworfenes Floß mit einem langen, dünnen Schornstein, als ein Donaudampfer im herkömmlichen Sinne. Die nicht vorhandene Reeling ging niemandem ab, und ebenfalls vermißte kein Passagier den Mast und die Bordlaternen. Der Maschinenraum war in lobenswert einfachem Stil gehalten, das Triebwerk stand halb im Freien und zog daher erfreulicherweise gleich die Aufmerksamkeit der Passagiere auf sich. Es war ein erprobtes, verläßliches Triebwerk, das sich bereits zwanzig Jahre hindurch beim Straßenbau in der ungarischen Tiefebene als Maschine einer Dampfwalze bestens bewährt hatte. Einzig und allein der Ruderstand, einer Bremshütte eines Güterwaggons der ungarischen Staatsbahnen verblüffend ähnlich, war vielleicht eine Spur zu schmal geraten. Aber der Kapitän war von nobler, schlanker Statur und so ergaben sich auch hier keine nennenswerten Schwierigkeiten. Er mußte bloß beim Steuern des Schiffes seine Ellenbogen ein wenig nach innen ziehen.

Ein schrilles Glockenzeichen ertönte. Der Kapitän begab sich auf die Brücke. Er war blaß und als er seine Hand auf die Türklinke des Ruderstandes legte, sah man, daß er zitterte. Die Passagiere riefen: „Hurrah!" Die Maschine lief an, die Luft roch nach Flußwasser, nach heißem Öl, Metall und Dampf, die vorschriftmäßigen langen und kurzen Pfeifsignale gaben aller Welt bekannt: „Achtung! Ich fahre Steuerbord!" Ein echtes Schiffsgefühl bemächtigte sich aller Anwesenden, die „Sankt Lilo" verließ langsam das Römische Ufer, drehte sich talwärts und stampfte gegen Budapest.

Als die Kettenbrücke, das beliebteste Wahrzeichen der Stadt in Sicht kam, intonierte die Kapelle den größten Schlager der Saison, das Lied „Abends schmeckt die Kettenbrücke bitter."

Die Passagiere applaudierten in Hochstimmung und sangen mit. Der Kapitän ließ meinen Vater rufen. Seine Stimme klang zwar seltsam, aber sehr ruhig:

„Feri", sagte er, „das Schiff ist kaum mehr zu steuern. Es zieht stark nach Backbord. Der Bug liegt verdächtig tief. Ich fürchte, wir haben Wassereintritt in der Kombüse. Schauen Sie bitte sofort nach."

Mein Vater schickte den technisch versierten Baron Wussinsky unter Deck. Er kam barfuß zurück, er hielt seine tropfenden Schuhe in der Hand.

„Alles überflutet", meldete er. „Der Schiffboden gleicht einem See. Ich habe unten auch Fische gesehen. Karpfen und Zander."

Mein Vater dachte sofort an die lichter gesetzten Kreuzklinker. Er schlenderte erneut zum Ruderstand und flüsterte dem Kapitän ins Ohr:

„S.O.S. Wir sinken."

„Frauen und Kinder in die Rettungsboote", sagte der Kapitän äußerst gefaßt. „Keine Panik aufkommen lassen. Die Schiffskapelle soll den ungarischen Hymnus spielen."

„Den Hymnus halte ich nicht für angebracht", erwiderte mein Vater.

„Man kennt die Geschichte des Unterganges der 'Titanic' allzu gut. Die Leute wissen, nach dem 'God save the King' kommt das Ertrinken."

„Ich bestehe auf dem Hymnus", sagte der Kapitän. „Ich will standesgemäß untergehen!"

„Wir werden dafür Sorge tragen", sagte mein Vater. „Versuchen Sie jedenfalls das Ufer anzusteuern, es ist gar nicht so weit."

„Teilen Sie den Passagieren mit: der Kapitän bleibt auf dem Schiff."

„Das wird sie kaum lebhaft interessieren. Sie haben ihre besten Kleider an."

Die „Sankt Lilo" wendete schwerfällig und stampfte qualvoll langsam dem rechten Donauufer zwischen der Töpfergasse und der Fischergasse, genau auf die Doppelhaltestelle der Straßenbahnlinie Nummer neun zu. Auf Wunsch der Passagiere spielte die Kapelle noch einmal das Lied: „Abends schmeckt die Kettenbrücke bitter." Bodrogi, der Dichterfürst, wurde stürmisch bejubelt. Tante Mano zog meinen Vater beiseite und sagte ihm, in der Toilette des Schiffes stehe das Wasser knöcheltief, und sie fragte ihn, ob dies in Ordnung sei, das heißt, ob dies eine bekannte Erscheinung der Donauschiffahrt sei oder vielleicht, woran man am besten gar nicht denken sollte, ob dies irgendeine Gefahr bedeute und ob der sehr sympathische Kapitän des Dampfers, der einem deutschen Filmschauspieler gespenstisch ähnlich sei, dessen Name ihr augenblicklich nicht einfalle, über die Anwesenheit des Wassers in der sanitären Anlage der „Sankt Lilo" Bescheid wisse. Mein Vater eröffnete Tante Mano daraufhin, es sei alles in bester Ordnung, sie soll bloß vorübergehend ihre schönen schwarzen Schuhe ausziehen und sie fest in ihren Händen halten.

Bald darauf verspürten die Passagiere einen leichten Stoß, das Schiff war offensichtlich auf Grund gelaufen, denn es bewegte sich nicht mehr, es neigte sich nur stark nach rechts, und das dunkelgraue Donauwasser überflutete blubbernd den in einfachem Stil gehaltenen Maschinenraum, alle Korridore und die rechte Hälfte des Decks. Der Kapitän erschien in der Tür des Ruderstandes und gab bekannt:

„Haben Sie keine Angst! Rette sich, wer kann! Ich bleibe an Bord."

Eine recht mittelmäßige Panik brach aus. Die Passagiere verließen fluchtartig das Schiff, sie kletterten in das seichte Wasser und wateten ans Ufer. Als letzter verließ Jenö Havas, der unermüdliche Hemdenmacher den gestrandeten Dampfer, er wandte sich dabei meinem Vater zu und sagte beinahe sanft:

„War darauf vorbereitet. Ich habe immer Pech."

Der pensionierte Kinobilleteur Wachsmann-Bácsi legte in der Stunde der Not einen in Budapest später legendär gewordenen selbstlosen Mut an den Tag. Anstatt seine Schuhe und seine überaus kostbare Smoking-Hose auszuziehen und sich mit den anderen Passagieren schreiend und fluchend in Sicherheit zu bringen, kletterte er auf die Schiffsbrücke, öffnete energisch die Tür des Ruderstandes und forderte Kapitän Elemer Balogh auf, sich unverzüglich zu retten.

Der Kapitän lächelte dankbar:

„Sie sind eine große Seele, Herr Wachsmann. Ich werde Sie auch in meinem feuchten Grab nicht vergessen. Aber ich bin der Kapitän dieses Schiffes und meine moralische Pflicht ist es, mit diesem Schiff unterzugehen."

„Das Schiff ist schon untergegangen", sagte Wachsmann-Bácsi trocken. „Tiefer geht es nicht mehr. Machen Sie keinen Blödsinn, Herr Balogh, steigen Sie aus. Sie holen sich noch eine Lungenentzündung."

„Ich beuge mich der Gewalt", sagte der Kapitän. „Gehen wir."

„Ziehen Sie ihre Schuhe aus", warnte Wachsmann-Bácsi den Kapitän.

„Sie sind jetzt pleite, Sie werden gute Schuhe noch brauchen können."

Ein Teil der Passagiere stand schon, barfuß und durchnäßt, das Erlebte eher nachsichtig diskutierend, an der Doppelhaltestelle der Staßenbahnlinie Nummer neun, um so rasch wie möglich nach Hause zu gelangen.

Meine Schwester, deren schönstes Kleid, der größte Schatz, den sie seinerzeit besaß, ein dunkelblaues Samtkleid mit roten Schleifen und großen, weißen Perlmutterknöpfen, vom lehmigen Wasser der Donau zur Unkenntlichkeit entstellt, ja, vollkommen ruiniert war, begann lautlos zu weinen. Sie war damals, genauso wie ich, schon alt genug, um die Tragweite der Katastrophe richtig zu erfassen. Sie ergriff die warme, von Nikotin braun gezeichnete Hand meines Vaters, sah unter Tränen zu ihm auf und fragte:

„Wann werden wir endlich reich?"

Der Blick meines Vaters schweifte über das halbversunkene Schiff, über den still dahinfließenden Fluß, über die Dächer der Stadt und über den kühnen, stolzen Bogen der Kettenbrücke.

„Bald. Sehr bald", sagte er.